# メガバンク宣戦布告
## 総務部・二瓶正平

波多野聖

幻冬舎文庫

# メガバンク宣戦布告

総務部・二瓶正平

# メガバンク宣戦布告

## 総務部・二瓶正平　目次

# メガバンク宣戦布告　登場人物

## 東西帝都EFG銀行

**二瓶正平**（にへいしょうへい）

東西帝都EFG銀行の本店総務部・部長代理。合併前の名京銀行出身。あだ名は「ヘイジ」。

**桂光義**（かつらみつよし）

東西帝都EFG銀行専務。長年、相場師として活躍。

**西郷洋輔**（さいごうようすけ）

東西帝都EFG銀行頭取。東帝大学法学部の五条の先輩。

## 官僚・議員

**五条健司**（ごじょうけんじ）

金融庁長官。東帝大学法学部の西郷の後輩。

**水野正吾**（みずのしょうご）

財務事務次官。「ミスター財務省」と呼ばれる実力者。

## 二瓶と桂を取り巻く人々

**湯川珠季**（ゆかわたまき）

銀座のクラブ『環』のママ。桂とは深い仲。正平の昔の恋人。

**二瓶舞衣子**（にへいまいこ）

正平の妻。パニック障害を患っている。

# 第一章　霞が関vs.メガバンク

「提出順序が違う、って言ってんだろう!!　順序がぁ！　あんたんとこの歴史なんてどうでもいいんだよ。現状の業務関係から見せろよ。何やってんだよぉ。まったく」

東西帝都EFG銀行（TEFG）、本店総務部の会議室入口には『金融庁様』のプレートが掲げられていた。

（お前は……半グレか？）

若い検査官の横暴な態度をそう思いながら、総務部・部長代理の職にあるその男は手元にあるファイルの束を改めた。男は四十代前半、中肉中背で端整な顔立ち、柔和な表情が好印象を与える人物で少しウェーブのかかった長めの髪が似合っている。

男の隣にいる総務部長は、ただぶるぶると震え黙ったままだ。

「業務概要書……こちらです。申し訳ございません」

男は頭を下げながら手渡した。検査官は受け取っても眼鏡の奥の視線を男に向けたままで、ファイルを開こうともしない。その様子を見て男は訊ねた。

「何か問題ございますか？」

「本店見取り図を同時に見られるように渡せよ！　常識だろっ？」

検査官は憤然としている。

「巻頭に添付してございますが？」

「こっちはどの部署が建物のどこにあるかを見ながら業務を知りたいんだよ！　これは別に渡せっつうの」

検査官は添付の本店見取り図を派手に音を立てて破き、ファイルの横に置いた。バインダーから外せば済むものを大仰で高飛車な態度を取りながら不快感を露わにする。

「行き届かず、大変申し訳ございません」

男は頭を下げた。だが不思議と卑屈な感じがしない。腹の中で全く平気だからだ。

(はいはい、何でもやって差し上げますよ。何でも言って下さいよぉ、お役人様。こっちは慣れっこなんだからさぁ)

落ち着いている男の隣で震えている総務部長は何も言わず、何もしようとしない。頬がこけ昆虫のような容貌の部長は頭頂部が薄く髪は七三に分けた、ふた昔も前の銀行員の風貌だ。小心な部長は検査官が何か言う度にびくりとし神経質に眼鏡を直すだけで、視線は床に落としたままだ。

それは、金融庁検査が入ると分かった日のことだ。

「全部君に任せるよ。君はＥＦＧ出身だもんなぁ……金融庁対応のプロだよねェ」

上には弱く下には強い部長は皮肉たっぷりに部下である男にそう言った。

ここまでのやり取りに、役所vs.銀行、銀行vs.銀行……メガバンクの成立と金融庁誕生の経緯が凝縮されている。

一九九〇年代、バブル崩壊とそれに続く金融危機によって、多くの金融機関が破綻（はたん）、生き残りをかけた合併が繰り返されメガバンクが誕生してきた。

“TOO BIG TO FAIL”

「大きすぎて潰（つぶ）せない（大きくなれば潰されることはない）」

建前は新時代への対応だったが、真の目的が破綻回避にあることは明らかだった。

そして役所の側にも、合併で監督する銀行の数が減ることは業務の効率化に繋（つな）がるという本音があった。こうしてメガバンクが誕生したのだ。

東西帝都ＥＦＧ銀行。

ＴＥＦＧはその中でも、メガバンクの完成形といえる存在となっていた。

日本経済の顔といえる財閥〝帝都グループ〟の扇の要として君臨した帝都銀行と外国為替専門の国策銀行を出自とする東西銀行……大小二つの都市銀行がバブル崩壊後に逸早く合併し〝東西帝都銀行〟となった。

数年後、関西を地盤に全国展開していた大栄銀行と中部地方を基盤とする名京銀行が合併し、〝EFG銀行（Eternal Financial Group）〟が登場した。そしてそのEFGと東西帝都銀行が合併して出来上がったのが、〝東西帝都EFG〟と七文字もの長さの名の巨大銀行だったのだ。

「この長ったらしい名前、書くだけで疲れる」

「もう、嫌んなっちゃうわねぇ。いつも枠の中に銀行名が入りきらない」

誕生から十年以上経った今も、窓口で振込用紙に記入する客たちから文句を言われ続けている。

今、その長い名の銀行は、帝都銀行出身者に支配されていた。

帝都銀行。

日本最大の財閥グループ企業のメインバンクとして戦前から君臨し続けていた。その恵まれた地位がもたらす圧倒的な余裕、それが帝都銀行の持ち味だった。良くいえば紳士的で慎重、悪くいえば商売気がなく官僚的、「銀行の看板を掲げた役所」と揶揄された行風が帝都に幸いをもたらした。バブル期に融資拡大に走らなかったのだ。

結果としてバブル崩壊後、他の銀行に比べ不良債権額が圧倒的に少なくて済んだ。そしてその資産内容の良さを盾に、金融危機に際し銀行への介入を強める当局を撥ねつけて来ていた。

しかし、持ち前の優等生ぶりをそこで発揮してしまう。

当局主導の下での大型合併、問題銀行・ＥＦＧとの意に染まない縁組を受け入れたのだ。大多数の帝都銀行マンにとってそれは不本意極まりないことだった。

「当局に押しつけられた」

その怨嗟の声が止むことは無かった。

ＥＦＧ銀行。

関西の大栄と中部の名京という各々の地域で力のある銀行同士が合併して出来た銀行だったが、たまたま同時期に誕生した監督官庁から問題銀行として目の敵にされた。

金融庁だ。

金融庁の誕生……それは霞が関の屈辱の歴史に他ならない。

メガバンク誕生の契機となった金融危機、そしてその原因となったバブル経済も、そもそもは大蔵省の裁量行政と銀行との癒着にあったとされ、大きな社会問題となったのだ。過剰接待、ノーパンしゃぶしゃぶ、がそのシンボルだった。エリートたちの破廉恥な行状に世間は驚き、怒り、マスコミは徹底的に叩いた。そして逮捕者が出て綱紀粛正が叫ばれる。

そんな世論の風に乗った政治家たちによって銀行と大蔵省の双方への制裁が行われた。

新しい法律が作られ、銀行には半ば強制的に公的資金が注入され、国家による監督が強化された。そして、官庁の中の官庁である大蔵省は解体され、古代の律令制以来の名前まで失ってしまう。財務省と金融庁の二つの組織にその機能は分割され、銀行の監督は金融庁が一元的に行うこととなった。

どんな官僚組織も新しく生まれると、まずその存在意義を発揮したがる。世論の後押しもあり金融庁はその力を見せつけたがった。その標的にされたのがＥＦＧ銀行だった。

初代金融担当大臣は庁内に対して徹底的にＥＦＧを叩くように指示し、組織を挙げてＥＦＧを集中攻撃した。検査に次ぐ検査、指導に次ぐ指導、ＥＦＧはとことん苛め抜かれた。

「隠された不良債権は莫大」

「実態は破綻寸前」

マスコミにはあることないことをリークの形で流していく。ＥＦＧの株価は危険水域まで売り込まれた。あと一歩で破綻銀行と認定され、国家管理寸前まで追い込まれていく。

「大臣は何であんなにＥＦＧを目の敵にするんだ？」

　金融庁内部でも話題となった。

「それが……馬鹿馬鹿しいことらしいぜ」

　真実は小声で語られる。

　なんとそれは私怨だった。

　大阪出身の大臣は若き日の就職活動でＥＦＧの前身、大栄銀行を志望して落とされた過去を持っていたのだ。大きな動きの裏に詰まらない動機があるのは世の常だが、大臣から意趣返しをされたＥＦＧの行員たちはたまったものではない。破綻は免れたものの深い徒労感が残った。

　ＥＦＧを苛め抜いて溜飲を下げた大臣は次の行動に出る。東西帝都銀行に、ＥＦＧを合併させたのだ。

「突出して強い銀行の存在は、バランスを崩して日本経済にとってマイナスだ。東西帝都とＥＦＧを一緒にして程のよい強さにしておこうじゃないか。横並びが良いよ、何でも。それに銀行の数がもっと少ない方が皆も指導がやり易いだろう」

　それは金融庁の役人の入れ知恵だった。

　こうして東西帝都銀行は、ＥＦＧとの意に染まない合併に応じさせられたのだ。そんな状況で帝都の出身者がＥＦＧに対して抱いたのが、強烈な敵意だった。銀行員ほど同業他社を過小評価し悪く言う人種はいない。その相手が〝問題銀行〟とされたＥＦＧだ。

「何故こんなお荷物を……」

そして、叩かれ続け、疲れ果てたＥＦＧの行員の方はそれを「ごもっとも」とする負け犬根性が染みついてしまっていた。ビジネスよりも政治に長けている帝都出身者は合併後、ＥＦＧの人間を粛清していった。定期異動の度に地方支店への転勤や子会社出向で次々に飛ばしていく。

「収容所行き」

「ガス室送り」

そんな言葉が多くのＥＦＧの人間たちの口をついて出た。

「帝都に非ずんば人に非ず」

それはＴＥＦＧ内での常識となっていた。

「君は金融庁検査対応のプロだよね……ＥＦＧ出身だもんなぁ」

男の上司である総務部長はもちろん帝都出身者だ。男はＥＦＧ出身の中で極少数となっている本店勤務の行員だった。部長の言葉に男は笑顔で言った。

「おっしゃる通り。どんな検査でも大丈夫です。どうぞお任せ下さい」

その表情は屈託がなく爽やかだ。卑屈さや暗さをまとってしまった他のＥＦＧ出身者には見られないものだった。それがその男の武器だ。

男の名は二瓶正平という。

検査は数ヶ月に亘って実施され、ようやく終わった。

検査最終日には金融庁の講評が行われる。丸の内、三十五階建てのＴＥＦＧ本店の最上階にある役員大会議室は、本店内で最も豪華な部屋だ。

巨大なマホガニーのテーブルをドイツ製の黒革張りの最高級ビジネス・チェアが囲み、テーブルにはディスプレーがはめ込まれ議題に関わる情報が映し出される仕組みになっている。大きく広く取られた窓の下には皇居の緑が広がり、逆側の長い壁には大型ディスプレーがずらりと備え付けられていた。

そこにはディーリングルームさながらに全ての金融関連情報を映し出すことが出来、機密情報である銀行の現在金融資産価値を刻々と示すことも可能だった。各店舗の様子も防犯カメラを通して見ることが可能で、世界のあらゆる支店・子会社・関連会社といつでもテレビ会議を行うことが出来る。今はオフにされたディスプレーが、漆黒の冷たい画面を見せているだけだった。会議室にはＴＥＦＧの全役員と検査担当行員、金融庁の関係者が揃っていた。

金融庁からは異例となる長官の出席をみている。そのことが、今回の検査の特別さを表していた。

「この度の当庁検査への東西帝都ＥＦＧ銀行の皆様方の御協力に感謝申し上げます」

金融庁の主任検査官、田渕英治による型通りの挨拶から講評が始まった。事前の内示では、その内容に格別の問題はないことになっている。問題融資も無く、システム関係のトラブルも一切発生していない。しかし、講評の緊張は拭えない。

「……に関しましては、総じて問題なきものと判断いたします」

関連項目に対してその台詞が発せられる度に、担当役員はホッと胸を撫で下ろしていく。

金融庁長官・五条健司はじっと目を瞑ったままで、ＴＥＦＧ頭取・西郷洋輔は他の役員と同様に背筋を伸ばし講評を続ける主任検査官の顔を真っ直ぐ見詰めている。

二十分ほどで講評は終わった。

「以上、検査項目全てにおきまして大きな問題点はなく、今後も一層の健全な業務の推進に邁進頂き……」

銀行にとってこれ以上ない百点満点の評価を得た瞬間だ。役員全員に安堵の笑みが広がった。それまで目を瞑って講評を聞いていた五条長官が庁内で〝海老蔵〟と呼ばれる目力のある大きな目を開け口を開いた。斧のような重い刃物を思わせるミスター金融庁、エリート官僚の鑑とされるその姿は、長身で胸板が厚くレスラーのようだ。

「主任検査官の言葉通り、御行の業務内容について本庁は高く評価しております。金融危機の折の混乱を思い出しますと、今昔の感があり深い感慨を覚えます。格付機関からも世界最上級の評価を得る見込みと聞き及び、さらにその思いを深くします。バブル崩壊後の金融危機から四半世紀を経て行われた今回の東西帝都EFG銀行への検査には、重大な意味がありました。それは御行の皆様が一番御認識なさっていたと思います。そして、期待に違わぬこの評価は歴史の転換を意味します。今日をもって日本の金融危機が名実共に終焉し、新たに世界に向けて飛翔を遂げる日がやって来たと考えます。日本の銀行が世界のリーディングバンクとなって活躍する。それが実現するのです。今後の皆様方の活躍を心から応援させて頂こうと思っております。今回は当庁検査への御協力、誠にありがとうございました」

その言葉を受けて、西郷頭取が深く頭を下げてから返礼の言葉を述べた。

「頭取の中の頭取」と業界で呼ばれる西郷は恰幅の良い二枚目で、ロマンスグレーの髪を綺麗にオールバックに整え押し出しが利く。

「只今金融庁・五条長官から望外の御評価とお言葉を賜りましたこと、誠に嬉しく存じますと共に身の引き締まる思いが致します。ここにおります役員並びに国内外の全行員、襟を正し一丸となりまして更なる業務の改善に努めてまいりますので、今後とも御当局の御指導御鞭撻のほど何卒宜しくお願い申し上げます」

そして銀行の全員が立ち上がり深々と頭を下げて金融庁検査は名実共に終了した。

「別室にささやかな軽食を御用意しております。どうぞそちらの方へ……」

西郷頭取の言葉に金融庁の人間たちが立ち上がり移動を開始した。

(さあ、本番だ!)

西郷は金融庁の役人たちの背中を見ながら、悲願達成へ向けての思いを強くした。役所相手の本当の交渉は、会議が終わったところから始まる。

第二役員会議室には立食形式での打上げの用意がされていた。昔であれば幹部クラス全員でそのまま赤坂の料亭へとなるところだが、過剰接待騒動の後は役人相手にそんな場を設けることは御法度になっている。それでも一流ホテルからのケータリングは用意されていた。

役員たちが我先にと役人たちにビールを注ぎ、オードブルの小皿を配ってそつなく動いていく。

西郷頭取が五条長官の手にするコップにビールを注ぎながら労いの言葉を述べた。

「本当に御苦労様でございました。御当局の御評価を貶めないよう精進してまいります」

「西郷先輩、止して下さい。先ほどで公事は終わりました。どうかもう先輩後輩で……」

「いえ、そうはいきません。立場が違います」

「仕事での立場はあくまで一時のもの。離れれば桂ゼミの先輩後輩です。その関係は一生変わることがありません」

二人は日本の最高学府の頂点である東帝大学法学部の出身で、共に伝説的な民法学者・桂光則教授のゼミに学び学年がひとつ違う。

「桂ゼミ始まって以来の俊英、五条さんにはこちらが教えられることばかりでした」

五条は大袈裟に手を振りながらその言葉に応じた。

「ご冗談を！　亡き桂先生がお聞きになったら噴き出されますよ」

「先生はあなたが大蔵省に入られた時に、『五条君は必ず次官になるよ』とおっしゃったと聞きます。正にその通りだ」

「大蔵省も無くなり、時代は変わりました。日本の金融は官民共に大変な経験をしましたが、こうして御行のような世界に冠たる銀行が出来上がった。心から嬉しく思っております」

その直後、西郷は、にこやかな表情を一変させ真剣な顔で小声になった。

「ところで長官、内々のペーパー……お目通し願えましたでしょうか？」

「ペーパー？　あぁ……あれ。拝見はしておりますが……」

五条は西郷の強い眼差しに視線を合わせず、その話を遮るようにテーブルの向こうの人物に声を掛けた。

「桂さん！　こちらへ。今、頭取と御父上の話をしているところですよ」

五条に呼ばれたのは専務の桂光義だった。五条や西郷の恩師である桂光則の次男。東京商工大学経済学部を卒業して東西銀行に入行、資産運用に非凡な能力を発揮し東西出身者としてＴＥＦＧ内では最高の地位にある。中肉中背で父親譲りの学者を思わせる風貌を持ちながら伝説的為替・債券ディーラーの顔も持つ。

普段は柔和だが、相場と対峙する時には鷹のような目つきになる。

「長官、本当にお疲れさまでございました。これまでの御当局の御指導で当行も何とかやってこられました。心より御礼申し上げます」

慇懃な桂の言葉に、五条は笑顔で頷いてから言った。

「今の桂さんの御出世振りを御尊父が御覧になったら……どれほどお喜びになったか」

「いえ、不肖の息子です。早いもので今年、父の七回忌を済ませました。長官にもその節は御厚情を頂戴しました。誠にありがとうございます」

西郷がそこで口をはさんだ。

「桂君には本当によくやって貰っています。当行のALM（資産負債管理）は全て彼に懸っていますから」

「為替や債券、株式市場を相手にしてのやくざな仕事を三十年以上もやって参りました。父は死ぬまで『相場師を息子に持った覚えはない』と言っておりましたが……」

「バブルとその崩壊……金融危機やリーマン・ショック。過去三十年のマーケットは激動に次ぐ激動だった。その世界で三十年やれる人材を持ったことは、御行にとっての僥倖でしたね、西郷頭取」

五条の言葉に西郷は頷いた。

「桂君がいなかったら……今の当行はなかったと思っております」

「頭取、心にもないことを」

桂は笑って言ったが目は笑っていない。桂と西郷との関係は、出身銀行の違いもあり微妙なものだった。そして、西郷の腹は知れないと桂はいつも思っている。

「それにしても御尊父、桂先生のことはいつも心の中にあります」

五条のその言葉を受けて、西郷が遠くを見るように言った。

「学問よりも人間、人間よりも社会……そうお考えでしたね」

五条はその言葉に頷いた。

「いつも静かな覚悟のようなものを持っておいでだった。あの態度は常に見習わなければなりません」

そう言ってから西郷の眼を見て微笑(ほほえ)んだ。

西郷は笑わなかった。桂はその二人のやり取りを見逃さなかった。

(何かある……この二人、腹を探り合っている)

そう思ったが顔には出さず、

「優しい父でした。人間にはあっけない弱さや限界があるものだ。そして、報われることがこの世ではいかに少ないか……それを頭に置いておけと常に言われました。学徒出陣での戦争体験、決して語ることはありませんでしたが……地獄で人間の本当の姿を見たのだと思います」

そう桂が言うと五条は大きく頷いた。

「まさに桂先生だ。学内政治に距離を置かれながらもその人格から法学部長になられ、その後、学長に推されながらも辞退された潔(いさぎよ)さが偲(しの)ばれる。ですね？　西郷先輩」

西郷は静かに頷いた。だがその表情は硬く、木彫りの人形のように桂には感じられた。

◇

二〇〇八年に起こったリーマン・ショックによって、欧米の銀行は傷つき大きく体力を落としていった。そんな中、資産内容を改善した日本のメガバンクは、世界最高水準の格付を得るまでになっていた。だが、そこに至るまでには銀行員たちの苦悩に満ちた長く苦しい茨の道があった。

給与・賞与は大幅に削られ、報酬とは別の形で与えられていた経済的利益も次々と消えていく。社宅・独身寮や保養所、専用グラウンドやテニスコート、プールなど……ことごとく処分されたのだ。自分たちが社会的エリートの立場から滑り落ち、身ぐるみ剥ぎ取られていく……銀行員たちが経験したのは紛れもなく敗戦と被占領生活だった。

いつの間にか社会を支配したアンチ銀行の空気に、一切抵抗できず押し潰されていくのを甘受するしかなかった。社宅を追われての引越の後、子供が学校で「悪者の銀行の子供」といじめられたと妻から聞かされる辛さ、その妻を収入減からパートに出す惨めさ、かつてのエリートたちはそれに耐えるしかなかった。

自分が住んだ都内一等地の社宅が壊されて更地になり、『高級分譲マンション建設予定』の看板が立てられているのを見た時は溜息が出た。

「……ちくしょう！」

銀行員たちは何度この言葉を口にしただろう。

その悔しさを乗り越えて得た〝世界最高格付〟だとの思いが、今のメガバンクにはある。

しかし、「銀行が今日あるのは我々の指導の賜物」。

それが金融庁の認識だった。

「馬鹿ぬかせ」と銀行員たちは苦々しく思いながらも、「御当局の御指導あればこそ……」。慇懃な態度を役人の前では貫いた。自分たちを支配する有形無形の道具を操るのは、目の前にいる官僚たちだからだ。

五条長官と西郷頭取との間に奇妙な緊張が生まれたところへ現れたのが、副頭取の有村次郎だった。

「どぉも、長官。御苦労様でございま・し・た」

有村は銀行マンらしからぬ軽妙さが売りの人物で国際畑が長い。

長身でロマンスグレーの髪を長めに纏め、仕立ての良いスーツがピタリと決まっている。

「やぁ、有村さん、お久しぶり。二十年以上前のニューヨークが思い出されますね」

「五条さんがどんどん偉くなられるんで眩しくって、お顔をまともに見られない」

そう言って両の掌を顔の前に持っていく。一気に場が和んだ。

五条が大蔵省からニューヨーク連銀に出向していた時、帝都銀行ニューヨーク支店の次長だったのが有村だ。

「有村さんとは色んな所にご一緒しましたなぁ……楽しい思い出ばかりだ。あっ、でも、ピアノバーでの有村さんのあの歌だけは勘弁して欲しかったなぁ」

「何を歌われたんですか？」

桂が有村に笑顔で訊ねた。有村が答えるより先に五条が顔をしかめて言った。

「クイーンの『ウィー・アー・ザ・チャンピオン』を熱唱されたんですよ。まぁ、あの頃は〝ジャパン・アズ・ナンバーワン〟といわれた時代でしたからね。アメリカは不況でニューヨークの治安も悪かったけれど、我々日本人は胸を張って闊歩していました」

「毛唐どもも目にもの見せてやる、ってね」

その有村の言葉に、「とても〝ミスター・インターナショナル〟とは思えない台詞ですね」と桂が言った。

「僕は愛国主義者だよぉ。真のインターナショナリストにはナショナルを極めないとなれないのよ、桂ちゃん」

　有村は自分より下の人間は全て〝ちゃん〟づけで呼ぶ。

「若かったし時代も良かった……異国でお互いヤンチャしましたなぁ、有村さん」

　その五条の言葉に、有村は両耳を掌で押さえた。

「知らない、知らない。五条さんが何言ってんだか、僕にはぜーんぜん分かんない」

　そう言って周りを笑わせた。その様子を見て他の役員も集まって来た。

「おっ！　関西お笑いコンビのお出ましぃ」

　その有村の言葉にまた皆が笑った。そこには関西お笑いコンビと呼ばれる二人の常務、山下一弥と下山弥一が立っていた。苗字と名前が逆さまの二人は、一卵性同期と呼ばれるほどよく似ていた。小太りで小柄、頭は薄く二人ともロイド眼鏡を掛けている。

「長官、御苦労さんでございました。長官とお会いするのはＥＦＧ銀行の時以来でんなぁ。あの時はきっつい御指導を頂戴しましてホンマありがとうございました。なぁ、山下くん」

「そや、下山くん。御当局の御指導あって僕らＥＦＧも生き残れた。ホンマ感謝申し上げますぅ」

　二人の言葉には含むところがある。金融危機の折、ＥＦＧ銀行は金融庁に苛めぬかれ破綻の手前まで追い込まれた。巨額不良債権の噂から株が徹底的に売り込まれ、一〇〇円を切る危険水域にまで突入していたのだ。

ＥＦＧは資産査定を当局に何度も求められ、提出する度に「甘い」と突き返された。その時の担当が五条だったのだ。

国会で新たに成立した金融健全化法に基づく公的資金注入の第一号に、ＥＦＧを標的としていたのは公然の事実だった。実質国有化の不名誉を伴う公的資金を受け入れることをＥＦＧは余儀なくされた。そして、その後に東西帝都銀行と合併し新銀行となったが、行内中枢では既にＥＦＧ出身者は絶滅危惧種となっている。

「帝都に非ずんば人に非ず」

そんな中にあって山下と下山は、持ち前のしたたかさを発揮して役員にまでなっていた。

「山下さんも下山さんも一層御立派になられて嬉しい限りです。お二人が東西帝都ＥＦＧ銀行の要であることは重々承知しております。ねぇ、西郷頭取」

五条の言葉に西郷は笑顔で応えた。

「ＥＦＧの持つ大阪のド根性は、当行に絶対的に必要なものです。お二人にはそれを発揮して頂いて当行の発展に更に貢献して頂きますよ」

西郷のその言葉に帝都出身の有村は大きく頷いた。しかし、それは心の裡とは全く逆だ。

「嬉しいなぁ、山下くん。金融庁長官と頭取のお墨付きやでぇ！」

「ホンマや、下山くん。これで僕らの出世は間違いなしや！」

全員がその言葉に笑った。その様子を遠くから見ていたのが金融庁の主任検査官、田渕英治だった。田渕はスマートフォンに入れてあるファイルを開いてその様子を見ていた。

東西帝都ＥＦＧ銀行、全役員のプロフィールだ。

「役員総勢三十名のうち二十二名が帝都の出身者、頭取・副頭取、そして二名の専務のうちのひとりが帝都……まさに帝都によるメガバンク掌握の完成形だ。あのペーパーを西郷頭取が出してくるのは納得できる。だが、うちの狸、五条長官がそのカードをどう使うかは……見ものだな」

窓の外は日がとっぷりと暮れていた。皇居の森の闇の向こうにある霞が関の官庁街は、無数の窓明かりで自らを白々と浮かび上がらせていた。

数日後。

紀尾井町の老舗料亭、双葉家の奥座敷に二人の男が酒肴を前に相対して座っていた。金融庁長官の五条健司と東西帝都ＥＦＧ銀行頭取の西郷洋輔だった。

そこは双葉家の一番奥に設えられた庭に面した小振りの座敷で密談に向く。良く手入れされた庭には鹿威しが置かれていて時折涼やかな音を立てた。それは検査の慰労名目で西郷がセットした宴席だった。それも大学の先輩後輩として、あくまでも私的な場とされている。

だが、私的な場でこそ重要な話がされるのが今の金融界の常識だった。

「いやぁ、ここの鱲子は本当に旨い！　こんな鱲子を出されたら酒が幾らあっても足りないですね、西郷先輩」

先付に箸をつけての五条の言葉に、西郷は笑顔を作った。

「どうぞ。今日は五条さんの慰労の会です。心ゆくまで飲んで頂きたい」

西郷は銚子を五条の前に差し出した。盃を受けながら五条は、

「でも、あんまり酔うと先輩に甘えることになるかもしれないんで、注意しないと……」

と含みのある笑顔を作った。その五条の表情に西郷は嫌な予感がした。

（こいつ、何を考えている？）

西郷は心の中で身構えながらも目的のためにと心を落ち着け、わざとおどけた調子を作って言った。

「恐いね……五条さん。あなたが甘えたところなど、とんと見たことがない。学生の時からそうだが、いつも全てに自信を持っている」

自分の盃を飲み干して置くと五条は西郷に銚子を差し出した。

「自信に満ちているのは御行でしょう。世界最高格付を得た日本最大のメガバンクだ。資産内容にも全く問題なし……だけど」

「だけど？」

「だけど、綺麗すぎる。う〜ん、整いすぎると逆に何かあった時に脆い。不均衡動学理論ですよ。そうは思いませんか？　西郷先輩」

「何がおっしゃりたいんです？」

「いや。甘えちゃいけない、甘えちゃいけない。忘れて下さい。さぁ、飲みましょう！」

西郷はそんな五条のペースに乗せられるのを危惧し、一旦話題を変えることにした。財界の人事の噂など当たり障りのない内容で様子を窺った。

会席料理は進んだ。

大きな体軀で健啖ぶりを発揮する五条のリクエストで、焼物はすき焼きになった。

「やっぱり肉ですね。生きる源は肉！　草食系なんて考えられない」

座敷の隅にある小振りのテーブルにコンロが据えられ南部鉄の鍋が用意される。そこで仲居が、牛肉や野菜を頃合い良く焼いては卵を溶いた小鉢に入れて供される。

「すき焼きは味がしつこいから、肉は霜降りより赤身の方が有り難いですね。ここは流石、ちゃんと考えて按配している」

ペースを完全に握って、料理の蘊蓄を口にしながら旺盛な食欲を見せる五条だった。その毒気に当てられっぱなしの西郷は、ただ相づちを打つだけで肉の味も何もしない。五条が〝甘える〟〝綺麗すぎる〟と口にした言葉がずっと頭から離れないのだ。

しかし、今日は決めることを決めなくてはならない。帝都の悲願達成がこの席に懸っていることへの重圧は西郷の予想以上に重く、宴が進むにつれ西郷の胃は締め付けられていった。

「ちょっと失礼」

西郷は洗面所に立った。瀟洒な洗面所の個室に入って鍵をかけ、便座を上げてしゃがみ込むと便器を抱えて嘔吐した。

「これが……帝都百十年の重圧か？」

何度も込み上げる吐き気で胃の中のものが全て押し出されていく。身支度を整えてから扉を開けて西郷はギョッとした。眼の前に五条が立っていたのだ。五条は手にしたお絞りを西郷に渡すと、

「大丈夫ですか？　先輩。体調がお悪いのに無理されたのではないですか？」

西郷は手渡されたお絞りで口を拭いながら、

「……申し訳ない。珍しく酔ったようです。もう大丈夫。ご心配なく」

そう言ってそそくさと部屋に戻って行く。その後ろ姿を見ながら五条は「全て思い通りに行く」と確信した。そして改めて思った。

(それにしても……そんなに大事なものか？　〝頭取の中の頭取〟と呼ばれる人物がこんなに緊張をするほど？)

そうして座敷に戻った二人は暫く黙って対峙した。

口火を切ったのは五条だった。

「御行から、いや、西郷頭取から有志名義で頂いた特別要望書は拝見しました。ハッキリ申し上げますが、あれは時代錯誤だと判断します。日本のメガバンクから世界に冠たるユニバーサルバンクとなって国際的に飛翔されるのです。この際、全く別のものになさる方が良いでしょう？　それに行内融和を勘案すればそれがベストなのではないですか？」

それに対して西郷は言った。

「確かに冷静に考えれば我々のエゴと映るのはもっともです。しかし、五条さん、大蔵省が消えた時にどう思われました。明治から、いや、歴史を遡ればこの国の有史以来、その名が千年以上続いたものが無くなった時に？」

五条は何も言わない。

「この国の人間にとって大事なのは旗印だ。率直に申し上げて大蔵省時代と財務省、金融庁とに分かれてからでは官僚たちの覇気が嘗てとは違う、矜持のようなものが伝わってこなくなった。それは、五条さん、あなたも感じてらっしゃるでしょう？」

五条はまだ黙っていた。

「明治以来、この国の殖産興業の発展の中心として寄与してきたのは帝都グループだ。帝都重工、帝都化学、帝都自動車、帝都商事、帝都地所……」

「そして、帝都銀行……？」

冷ややかな目をして五条がそう言うのに、西郷は一拍置いてから大きく頷いた。

「その結束の強さは金融危機の時にも現れた。我々は公的資金など一切必要ではなかった。帝都グループによる増資がいくらでも出来たからだ。しかし、金融健全化法を運用したいとする政府と当局の意向を斟酌して我々は従った。そのうえEFGまでも引き受けた」

「恩を売ってやったと言うわけですか？」

五条の言葉に今度は西郷が黙った。そして、再び長い沈黙になった。

鹿威しの音が強く響くように鳴った。

突然、ガバリと音を立てて西郷が席を立ったかと思うと、五条のそばに来て膝を屈し畳に両手をついた。

「頼む！　五条さん、この通りだ。我々の名前を返してくれ。帝都銀行の名前を！　それは帝都グループ総員の悲願なんだ。頼む！」

そう言って額を畳に擦りつけた。

そんな西郷を五条は冷たい目で一瞬眺めてから、慌てたようにその腕を取って引き起こした。

「止して下さい、先輩！　冷静に考えて下さい。TEFGは四つの都市銀行で出来上がった銀行だ。日本の金融の半分と言っていい。世界最高の格付を得て検査も終了した今、どんな名前に変えて頂いても結構です。東西帝都EFG銀行などと冗談のように長い名前はもういらない。しかし、帝都銀行はまずい。それだけは、まずい！　メガバンクとしての行内融和が崩れてしまう！」

「何度でも言う。これは帝都のエゴだ。しかし、帝都の旗印が戻れば金融だけでなく日本の産業界の中心が一致結束する。東京オリンピックを控えて再成長を見せるこの国の経済の推進力をさらに強めることが出来る。頼む、五条さん。それを分かって金融庁内と財務省、そして政府に説明して欲しい！」

そう言うと、五条の手を振りほどいてもう一度土下座をした。

鹿威しの音がまた響いた。

「行内を完全に帝都にする、ということが可能なのですか？」

五条は既に経営実態として東西帝都ＥＦＧ銀行が、帝都銀行になっていることは百も承知でそんな質問をした。

「役員三十名中二十二名が帝都出身なのを見れば一目瞭然でしょう。次の異動では更にそれを鮮明にする。もう、中身は完全に帝都なんですよ」

五条は間を置いてから予定通りの台詞を口にした。

「先輩。これはＴＥＦＧの頭取と金融庁長官ではなく、桂ゼミの先輩後輩の間柄として聞いて下さい。つまり私情を交えてお伝えします。帝都がどうのこうのではなく、私は先輩の望みを叶えて差し上げたい」

その言葉に西郷が顔を上げた。

「本当か！　五条君！」

「しかし、政府、財務省、金融庁内を纏められるかどうか……自信がありません。そこで、お願いがあります。これを持っていけば何とかなると思うんです」

西郷はようやく五条の本音を引き出した。そして、覚悟を決めた。

それが地獄への扉を開くことになるとは、西郷には想像もつかなかった。

◇

東京メトロ東西線に大手町駅から乗って、千葉方面へ十五分ほど、地下鉄を降りて地上へ出ると、昭和の時代には新開地と呼ばれた地域が広がっている。嘗てそこにあった倉庫街は、今はマンションの群れに変貌を遂げていた。

最終電車から吐き出され疲れ切った人の群れが、それぞれのコンクリートの住処に向かって地上に出ると一斉に散らばっていく。その中に東西帝都ＥＦＧ銀行本店総務部・部長代理の二瓶正平がいた。

二瓶正平、親しい友人たちはヘイジと呼ぶ。瓶と平、ヘイとヘイの二乗でヘイジ、中学時代からそう呼ばれている。

２ＤＫのマンションに妻と妻の母親との三人暮らしをしている。数年前から妻がパニック障害を患い、横浜の実家から母親が来て同居するようになった。住むには手狭になったが女房は安定した。ヘイジは今年四十一歳の前厄だ。本人は気にしていないが義母は神経質になっていた。健康診断の結果はどうか？　飛ばされたりしないか？　行内で悪い女に引っかかっていないか？

実際、特別良い男でもないのにヘイジはモテた。子供の頃から不思議な魅力で老若男女にヘイジのことを守ってやらなくては……と思わせる。電車の中で知らないおばさんに話しかけられ「頑張んなさいよ！」と小遣いを貰うことが何度かあった。それにはヘイジ自身も不思議で仕方がなかった。

ヘイジの父親は国立、東京商工大学法学部を出たエリート・サラリーマンで、帝都海上火災に入社、営業畑の転勤族だった。ヘイジは一浪の後、京都の私立大学、陽立館大学の経済学部に入学、クラブ活動でオーケストラに入り三年の時にはコンサートマスターを務めた。ヴァイオリンはクラシック音楽好きの父親の勧めで幼い頃から習っていた。

子供の頃から転校続きだったために、どんな人間にも合わせる術を身につけている。

大学卒業後、名京銀行に就職した。名古屋にある本店の預金部に一年いた後、京都支店、大阪支店と異動になりながら融資業務を中心に行っていった。

特別優秀ではないが難しいとされる仕事を不思議なほど丁寧に上手くこなした。金融危機で名京銀行が自分たちよりも大きな大栄銀行と合併し、ＥＦＧ銀行となってからもヘイジの能力は発揮された。

合併後の組織は大が小を徹底的に排除するように動く。他の名京出身者が異動の度に左遷や降格される中、ヘイジはその屍を乗り越えるように出世していった。ＥＦＧの子会社に出向すると、問題案件を解決し大阪本店・総務部に栄転していた。

そのEFGがさらに大きな東西帝都銀行と合併してからも同様で、子会社の投資顧問会社へ出向の後、ヘイジはTEFG本店総務部・部長代理になって戻っていた。

本店の行員数が七千人を超える中、名京銀行の出身者はヘイジを入れて僅か十五名しかない。


駅から歩いて十分で自宅マンションに着く。ヘイジはそっと鍵を開けて暗い室内に入る。女房も義母もとっくに眠っている。物音を立てないように廊下を歩き、奥のダイニングにたどり着く。明かりを点けるとテーブルには夕食が置いてある。

食事はいつも義母が作っている。午前一時を回っているが、ヘイジは必ず家で夕食をとることにしていた。健康に良くないことは分かっているが家庭融和の維持には必要だと思っている。台所のコンロに掛っている鍋を温め、味噌汁を椀に入れ炊飯ジャーから飯を軽くよそう。冷えた惣菜を食べることには慣れてしまっていた。電子レンジは意外に音がうるさいので寝ている家族のことを考えて使わない。鯖の味噌煮と南瓜の煮付けに箸をつける。義母の味付けは濃い目で冷えても美味かった。

十分ほどで食べてしまうと、音を立てないように食器を洗って水きりに置いておく。それからシャワーを浴びる。金融庁検査は終わったが、検査で滞った事務のために総務部では残業が続いていた。だが、部長代理で管理職となっているヘイジに残業代は支給されない。管理職には年俸制が取られているからだ。年俸制というとプロ野球選手を連想させ高給取りのイメージがあるが、現実には体よく長時間労働をさせる制度の呼称だった。

さっさとシャワーを浴び浴室で歯を磨き終え、パジャマ姿になって廊下の明かりを消してから、そっと寝室の扉を開ける。ドレッサーや洋服ダンス、部屋の大部分を占めるツインベッドの奥には妻の舞衣子が寝ている。ヘイジがそっと自分のベッドに潜り込むと、

「……平ちゃん、今日も遅いね」

奥から舞衣子が呟くように言った。

「ごめん、起こしちゃったか」

「大変ね、毎日……。検査、終わったんでしょう？」

「あぁ、そしたら検査でストップしていた仕事が雪崩のように押し寄せてきてね。嫌になるよ、この仕事」

「ごめんね。私……何もしてあげられなくて」

「舞衣ちゃんはゆっくり焦らず、ママと一緒に元気を取り戻せばいいんだよ」

ヘイジは舞衣子のベッドの枕元に座り、頭を撫でてやった。

「ごめんね。ごめんね……」

泣きながらそう言う舞衣子のベッドに入り、痩せたその身体を抱きしめてやる。そうやって舞衣子が再び寝入るまで抱いている。それがもう何年も続く日課だった。この頃は疲れてヘイジもそのまま寝込んでしまうことが多い。

月に何度か舞衣子は夜中に突然泣き叫ぶ。そんな時はずっと強く抱いてやる。治まらない時は義母も起きてくる。ここ何週間かはそんな症状は出ずヘイジを安心させていた。その日、ヘイジは舞衣子を抱いたまま泥のように眠った。


朝、六時十五分にはヘイジは必ず目を覚ます。舞衣子は眠ったままだ。

義母はその前に起きていて簡単な朝食を用意してくれている。夜中に食べるヘイジのことを考えて、自家製の野菜ジュースとフルーツヨーグルトが揃えられている。

「おはようございます」

ヘイジは目を覚ますと素早く洗面や身支度を済ませてテーブルにつく。

「あっ、正平さん。おはようございます。毎日大変ねぇ。昨日も終電だったの？」

「はい。でも終電で帰れるだけまだいいですよ。昔は朝方タクシーで帰ってシャワーだけ浴びてそのまま出勤なんてことがざらにありましたから……」

「でも、気をつけてね。あなた厄年なんだから……銀行の健康診断だけじゃなくてちゃんとした人間ドックも受けた方がいいわよ」

「おっしゃる通りです。考えておきます」

そう言ってヘイジはテレビのスイッチを入れた。ビジネスニュースにチャンネルを変えようとしたとき、ＮＨＫがニューヨーク証券取引所からのライブ中継をしているのに驚いた。

「……突然の日本国債の暴落に端を発した株式市場の大暴落に市場関係者は頭を抱えている状態です……」

ヘイジは慌てて鞄の中のスマートフォンを取り出し市場の数字をチェックした。画面に現れた数字に現実味がない。

「嘘……だろ……」

昨日まで０・５％前後だった日本国債の利回りが２％を超えている。ニューヨークの株式市場は一四〇〇ドルの下落……８％の大暴落だ。

「お義母さん。大変なことが起こっているんで直ぐに出ます。フルーツヨーグルトは冷蔵庫に入れておいて下さい。今晩帰ったら必ず食べますから！」

それだけ言うと大慌てで飛び出していった。

◇

丸の内の東西帝都ＥＦＧ銀行本店は、日本最大となる広大なディーリングルームを持つ。その面積はサッカーフィールドとほぼ同じだ。為替、債券、株……あらゆる金融商品がワンフロアーで取引され、多い日には一兆円を超える売買が行われる。

三百人を超える行員が六つのディスプレーを持つ情報端末を前にそれぞれ座り、直線上に延々と画面を見つめる人間の姿が続いている。その光景は未来的でどこか現実感がない。

ディーリングルームの朝は早い。七時を回る頃には全員が揃い、七時半からの各部門のブリーフィングに備える。

その日はさらに幹部による緊急会議が行われていた。ディーリングルームの一つ上の階にあるカンファレンスルームでは、国内外の資金証券関係の全部長、全課長が担当役員を囲んでいた。ニューヨーク支店の関係者も映像で参加している。内外資金運用の最高責任者である専務の桂光義を筆頭に総勢二十名だった。皆、画面に映るニューヨーク支店の担当者からの説明を聞いていた。

ニューヨーク時間・午後一時三十分、シカゴの先物市場で何の材料も無い中を突然、大量の日本国債売りが千億単位で断続的に出されたのが暴落の発端だった。

それを見たヘッジ・ファンドなどの投機筋が、米国債、米国株に売りを出したためにあらゆる金利商品、株式が暴落していった……ベテランの担当者も全くその背景が摑めないと話した。

「材料が無い中での先物の売り仕掛けなら普通ここまでの暴落にならない。売り手は大量に日本国債の現物も売っていたということか？」

桂が画面に向かって訊ねた。

「専務のおっしゃる通り、大手証券各社に現物の売り注文が出されて、あらゆるビット（買い提示価格）にぶつけられたということです。売り手は複数のようで……かなり腰が据わっています。オメガを筆頭にＵＴＦ（ウルトラ・タイガー・ファンド）など世界の主だったヘッジ・ファンドが勢揃いのようです」

オメガ・ファンドは米国最大のヘッジ・ファンドで、ファンドを率いるヘレン・シュナイダーは米国保守党の次期大統領候補に有力視されるマイケル・シュナイダー上院議員の娘だ。マサチューセッツ工科大学（ＭＩＴ）を史上最高成績で卒業した、金融工学の天才といわれている。

ＵＴＦは香港を拠点に近年急成長したアジア最大のヘッジ・ファンドで、エドウィン・タンという経歴不詳の香港人が運用している。

「まぁ、この規模だからそうだろうな。それでマーケットの人間の反応はどうだ？」

「市場関係者と話すと、皆、異口同音に〝来るべきものが来た〟と言います。日本国債が異常な高値でずっと安定し続けてきたことへの違和感の方が、海外の関係者には強いですから……。〝終わりの始まり〟という言葉も結構聞かれました。風はなくとも熟した柿は落ちると……」

桂はその言葉に頷いた。桂は全く落ち着いていた。

ＴＥＦＧは現在六十兆円の日本国債を保有しているが、桂の指示で既に償還までの期間の長いものは全て売却し、今では平均残存年数を一年半弱にしてある。今回、利回りが０・５％から２％まで暴落している十年物国債が仮に５％を超えても損失は軽微だ。

起こりうる暴落に備えをしてあったのだ。

「諸君らも知っての通り、当行はこのような事態に備えてきた。ただ、今後のマーケットで一体何が起こるかは〝神のみぞ知る〟だ。金利商品はスワップやオプション、ＣＤＳ（クレジット・デフォルト・スワップ）を通して複雑に絡み合っている。長短金利が壊れたロケットのような動きをする可能性もある。リーマン・ショックの時と同様に、あらゆる金融商品が過去との相関を失って同時に暴落することもありうる。株価も勿論どうなるか分からない。

これまでの統計的解析は役に立たないと思ってくれ。今日、何をしろとは言わない。ただ、何かが大きく変わる筈だ。それを見極める姿勢を持つことを忘れないでくれ。以上だ」

桂は全員の顔を見回した。それぞれ緊張はしているが、士気の高さは感じられる。備えあれば憂いなしだと桂は思った。

しかし、資金証券部長と証券第一課長（国債担当）、資金課長、総括課長という国内資金証券ラインの四人の顔色は尋常ではない。蒼白といっていい。

桂はその様子に少し怪訝な表情を見せたが、何も訊くことはなかった。

会議の後、桂は役員室には戻らずディーリングルームに特別に設けてある自分の席に向かった。

そこは若手の債券ディーラーたちに囲まれた席で情報端末も現役ディーラーと全く同じものが備えられている。役員になってからも桂は事あるごとにそこに座った。『生涯一ディーラー』を標榜している桂らしいあり方だった。

ディーリングルームに入るとディーラー全員の気が伝わってくる。それによって、市場の気も感じ取ることが出来た。臨戦態勢を取っているディーラーたちは、桂に見向きもせず情報端末に目を凝らしている。桂が席に着くと、

「専務、核戦争勃発ですね」

隣の席の入行四年目の若手ディーラー石原恵太が桂に声を掛け、桂は頷いた。

「今日はいらっしゃると思っていました」

「当然だよ。こんな面白い日に、ここにいない手はない。ディーラー冥利に尽きるというもんだ。で、寄り前の先物はどんな感じだい？」

「こんな大量の売り物は見たことがありません。二十分前で五千億を超えてます。尋常じゃないですね」

その時、別のディーラーが叫んだ。

「東証が本日の債券先物の値幅制限の撤廃を発表！」

桂がそれを聞いて小さく頷いた。

「当然だな。一気に売らせるだけ売らせた方が戻りは早い。ストップ安で止めてしまうよりずっといい」

「今日中に寄るでしょうか？」

「いや、今日はさすがに気配だけで終わるだろうな」

また別のディーラーが端末に現れた情報を叫んだ。

「日銀、無制限の金融緩和を発表！　短期金利の上昇を全力で抑制へ！」

これも桂の想定内のことだった。為替はニューヨークでの乱高下の後、方向感を失っている。

日米ともに長期金利が急騰（きゅうとう）しているために、見極めがつけづらいのだ。

そうして九時に近づいていった。

「五分前！　売り一兆二千億、買いゼロ！」

債券先物担当のディーラーが叫んだ。

「こりゃ、やっぱり駄目ですね」

「うん。でもよく見て感じておけよ。暴落の日のディーリングルームがどんな風になるのかを」

九時になった。異様なほどの静けさが支配している。

「いつもそうだ。いつもこんな風に静かだ。暴落という津波は、いつもアメリカからやって来る。ブラックマンデーもリーマン・ショックも……そして、東京は息をひそめてその津波を迎える。日本国債の暴落ぐらい日本発でやりたかったものだ。あっ、今のは、オフレコだぞ」

「専務、面白いですねぇ。でも、そんな専務の言葉を聞けるなんて僕はラッキーです」

桂は若者の言葉に微笑んだ。だが、桂の脳裏には日本国債暴落がもたらす将来への不安があった。まず世界の金融市場がどうなるか？

昨日のニューヨークのように日本国債だけでなく米国債、ユーロ債が同時に暴落を続ければ、急騰した長期金利によって世界全体の経済成長が大きく押し下げられてしまう。そして、株価も同時に下がり続ければ、世界恐慌を招きかねない。だがそうなれば、今度は長期金利が急低下する。それが経済の安定化機能というものだ。

恐慌でも長期金利が高止まりするとすれば要因は二つしかない。インフレになるか、国が信用を失い国債を誰も買わなくなるか……。しかし、今現在、どちらも可能性は低い。

「とすれば、この危機は早晩収束に向かう。しかし、これまで低すぎた日本の長期金利は上がらざるを得ないだろう。どこまで上がるかは分からんが、そうなれば……」

TEFG同様に他のメガバンクも国債保有を既に下げているために、日本の銀行機能の大枠に問題は出ない筈だった。しかし、地方銀行の中には大量保有しているものも多い。

「そこの問題と生保だな……」

生命保険会社の国債大量保有は周知の事実だ。ただ、これも大量の解約が発生しない限り問題は表面化しないし、その可能性は低い。

「やはり最大の問題は日本国自身か？」

国債の利回りの急上昇は新たに国債を発行する際のコストの急騰を意味する。

「オリンピックのインフラ整備に想定以上のカネが必要とされている中で、資金調達が上手く出来るかどうか……」

だが、桂は日本の底力には楽観的だ。

「何とかしてしまうのが日本という国だ。それがこの国の本当の強みなのだろう」

それにしても桂は、自分が主導してＴＥＦＧの保有する金融資産を、国債の暴落ではビクともしないようにしておいたことに今更ながら安堵した。

「さて、どうかな」

桂はＴＥＦＧの自行資産管理システムを端末から呼び出そうとした。ＲＴＥＶ（Real Time Estimate Value）と呼ばれるものだった。

人工知能を使った最先端のシステムで、市場価格の予測に基づいて銀行が保有する全ての金融資産の現在価値をリアルタイムで計算して表示する。暴落で値が付かない時でも、最悪を想定した数字が出るようになっていた。

リーマン・ショックの混乱の後、桂が指示をして五十億円の予算を投じて作らせたＴＥＦＧ自慢のシステムだった。

桂は専用のパスワードを入力した。

「ん？」

エラー表示が出る。

そのシステムは部長以上が使用する端末からアクセスできるもので、ディーリングルームに特別に置かれている桂の席の端末でも見ることが出来る。

「おかしい……」

桂は資金証券部長の席まで行った。部長は桂の姿を見ると慌てて立ち上がった。朝のブリーフィングの時と同様に顔色が悪い。

「君の端末からRTEVを見せて欲しいんだ。僕の席のは、何故だかエラーになるんだ」

しかし、部長は黙ったまま動こうとしない。

「どうした？　何か問題があるのか？」

部長はこわばったような表情で何も言わない。桂は嫌な予感を覚えた。

そこへ、桂の秘書の女性が慌ててやって来た。

「頭取がお呼びです。至急、頭取室までお願い致します」

「分かった、今行く」

桂はディーリングルームを後にした。

「失礼します」

桂は頭取室に入った。そこには頭取の西郷と副頭取の有村がいた。

二人とも顔が蒼い。

桂は、まずは二人を安心させようと笑顔を作って言った。

「どうかご心配なく。この状況を想定して万全の資産内容にしてあります。ＲＴＥＶを見て頂ければ一目瞭然の筈です」

それでも二人とも黙っている。ひょうきん者の有村が見たことのない深刻な顔つきをしている。その表情は、さっきの資金証券部長のそれと同じだ。いや、それは今朝のブリーフィングで見た他の三人、証券第一課長、資金課長、総括課長の三人とも共通している。

（何があった？）

桂は胸騒ぎがした。

「桂君……実は」

西郷頭取が力のない目をして口を開いた。

桂はその話の内容に血の気が引き、一瞬目の前が暗くなった。

# 第二章　闇の奥

中央経済新聞・市場部デスクの荻野目裕司は、情報端末を食い入るように見つめていた。

（さぁ、どうなる）

日本国債の暴落はニューヨーク時間午後一時三十分に起きたために、朝刊に間に合ってはいない。今日の夕刊と明日の朝刊はこの記事で満載になる。

部下にコメントを取るよう指示してあるのは、財務省とメガバンク、生保の関係者、そして主要証券会社のアナリストやストラテジスト、加えて金融の専門家とされる国内外の学者たちだ。国債も株も暴落している異常事態だが、問題は国債の方だ。

「来るべきものが来た。その衝撃度合いは計り知れない」

午前十時を回ったが、国債の価格を示す端末には売り気配を表す『ウ』の文字が表示されているだけだ。

荻野目は明日の朝刊に載せる社説の準備に掛った。パソコンを使わず社用の二百字詰め原稿用紙にサインペンで原稿を書くのが荻野目のやり方だった。まず表題を書いた。

『国債暴落の意味するもの――日本の過去・現在・未来』

そして、二枚目にペンを進めた。

「来るべきものが来たのか……アメリカ発の日本国債暴落。それがこの国に何を示し何を教えるのか、それを今、我々は考えなくてはならない……」

そこまで書いて荻野目は、スマートフォンを取り出してある人物の携帯に電話を掛けた。

だが留守電になる。

次に荻野目は机の上の電話の受話器を取って、番号登録してあるボタンを押した。それも同じ人物へのものだ。呼び出し音が三回きっちりと鳴った。

「はい。東西帝都EFG銀行、秘書室、冴木でございます」

「冴木さん。中経の荻野目です。桂専務をお願いします」

「お世話さまでございます。生憎、桂は会議中でございまして、折り返しお電話差し上げるよう申し伝えましょうか？」

「そうですね。では、宜しく」

そう言って受話器を置いた。

（まだ会議中か……当然かな。でもあの人はこの事態を想定して準備をしていた。慌てては

いない筈だ)

荻野目にとって桂は、二十年に亘って師匠のような存在だ。まだ駆け出しの記者の頃に、東西銀行の外国為替課長だった桂と知り合い、相場の何たるかを教えられて以来、師弟関係と呼べる関係が続いている。為替から株、債券と桂が運用の経験を積んでいく過程を荻野目は伴走者のように見てきた。

桂が凡百(ぼんぴゃく)の市場関係者と違うのは、独自の相場の見方や考え方を教えてくれる点だ。他の人間たちは、「日銀の誰それが電話でこう言っていた。財務省の誰と会ったらこういう話を聞いた」と大事そうに語りたがる。場合によっては自分の組織の内部情報を訊いてもいないのに喋(しゃべ)ったりする。桂は一切そんなことがない。

荻野目は二十年前に桂に言われた言葉が今も忘れられないでいた。

「プロ同士の情報のやり取りというのは、インサイダー情報を交換することではない。互いの切り口を見せ合うことなんだよ。それはマスメディアの人間も同じだ。優れた切り口には、情報が集まって来るものだ。君も自分の切り口を持つ記者になってくれよ」

桂は過去二十年の間、荻野目が最も信頼を寄せる市場関係者であり続けた。

「桂さんは日本の金融市場の生き字引だ。三十年以上に亘って彼が格闘してきた相場は尋常なものではなかった」

桂から聞かされる一九八五年のプラザ合意の時の凄まじい円高やブラックマンデーの際の株の大暴落。荻野目が歴史上の出来事としてしか知らないことを、桂は全て相場の当事者として経験してきているのだ。

荻野目はふと桂との会話を思い出した。

「面白いものでね。とんでもない相場が始まる前には、前兆のようなものを感じるんだよ」

「どんなものなんですか？」

「奇妙なほどの静けさ」

「静けさ？」

「あぁ、あれはプラザ合意の前日のことだ。三時を過ぎてその日の主な取引が終了した後だった。ディーリングルームが突然、しーんと静まり返ったんだ。何の音もしない。いや、そう思ったのは私だけで、ちゃんと他の者たちは電話をしたり喋ったりしていた。つまり、私だけが恐ろしいような静寂を感じていたんだ。その時に思ったのが何だと思う？」

「さぁ、分かりかねますが」

「ある映画の一シーンなんだよ」

「桂さんは映画がお好きでしたね」

「あぁ、大学生の時には年に二百本観たことがある。まだビデオなどない時代だよ。名画座巡りとテレビのみでそれだけ観たんだから……いかに勉強していなかったかが知れるがね」

そう言って笑った。

「で？　どんな映画のシーンだったんですか？」

「『史上最大の作戦』だよ」

「あぁ、第二次世界大戦の連合軍によるノルマンディー上陸作戦を描いた」

「そう。ノルマンディーの海岸沿いにドイツ軍が設けたトーチカがある。その中からドイツ兵が双眼鏡で海を見張っているシーンがあるんだ」

「敵の船が現れるかどうかを監視しているわけですね？」

「そうだ。それで……その日は霧が出ていてね。ドイツ兵がその霧の海を双眼鏡で眺めながら呟くんだ。『静かだ……何も見えない』ってね」

「それでどうなるんですか？」

「そう呟いた後でサーッと霧が晴れていく。するとそこには……膨大な数の連合軍の艦船が、海を埋め尽くしているんだ」

「なるほど、それは強烈な光景ですね」

「あのプラザ合意の前日、奇妙な静寂を感じた時に思い出したのがそのシーンだったんだよ。そして翌日、とんでもないことが起きた」

荻野目は端末に目をやった。

国債価格の表示は『ウ』のままだ。

荻野目は原稿用紙をさらにめくり次の頁に大きく書いた。

『メガバンクは無事か？』

そして思った。

（桂さんは今度も何か前兆を感じたのだろうか？　まずは、桂さんの話を聞かないと。今を一番見通している人からの話を……）

「桂君、この通りだ！」

西郷頭取は深く頭を下げていた。

東西帝都ＥＦＧ銀行本店・頭取室は異様な空気が支配し続けていた。頭を下げる西郷の隣に座る副頭取の有村は唇を嚙み天を仰いでいる。西郷が語った信じがたい話を聞いて桂は額に脂汗を滲ませていた。視線は定まっていない。暗黒が目の前に広がっていたからだ。

桂には目の前の二人など頭になかった。資金運用者としての頭脳をフル回転させながら今置かれた状況を考え、自分の出した予測数字に震えているだけだった。

「このままだと……損失は三兆円を軽く超えてしまう」

苦労して桂が作り上げた東西帝都ＥＦＧ銀行のＡＬＭが、いとも簡単に崩壊していた。

「潰れる……日本最大のメガバンクが……ここで潰れてしまう」

桂は呪文（じゅもん）のようにそう何度も呟いた。

あり得ないことが秘密裡（り）に実行されていた。いや、桂だけが知らされていなかったというのが正しい。東西帝都ＥＦＧ銀行の金庫に、いつの間にか核爆弾が運び込まれていたのだ。

そして、それが今日爆発した。

桂は声を絞り出した。

「何故です？　一体何のために……そんな取引をしたんです？」

西郷頭取はまだ頭を下げ続けていた。そして、くぐもった声で答えた。

「全て……私の責任だ。私と帝都の責任だ」

その言葉に桂が激怒して声をあげた。

「この銀行は帝都銀行ではない！　東西帝都ＥＦＧ銀行です。忘れたんですか！　日本最大のメガバンク、ＴＥＦＧなんですよ！」

「すまん！　この通りだぁ！」

西郷はさらに頭を下げた。頭を下げながら西郷は、料亭での五条金融庁長官の言葉を思い出していた。

「私は先輩の望みを叶えて差し上げたい。……しかし、政府、財務省、金融庁内を纏められるかどうか……自信がありません。そこで、お願いがあります。これを持っていけば何とかなると思うんです」

それは悪魔の囁き(ささや)きに他ならなかった。

丸の内、東西会館。

レストランや催事場、大小談話室が備えられたそこは、財界御用達(ごようたし)の社交の場だ。警備の都合が良いことから、閣僚など政界関係者も会合に度々利用する。その一室に四人の人物が集まったのは、西郷と五条が料亭でのやり取りをした一週間後の昼下がりだった。

民自党幹事長の小堀栄治(こぼりえいじ)と財務事務次官の水野正吾(みずのしょうご)、そして金融庁長官の五条健司と東西帝都EFG銀行頭取の西郷洋輔の四人だ。

「こうやって日本の金融を支配するお歴々を前にすると……私のような若輩は縮みあがってしまいます」

小堀幹事長が笑いながら言った。祖父に昭和の大宰相・小堀栄一郎(えいいちろう)を持ち、今年四十歳になる民自党のホープだ。次の次の総理を狙えるといわれる若手の実力者だった。
モデルのような顔立ちとスタイルで、男性ファッション誌の表紙を飾ることもある。弁舌の爽やかさとウイットに富んだ即興のコメントは、老若男女を問わず大いに人気を得ていた。

この若さにもかかわらず寝技が得意で難しい問題で党内の若手を纏め上げ、民自党の長老たちからも厚い信任を得ている。前回参院選の後で幹事長に抜擢されていた。

「飛ぶ鳥を落とす勢いの小堀幹事長に怖いものなどない筈、我々の方が緊張しております」

そう言ったのは五条だった。その五条に続いたのが財務省の水野次官だった。

「小堀幹事長には益々お力を発揮して頂き、民自党を引っ張って貰わねばなりません。日本経済を成長軌道に乗せて、小堀総理の下でオリンピックを開催して頂かないと……」

水野は十年に一人の〝ミスター財務省〟と呼ばれる実力者だ。長年の懸案だった税制改正法案を通した手腕は、省内外で高く評価されている。痩せぎすの体に鋭い眼、大きな黒縁眼鏡の下の小さな顔、頬はこけていてどこから見ても高級官僚の風貌だ。

「止して下さい。私などまだまだ雑巾がけをしなければならないひよっ子の身です。もっと勉強させて頂かないと……」

小堀の言い方には嫌味が無く可愛いと思わせるところがある。ジジイ蕩しといわれる小堀は年長者への対応が抜群に上手い。そして官僚の扱いにも非凡なものを発揮していた。それは祖父・栄一郎譲りと言われる。

会った官僚の名前は全てフルネームで覚え、主な人間たちの配偶者の誕生日を把握していて必ず何らかの品を贈る。政策や法律に精通しているが、決してそれを官僚の前でひけらかさず余計なことを一切言わない。じっくりと話を聞きポイントだけを突く。そして、まず官僚が求めることを実現してやり、恩を売ってから党で纏めた要求を持ち出し、通していく。

その小堀が西郷に訊ねた。

「西郷頭取、いかがですか日本経済は？　現場で御覧になっていて実態をどうお考えですか？」

西郷がそれに笑顔を作って答えた。

「長いデフレからの脱却……民自党が政権に復帰されてから三年が過ぎ、それが明確に見えてきたと考えております。銀行の窓口でも住宅ローンの申し込みがはっきりと増加傾向にありますし、企業の資金繰りも前向きなものに変わって設備投資の資金需要も出てきています。これは、過去十五年には見られなかったことです」

「我が党の取った政策が間違ってはいなかったわけですね？」

「はい。思い切った金融緩和による、リフレ政策と企業の競争力を高める法人税減税は効いています。円安傾向は続いていて、企業収益も大幅に改善しています」

「オリンピックの東京開催も大きいですか？」

「もちろんです。二〇二〇年に東京でオリンピックが開かれることには大きな意味があります。明るい将来が具体的に描ける。日本人は具体的に将来をイメージするということが苦手な国民ですが、オリンピックは誰もが明確に描くことが出来る将来です。これから新しい競技施設などが建設されていく過程で、それがさらに大きく膨らみますから様々な経済的効果が期待できます」

「単なる箱モノ行政では終わらないということですね？」

「その通りです。個人の消費や投資に大きなプラスの効果をもたらす筈です」

そこで、財務省の水野事務次官が口を挟んだ。

「ただ……当初の試算よりもその箱モノにカネが掛かるのには頭が痛い。東京のインフラの老朽化は思った以上に深刻でした。オリンピックまでに全部やり替えるとなると……税収がもっと伸びて貰わないと大変です。資材費も高騰（こうとう）しているし、人手不足で人件費も上がっている。その点で法人税減税による税収の頭打ちが痛い。本当に痛い！」

苦々しげにそう言う。そこへ五条が、待ってましたとばかりに言うのだった。

「水野次官。そこへ西郷頭取が大変結構なお話を持ってきて下さったんです。是非ともそれを皆様にお聞き願いたいと思い、今日この席を設けさせて頂いた次第です」

五条はそう言って西郷に顔を向けた。

西郷は頷いてから言った。

「先般、当行は主要格付機関から最高の格付を獲得するに至りました。これも金融庁を始めとする御当局の長年の御指導の賜物です」

そう言って水野と五条を交互に見ながら小さく頭を下げて、西郷は続けた。

「今、水野次官が御懸念を示されたオリンピックの資金。そこに憂いなく成功に導く一助として当行が資することを考えております。単刀直入に申し上げます。超長期国債を当行で引き受けさせて頂こうと思います」

その言葉に、水野はニコリともせず訊ねた。

「どの位、お引き受け頂けるのですか？」

「三十年債で三兆円。そう考えております」

それを聞いて小堀が笑顔を見せた。

「それは素晴らしい提案だ。いやぁ、西郷頭取、これは助かりますよ！　水野次官、ありがたい話ですね。そうでしょう？」

それでもまだ水野は笑顔を見せない。そして眼鏡の奥の鋭い眼を光らせながら、西郷に訊ねた。

「それで……御行は何か見返りを求められるのですか？」

西郷は息を呑んだが、笑顔で答えた。

「いえ、特には何もございません。ただ……」

「ただ？」

水野は追い込むような眼をして言った。西郷はその眼に気圧されたが平静を装った。

「当行の名前を変える予定です。それを御承認頂ければと……」

そう言って西郷は笑顔を作った。

「確かに東西帝都ＥＦＧ銀行は長すぎますよねぇ。それを短く分かりやすいようにされるのですか？」

小堀が無邪気そうに訊ねた。

「はい。帝都の二文字に……」

その瞬間、その場の雰囲気が変わった。西郷は笑顔を続けたが、他の三人は考え込む難しい表情になった。

西郷は続けた。

「当行は大幅な増資を計画しております。帝都グループ企業全社に対して、総額二兆円の第三者割当増資を行う予定です。それによって、当行を名実共に帝都銀行とするつもりです。これを機に日本を代表する帝都グループが、オリンピックを全面的に支援し、日本をさらなる成長軌道に乗せる柱となるつもりです」

「増資を行っても、全株を帝都グループが握るわけではないでしょう？」

　水野が冷たい口調で言った。

「確かに１００％を帝都グループが支配するわけではありません。ただ、既に当行は実態としては帝都銀行です」

　そこへ小堀が言った。

「私は金融の専門家ではありませんが、御行は四つの銀行が合併したメガバンクですよね。それを帝都とすることで、まとまりが保てるのですか？　他の銀行出身者の反発があるのでは？」

「幹事長、御心配には及びません。既に行内のコンセンサスは取れております。むしろ他行出身者も喜んでおります。帝都銀行の名は彼らにとっても憧れでありましたので……」

　そう言う西郷に、水野が厳しい口調で言った。

「それは詭弁ですな。帝都の人間の勝手な言いぐさと取られてもしかたがない。名前を変えるのは結構ですが、帝都はまずい。世界に冠たる銀行として、全く新しいスマートな名前にされることをお願いしたい」

それに小堀も賛同した。

「そうですよ。もう財閥云々の時代ではない。西郷頭取、やはりこれからは全く新しい名前で……」

「お言葉ですが、それは譲れません。これは帝都グループの悲願です。名前を返して頂ければ我がグループの結束力はさらに強まります」

「う〜ん、確かに日本人は名前には弱いですからねぇ。言霊というものがあるくらい名前への拘りが強いのは分かりますが……でもなぁ」

小堀がそう言うと、西郷は強い口調で言った。

「これさえお認め頂ければ、当行は喜んで超長期国債を購入いたします。でなければ、この話は無かったことにさせて頂きます」

「何です。脅しですか？」

水野が薄く笑いながらそう言った。西郷は額に脂汗を浮かべながら答えた。

「決してそのようなことはございません。何卒、帝都グループの総意をお聞き届け頂きたい」

全員が黙った。

暫くしてから五条が言った。

「水野次官、如何(いかが)です？　私は『帝都銀行』で金融庁内を纏めるつもりですが……」

水野は黙ったままだ。

「次官……何卒、何卒宜しくお願い致します」

西郷は深く頭を下げた。

「西郷頭取、それほど大事ですか？　名前が？」

水野の言葉に西郷は黙って大きく頷いた。水野は言った。

「財務省としては安全圏に財政を持っていきたい。それに御協力頂けるのなら……この話は承りましょう」

「安全圏……と言いますと？」

西郷は怯(おび)えたような眼になっている。

「三十年債を三兆円では難しい。四十年債で五兆円、表面利率1・5％……これでどうです？」

西郷はウッと息を呑み黙り込んだ。

長い時間が過ぎたように思われた。

「わっ、分かりました。それでお願い致します！」

そう言って西郷は頭を下げた。頭を下げ続ける西郷の姿を横目に見ながら、水野、五条、小堀の三人は冷たい笑みを浮かべ互いの顔を見て小さく頷き合っていた。

（……全て段取り通り）

五条は心の中で呟いた。

「五兆円の四十年債……」

西郷の口からそれを聞いた桂は、茫然自失となった。

債券の価格は（100＋表面利率×残存期間）×100÷（100＋利回り×残存期間）として表される。

表面利率1・5％の四十年物（残存期間四十年）債券は一〇〇円で発行される。いま十年物の利回りが僅か一日で0・5％から2％まで跳ね上がっている。十年物で価格は八七円にまで暴落しているのだ。

それが更に四十年債となると推定で換算される損失はさらに広がる。償還までの期間が長くなればなるほど債券のリスクは高くなり、特に流動性の無い四十年物などの価格は低くなり、損失額はさらに上乗せされる。

桂は十年物の利回りはこれから下手をすると5％近くにまで上昇する、つまり、債券価格はさらに大きく低下すると予測していた。

（推定損失は……四兆円を超えるぞ）

桂はそう考えた。

西郷は東西会館での話を銀行に持ち帰ると副頭取の有村と相談し、桂を外した形で超長期国債の大量購入を進めていった。桂がそれを絶対に受け入れないのが分かっていたからだ。

「桂君には来月の異動で投資顧問会社の社長として出て貰う。本件には最初から関与させない」

そして、資金証券部長と証券第一課長（国債担当）、資金課長、総括課長という国内資金証券ラインの四人に購入の指示を出した。全員帝都の出身者だ。

日銀に置いてあるＴＥＦＧの預け金を使って購入し、そのまま日銀の中のＴＥＦＧの債券口座へ振り替える形が取られた。購入の稟議書には桂の印だけが押されていない……。

その話を聞いた瞬間、桂の全身から力が抜けた。脱力感の中で桂は訊ねた。

「帝都銀行という名前がそれほど欲しかったのですか？　その名前のために銀行が潰れるかもしれないのが分からなかったのですか？」

「桂ちゃん。頭取を責めないでくれよ。これは我々帝都の人間にとっての悲願だったんだ。君には分からんだろうが帝都の名前を奪われた時、我々は死ぬほど辛かったんだよ」

有村が無理に笑顔を作りながら言った。

「分かりませんね、そんなこと。いや、分かりたくもない。名前を取り戻すために銀行の資産をズタズタにして、潰れるかもしれないのに何が悲願だ！」

西郷も有村も何も言えなかった。

「私を外して五兆円もの国債を購入した行為は、コンプライアンス違反を超えて場合によっては背任の構成要件を満たす刑事犯罪ですよ。それをお分かりだったんですか？」

その言葉に二人は項垂(うなだ)れるしかない。

そのまま長い時間が過ぎた。

桂は溜息をついた後で、意を決したように言った。

「お二人を犯罪者にするわけにはいきません。私も判子をつきましょう。この取引に関与していたことにします」

二人はその言葉に顔を上げた。

「本当か桂君！　そうしてくれるか！」

西郷は泣きそうな顔をしていた。

「但し、条件があります。事態の収束のための資産運用の全権限を私に与えて下さい。相場は相場で取り返すと言いたいところですが、どこまでやれるかは分かりません。ですが、このままでは当行は潰れる」

「分かった。具体的にはどうすればいい？」

「明日、全役員を集めて下さい。まず、この事実を公表します」

その言葉に有村が慌てた。

「いや待ってくれ！　それではパニックになる。事態が収まるのを待ってから……」

桂は有村に吐き捨てるように言った。

「一体どう収まるんですか？　当行は債務超過に陥るんですよ。その可能性が高い。私の相場観では国債の暴落は続き、最終的には自己資本の倍は軽く吹っ飛ぶ！」

「そっ、そんなになるのか？」

桂はそう言う西郷に怒鳴った。

「あなたがたはマーケットを何だと思っているんですか！　普段は博徒とかギャンブラーと陰で私を馬鹿にしておきながら、自分勝手にとんでもないことをしでかし、その結果すらちゃんと分かっていない。旧き良き銀行マンは、相場をヤクザな仕事と決め込み理解しようとしないからこんなことになる。一つの誤った取引が息の根を止めるんですよ！」

二人は黙った。

事態の深刻さを今になって気づいている様子の二人に、桂は改めてショックを受けた。

「全役員を集めて説明すれば……君もその責任を負うことになる。それでもいいのかね？」

西郷が桂を見て言った。

「しょうがありません。ここから私が指揮を執るとなれば、そうせざるを得ないでしょう。今お二人が犯罪者とされ役員が総退陣にでもなれば、それこそお終いです」

「分かった。明日全員を集めよう」

「あと、直ちにRTEVを回復させて下さい。見られないようにされていますよね？　私は今からディーリングルームに戻ります。席に着き次第見られるよう、今直ぐ指示を願います」

西郷はその場で電話を取って、システムの責任者に連絡を入れた。それを見届けてから桂は、頭取室を後にした。

桂はディーリングルームの自分の席に戻ると、キーボードを操作してパスワードを入力した。〝RTEV〟という文字が画面いっぱいに浮かび上がり、続いてメニュー画面になった。〝推定全資産価値〟をクリックした。表示された数字を見て桂は目を瞑った。マイナスが二兆円を超えている。数千億は政策的に持つ株などからの想定内のものだが、大部分は超長期国債の損だ。

「推定数字は今日の段階のものだ。恐らくこの倍近くになることを覚悟しなくては……」

桂は直ぐにRTEVからログアウトした。

「専務、これはどこまで行くのでしょう？」

隣の席の石原が訊ねた。債券価格はまだ『ウ』のままだ。

「……君はどう思う？　相場の世界ではまず自分の相場観を話してから相手に訊くもんだ」

「そうでした。申し訳ありません。いやぁ、でも自分が経験したことのない大変なマーケットですから、どうにも予測がつかないんです。昨日の利回りから一日で倍になるなんて信じられなくて……」

「マーケットについていくにはマーケットに成りきるしかない。自分自身がマーケットだと思い込むんだ。すると何かが見えてくる」

「マーケットに成りきる？」

「そうだ。マーケットの波をかぶる人間の視点ではなく、波の視点で人間を見るんだ」

まだ若い石原は考え込んだ。

「う～ん、難しいなぁ。禅問答ですね」

「まぁでも、やってみることだ」

桂はそう言いながら今の自分にはそれが出来ないことが分かった。完全に津波に押し流されているのだ。

（……どうする？　一体どうすればいい？）

明日の朝、全取締役の前で自分は何を言うのか？　あのまま二人を糾弾して関係者全員を更迭し、自分が頭取になることも出来たのでは？

（だが、損は残る……そうすれば銀行は存続できない。このままではどうなっても潰れてしまう）

桂は頭をフル回転させた。明日以降、西郷頭取や有村副頭取に何をさせるか、そして、自分自身がどう相場と向き合うか。

前場が終了した。桂の目の前のディスプレーには、売り気配の表示が並んでいるだけだ。

「当行のポートフォリオがびくともしない状態だから安心していられますが、そうでない銀行や保険会社は今頃生きた心地がしないでしょうね」

石原が笑顔でそう言う。桂は何も答えずに席を立った。

「……何が起こるか分からんのが相場だ。どんな状態になっても、思考停止に陥らずその場でどう動くかを常に考えられるようにするんだぞ」

そう言って石原の肩に手を置いてから、桂はディーリングルームを出て行った。

◇

桂は役員フロアーの自分の部屋に戻った。机の上に置いていた携帯には幾つか留守電が入っている。それをチェックしていると秘書の冴木がやって来た。

「中央経済新聞の荻野目さまがお電話を頂きたいとのことです」

「……分かった。それだけかい？」

「はい。ランチはどうされます？　役員食堂でとられますか、それともこちらに持って参りましょうか？」

冴木は長年、桂の秘書を務めていて、マーケットが大きく動いている時の桂の行動をよく把握している。そんな時、桂は部屋の端末で様々な数字をチェックしながら昼食をとるからだ。

「冴木さん、申し訳ないが外に買いに出て貰えるかな？」

「はい」

「ニッポン屋のナポリタン、ジャンボを頼みたいんだ」

そう言って財布から千円札を出すと手渡した。ニッポン屋とは有楽町駅近くにあるスパゲティー専門店で、桂が学生時代からある店だ。ワンコインで食べられる大衆店でテイクアウトも出来る。ジャンボとは大盛のことで五〇〇グラムを超える。冴木は笑顔で札を受け取ると言った。

「大変なマーケットなんですね。専務」

桂は大きな相場を張る時には、決まって同じメニューのテイクアウトを頼む。

「ニッポン屋のジャンボを完食できるうちは現役で相場を張り続けるよ」

桂は緊張状態になると異様な食欲が出る。普通の人間なら逆だが、その体質が桂を三十年以上も相場の世界で生きられるようにしていた。

市場と対峙する集中力によって消費される膨大なエネルギー。場合によっては、一時間で体重が二キロ落ちる。それを食事で即座に補うことで、桂は体力と気力を維持して相場に向かえた。

冴木が部屋を出て行った後で桂は考えた。

（荻野目か……新聞とは上手くやっておかないとまずいぞ）

今のＴＥＦＧの状況が公になれば大変なことになる。いや、いずれなる。

（それまでに……何が出来る？）

単なる相場ではなく、組織の生き残りを賭けたその問いは物凄い重圧だ。

（まずは……四十年債を損金処理しないで済むよう当局への働きかけだ。それは頭取と俺で直ぐにやろう）

銀行は保有する債券の簿価が時価を下回れば損が発生したものとみなされる。その損を埋めるために引当金を積まなくてはならず保有する他の資産を売却して資金を捻出することが必要になる。そのカネが準備できなければ……破綻だ。

桂は四十年債による最終損失は四兆円と予測している。

（四兆円を埋める原資は無い……）

このままではＴＥＦＧは破綻する。それを避けるためにも超長期国債は償還まで保有する塩漬けの資産と当局に見做させ、会計上損金扱いを免れることが必要になる。ただそれは銀行の場合には受け入れてもらえない会計処理だ。

（頭取の話では金融庁の五条長官から持ち込まれたこと……当局にはその弱みがある筈）

それで押し切るしかないと結論を出した。そして桂は頭を一旦空っぽにするようにした。何も考えない。そんなボーッとする時間を桂は必ず持つ。

暫く時間が経って桂は携帯から中央経済新聞の荻野目に電話を掛けた。

留守電になったのでそのまま切った。そして机上の電話の受話器を取って頭取の秘書に電話を入れ、四時に副頭取の有村も入れてのミーティングをセットするように依頼した。

受話器を置くと直ぐに携帯が鳴った。

「荻野目です。お会いしてお話を伺いたいのですが？」

「分かった。じゃあ、六時に来てくれ」

それだけで電話を切った。電話で余計なことを一切言わないのが、二人のルールだった。

相場の本質的な話は電話では出来ない。優秀な聞き手である荻野目とは、面と向かってじっくりと話し合うことで桂自身も考えを纏めることができるからだ。

しかし、今日は大変な状況を隠して荻野目と会うことになる。不安はあるが、今日会わないと余計な憶測を呼んでしまうと考えた。

(あの男のことだ。必ずこちらが何か隠していることに感づくだろう……遅かれ早かれ状況は明らかになる。その時、こちらに有利になるように書かせなくてはならない)

マスコミ対応は常に戦略性を帯びている。単に情報をやり取りするだけではないのだ。

そこへ冴木が入って来た。テイクアウトしてきたスパゲティーをちゃんと皿に盛りつけ、烏龍茶(ウーロンちゃ)も用意されている。大盛のナポリタンは山のようだ。

机の上に置かれると桂は自嘲(じちょう)気味に笑って言った。

「ありがとう。改めて見るとやっぱりでかいな」

「でも、これを全部召し上がれるのは凄いです。今の若い行員でも無理じゃないですか？」

そう言って笑いながら、釣銭を机の上に置いた。

「六時に荻野目くんが来る。帰る前にポットに珈琲を用意しておいて貰えるかな？」

「承知いたしました」

そう言って冴木は下がった。桂は早速、スパゲティーを頬張った。独特の油の匂いが鼻を抜け、炒めた麺のザラリとした味わいが桂の食欲を刺激しどんどん胃袋に収まっていく。

（四兆……四兆）

桂は頭の中でその金額を繰り返しながら食べた。ひたすら食べた。安油のしつこい味わいが、自分の力に変わっていくことを信じて食べた。この窮地に自分がどれだけのことが出来るか……冷静に考えると絶望しかない。それでも桂の体はエネルギーを要求した。

それが相場に生きる者の性だった。

東西帝都ＥＦＧ銀行本店の食堂は広大だ。七千人の胃袋を満たすそこは、十種類の定食とパスタを含む五種類の麺類が用意され、サンドイッチやホットドッグなどの軽食もある。

ヘイジはカウンターでミートソースのスパゲティーを注文した。いつもなら夜中までの長い午後を考えて、一番カロリーのある定食を食べるのだが、今日は市場が気になって食欲がない。出てきたスパゲティーの上で、パルメザンチーズの入った缶を力なく振っている時だった。

「あら！　珍しいわねぇ」

同じ部の持山千鶴子が声を掛けてきた。高卒で帝都銀行に入った超ベテラン行員で、総務部長が新人の時に彼女が教育係だった関係から部内では誰も逆らえない。大柄な持山は気が良く肝っ玉かあさん的存在でヘイジは彼女のお気に入りだった。

「二瓶さんがスパゲティーなんて……具合でも悪いの？」

「持山さんこそ。今日は麺類ですか？」

持山はきつねうどんをトレーに載せている。

「フフッ。ダイエットよ。ダイエット」

「持山さんは全然ダイエットの必要なんかないじゃないですか……」

見え透いたお世辞も、ヘイジが言うと嫌味にならず耳に心地よい。持山は笑顔になって言った。

「あなた午前中いなかったでしょう？　部長がどこ行ったとイライラし始めたから、私が地下室の書類の整理を頼んだって言っといてあげたわよ。感謝しなさい」

「いやぁ、さすが持山さん。感謝感謝。実はディーリングルームにいたんです」

「やっぱり大変なの？」

「尋常ではない暴落ですから……名京の時の同期が株式の事務主任なんで、ずっとそいつの隣にいて市場の様子を見てたんです。同期が言うには、うちはちゃんと事前に手を打ってあるから問題はないらしいんですけどね……」

「そう言うんだったら大丈夫よ。心配なの？」

「はぁ。僕はEFG時代に取り付け騒ぎを経験してるんで……」

それから二人は、向かい合わせにテーブルについて食べながら話を続けた。

「私も資金証券部が長かったから分かるけど、今度の暴落は大変ね。色んな銀行がまたおかしくなるのかしら？」

「嫌ですよね。あんな思いは二度としたくないですよ」

ヘイジの不安そうな顔を見て、持山は食べる手を止めて優しく微笑みかけた。

「あなた、苦労したんだもんね。帝都の人間はある意味勝ち組だからそんな経験をしていない。取り付けなんてもし起こったらみんなどんな風になるのか……想像もつかないわ」

持山の視界に総務部長と次長、二人が入って来た。彼らは毎日揃って昼食をとる。

「ああやっていつもつるんで……自立ってもんが出来ないのかしらね。帝都の男たちは？」

ヘイジもそちらをチラリと見てから言った。

「帝都に非ずんば人に非ず。帝都でいるということの安心。それが何ものにも代え難いんでしょうね。羨（うらや）ましいですよ」

「でも昔の帝都はあんな風に男たちが気持ち悪くつるむことは無かった。バブルが弾（はじ）けてからね。自信が無くなった証（あかし）よ」

「厳しいですねぇ、持山さんは。仲良きことは美しき哉（かな）、ですよ」

「でも何か起こったら対応できるのかしら？　だからあなたのような経験をした人がいるのが貴重なのよ」

「そんな風に思ってくれるのは持山さんだけですよ。僕なんかゴミ扱いですから。それに本当に事が起こったら……僕なんかじゃ全く役に立たないですよ」

　持山はそんなヘイジの態度を好ましく思った。

「名京銀行出身のあなたが生き残って来たのが分かるわ。部長だって何だかんだ言ってもあなたを頼ってるもんね」

「ホントかなぁ？　いつもネチネチ言われてますよぉ」

　そうは言いながらヘイジは嬉しかった。持山の言葉で少しずつ食欲が出てきていた。遠くでは、総務部長たちがトレーを持って空きテーブルをウロウロと探していた。

「ドミノ倒しみたいなものですけど、結局一番小さくて弱いものが真っ先に倒される。そうやって僕のような名京出身者は今や絶滅危惧種です」

それを聞いて持山は複雑な表情になった。ヘイジはその持山を逆に慰めるように言うのだった。

「でも、しょうがないですよ。強いものが弱いものを呑みこむのは自然の摂理ですから……僕はただ日常の仕事をする。只、日々をこなす。只管打坐ですよ」

「何それ？」

「只管打坐……禅の言葉です。何だか妙に頭に残ってる言葉なんですよ。大学の夏休みに面白半分で友達と二人して坐禅に行ったんです。その時に教わった言葉で、只管打坐……何も考えず只ひたすら坐禅に打ち込む。自分の周りで何が起ころうと坐禅のようにひたすら目の前の仕事をしていく。まぁ、そうとでも思わないとやっていけなかっただけですけどね。嫌なことがある度に『只管打坐、只管打坐』と馬鹿の一つ覚えみたいに呟きながらやって来たんです」

そう淡々と語るヘイジに持山はある種の凄みを感じていた。

国債暴落の日、午後六時を過ぎた。

（おかしい……）

中央経済新聞の市場部デスク・荻野目裕司は、東西帝都ＥＦＧ銀行の役員室で専務の桂光義と対峙して違和感を持ち続けていた。

桂の様子がおかしい。荻野目は桂の使う言葉に、奇異な感じを持った。

「当行のポートフォリオは万全だ」

「当行は他に先駆けて保有債券のリスクを大幅に落として来た……」

普段の桂ならこう言う。

「ウチのポートフォリオは……ウチは先駆けて……」

どこか余所行きの言い方になっている。台本を喋っているようにも思える。

その桂は自分が緊張していることは分かっていた。相場のことで嘘をついたことは今の今まで一度もない。喋れないことは「喋れない」とハッキリとノーコメントを貫いた。

だが今は違う。

他人のしくじりを引き受けたのはいいが……相場で打つ手が見いだせない。国債市場はその日、東京では値が付かず売り気配のまま終わっていた。続くロンドン市場でも日本国債の売り一色は変わらない。どこで値が付き、どこで下げ止まるか全く見えない。

同じ相場は二度無いが未曽有の国債暴落はどんなデジャヴも呼び寄せることがない。

嘘をついているうえに桂は相場への自信を失っていた。いや、嘘が自信を打ち消しているともいえた。桂は自分の言葉が上滑りしていることは分かっていた。それでも懸命に喋った。心ここにあらずは承知だ。

その桂が我に返ったのは、荻野目が洩らした一言だった。

「国債暴落の金融業界へのインパクトをどう考えているか……金融庁の五条長官にコメントを取りたくても休暇で全く連絡がとれないんですよ」

「五条長官が休暇!!」

その桂の様子に荻野目の方が驚いた。荻野目はそこでやっと普段の桂の声を聞いたように思った。桂は西郷頭取と有村副頭取に五条長官との話し合いを早急に設定するように指示し彼らは直ぐに動いた。しかし、金融庁からの返事は取れていなかったのだ。

「金融庁は君に何と言ったんだ?」

「五条長官の秘書は『私的な事情で休暇を取られている』と言いました」

「私的な……身内の方でも亡くなったのか?」

「それは分かりかねますね」

直ぐにでも金融庁に五兆円の四十年債の会計処理を、TEFGに有利な形で認めさせる方向で動きたい。それには五条との直談判が不可欠なのだ。

桂は荻野目の存在を忘れて考え込んだ。その様子を見て荻野目は、ＴＥＦＧが只ならぬ状況にいまあることに確信を持った。荻野目は思い切って訊ねた。

「桂さん。何かが起こっていますね？　この暴落を想定していた筈なのに何かが違った。そうじゃないんですか？」

桂は不意を突かれたが、そこで腹を括った。

二人の間に長い緊張の沈黙が流れた後、桂は笑顔になって言った。

「知りたいか？　だがこのことは、私がＯＫを出すまで絶対に公表は駄目だぞ」

荻野目は、やっといつもの桂になったのを感じた。

凄みのある笑顔は相場師のものだった。

グランドハイアット、ニューヨーク。

ミッドタウンのグランドセントラル駅に隣接するそのホテルは、交通の便が良くビジネス・エグゼクティブの多くが利用する。定宿であるそのホテルで金融庁長官の五条健司は明け方近くスマートフォンで日本国債の動きをチェックした。時差ボケで眠りが浅く何度も目が覚める。

何度見ても値は付いていない。

画面をメールに切り替えると三つ受信が入っていた。二つは金融庁からのもので、もう一つは今日のアポに関しての確認メールだった。

「朝食をご一緒に……午前七時半に貴殿宿泊ホテルのダイニングルームで」

時計を見るとまだ四時半だが目は冴えている。五条はベッドサイドの読書灯を点けた。

そして枕元に置いてある本の頁を開いた。岩波文庫、コンラッド『闇の奥』だった。学生時代からの愛読書で出張の際にはこれと漱石の〝猫〟を五条は必ず持参した。〝猫〟はどこからでも読めて時間を潰せるだけではなく、必ず新しい発見があって飽きない。そして、コンラッド……。

『闇の奥』は旅に出ると何故か読みたくなるのだ。

仕事でアフリカの奥地にやって来たイギリス人が、ある人物の噂を耳にして以来、その人物のことが頭から離れなくなる。

凄腕の象牙商人、クルツ。

そのクルツが密林の最深部で音信不通となりイギリス人は捜索に向かう……。

五条は栞を挟んであるところから読み進んでいった。

……だが、たとえ悪夢にもせよ、少くとも自由なすばらしい夢を持つ方が、まだしも人として生甲斐ではないか。

『本当は、僕は荒野に魅せられて来たのであり、クルツに惹かれて来たのではない。しかも今や、その彼は墓場の中の人間も同様だった。だが、考えてみると僕自身もまた、ほとんど名状しがたい秘密に充ちた、巨大な墓場の中に埋められたようなものであった。湿った土の香、勝ち誇る見えない腐敗の影、漆のような夜の闇、――僕は堪えがたい重荷が、胸に押し被さってくるのを感じた……

五条はそこまで読むと本を閉じ、目を瞑った。

自分が密林の中を小船で進んでいる。分厚い熱帯植物の葉っぱの数々が、書き割りの様に目の前に広がり樹皮の強い匂いもする。

国際金融という密林の中にいる自分を、今更ながら不思議な存在だと五条は思った。自分が行く密林の奥には何があるのか？

（闇が無限に続いているのか……）

そう頭に浮かんでから五条は再び眠りに落ちた。

午前七時二十分、五条は身支度を整えてホテルのダイニングルームに向かった。入口で名前を告げると奥の席に案内された。

窓の下に広がる四十二丁目の通りは、まだ朝の落ち着きを愉しんでいるようだった。案内されたテーブルには既に先方が待っていた。市場の暴落を詳細に伝えるウォール・ストリート・ジャーナルを読んでいるところだった。五条が向かいの席に着くと笑顔で挨拶をした。

「おはようございます。ミスター五条。よく眠れまして？」

「東京からニューヨークへの移動はジェットラグがきついんでね。二泊目でも駄目です。でも疲れてはいません」

目の前にいる長い金髪の女の目が、怪しく光っていた。

# 第三章　逆襲

東西帝都ＥＦＧ銀行本店、三十五階建てビルの最上階にある役員大会議室。

午前八時半、緊急役員会に全役員三十名が招集されていた。日本国債の暴落が始まって三十時間が経過していたが、まだ値が付かない状況が続いている。役員たちは、国債暴落がＴＥＦＧの収益には大きな問題がないとの説明が改めてあるものと思って参集していた。

役員大会議室の広く取られた窓の下には皇居の緑が青々と広がり、壁際には多くの大型ディスプレーが様々な光を放っている。刻々と変化する金融市場の数字が点滅し、始業前の準備に立ち働く本店や主要支店の窓口の様子が、防犯カメラを通じて映し出されていた。

ただその中に一つ、ぽつんと画面がオフにされているディスプレーがあった。誰も気に留めていないが、いつもそこにはＴＥＦＧの現在資産価値が表示されている。

時間になり西郷頭取と有村副頭取、そして専務の桂が三人一緒に入って来た。全員が起立しザッと音を立てて礼をしてから着席した。頭取の西郷が口を開いた。

「本日、役員全員にお集まり頂いたのは、現在金融市場で起こっている国債暴落に関連してのことです」

ここまでは役員たちの予想通りの展開だった。

「御報告しなければならないことがあります。当行は御当局からの要請に基づいて、超長期国債、正確には四十年債を五兆円購入しております」

役員たちはその言葉の意味がよく分からなかった。

東西銀行出身の常務が訊ねた。

「頭取。おっしゃる意味が今一つ呑み込みかねます。当局から要請があって超長期国債を救済的に購入するということですか？」

西郷はそれに冷静に答えた。

「いえ。購入したのは一週間前です」

どよめきが起こった。質問した常務が重ねて訊ねた。

「すると……大きな損が発生しているということですか？」

その質問に西郷は黙った。

ざわめきが広がっていく。さらに常務は続けた。

「頭取。予てから当行は金利リスクを大きく落とした資産内容になっているという御説明だった筈です。それと今回のお話は矛盾しているのではないでしょうか？」

「ある意味、矛盾してはいません」

「ある意味？」

西郷は頷いた。

「この購入は、あくまでも当局の要請で行ったものです。ですから会計上は損金扱いにはならず、引当金の対象とはならないと考えております」

役員たちは隣同士で顔を見合わせた。そこで常務の山下一弥が口を開いた。

「頭取。私の頭が悪ぃのかもしれまへんけど、なんやよう分かりまへんのや？　まず、何で超長期国債なんか買わはったんですか？」

「それは、総合的経営判断です」

「ちょっと待っとくんなはれ。どないな判断が総合されてますんや？　桂専務はずっと金利上昇のリスクが高いよって当行の債券ポートフォリオのデュレーションは極限まで下げると言い続けてきはったやおまへんか。それと今回の話との整合性はどないなりますんや？」

西郷は言葉に詰まった。すると山下は桂に迫った。

「桂専務。専務が運用の責任者として、この超長期国債の購入を決めはったんでっしゃろな？　そしたら、何でこれまでの説明と違いますんや？」

桂は肚を決めて言った。

「頭取がおっしゃった通り、これは当局からの要請に基づく特別な取引です。ですから通常の債券保有とは違う会計処理が行われる筈です。五兆円は原則、償還まで当行が保有するものと見なして……」

するとと今度は、常務の下山弥一が訊ねた。

「さっきから聞いてたら、頭取は引当金の対象とはならんと考えておりますと言わはるし、桂専務は違う会計処理が行われる筈ですと言わはる。〝考える〟とか〝筈です〟とか……それは確かではないちゅうことですか？」

桂は言った。

「まだ金融庁からは確約を貰ってはいませんが、購入の経緯を勘案すれば間違いなく損金扱いにはならないと確信しております」

下山はテーブルの向こうに座る山下の顔を見て言った。

「聞いたか山下くん。どえらいことになってるのに、責任者の専務は憶測でもの言うてるでえ」

「ホンマや、下山くん。それに頭取、当局の要請要請と言わはりますけど、何でこんな要請を受けはったんですか？」

山下と下山、関西コンビによる攻勢は激しさを増していった。

西郷は汗を拭った。

「と、当行が日本のリーディングバンクとして存在感を見せる必要があった。東京オリンピックのインフラ整備への必要資金として応じたのだ」

「ＴＥＦＧはメガバンクとか言われてるけど商業銀行でっせ。要請があったとしても百歩譲って長期融資で応じるのが筋ですやろ！　何で時限爆弾みたいな超長期国債を買わなあきまへんのや？　私の言うてることが間違うてますか？」

山下の言葉に西郷が感情的になった。

「君らに当局との本当のやり取りなど分からん！」

「あぁ分かりまへんなぁ。こないなおかしな取引を当局とするちゅうなんてこと……ところで、頭取。当局ってどこですのんや？　財務省でっか？　金融庁でっか？」

「どちらも了解してのことだ」

「どっちも？　それで……窓口は誰ですのんや？」

「どちらもトップに決まっている！」

「へぇ……下山くん。水野事務次官と五条長官のお墨付きの取引らしいでぇ」

「そら凄いなぁ……それで頭取、お二人は今、何とおっしゃってるんでっか？　何も問題ないから安心しいやと言うてくれてはりまんのか？」

「まだどちらとも連絡が取れていない。まず金融庁との話し合いになるから、今先方の事務方に問い合わせ中だ」

それを聞いて下山が言った。

「頭取……もしも、もしもでっせ。この国債が損金扱いになったら……どないなりますんや？」

「それは市場があっての話だ。明日にでも債券価格は反発するかもしれんだろ！」

それを受けて下山は桂に顔を向けた。

「桂専務。一体今、幾らの損になってますんや？　専務御自慢の資産管理システムで教えて貰えまへんか？」

桂は嫌味たっぷりな下山の表情に、無言のまま手元のディスプレーのスイッチを入れた。

一つだけ漆黒の画面だったディスプレーに明かりが灯った。〝ＲＴＥＶ〟の文字が画面に浮かび上がり、その次に現れた数字に会議室は静まり返った。

四兆二千億円の推定損が表示されていたからだ。

「じ、自己資本の倍以上……」

誰とも知れずその言葉が、会議室内を静かに駆け巡った。そして、次には重苦しい息遣いと共に同じ言葉が囁かれた。

「当行が……破綻するのか」

山下と下山もこれには無言になった。

「これがRTEVの出している数字です。もし、会計処理が認められなければ……当行は破綻するでしょう。ですが、まず当局と協議し、加えて私がマーケットで全力を尽くして利益を捻出します。どうか、このことはくれぐれも内密に願います」

桂はそう言って頭を下げた。その様子を見て気を取り直した山下が言った。

「そう桂専務が言わはるちゅうことは、専務が責任を取らはるちゅうことですな？」

「当然私にも責任はありますが、関係役員全員の責任です。でもご安心ください。日本を代表するTEFGを潰すような真似(まね)は絶対に当局がする筈はありません」

山下はそこで厳しい顔つきになった。

「桂専務も西郷頭取もホンマの役所の恐ろしさをご存じやおまへん。私や下山くんは地獄の苦しみをあいつらから思い知らされてますんや。胸三寸でどんな白でも黒にされる。その恐ろしさは、ホンマに経験したもんでないと分かりまへん。あいつらを信用したらあきまへんで。ホンマに何を考えとるか分からん奴(やつ)らなんや」

山下は過去の怒りを思い出して小刻みに震えていた。しかし、山下は心の奥底で大きなチャンスが来たことも感じていた。

（これでこの銀行が破綻したら……関係した帝都の連中の大半がおらんようになったら……再生銀行のトップにＥＦＧが、いや、大栄出身の我々が就くことになる。おもろいことになってきたでぇ）

山下が下山を見ると下山は頷いた。下山も全く同じことを考えているのが、その表情から分かる。

こうしてパンドラの箱は開いたのだった。

ヘイジはその日も終電だった。

酔客が大半の、酒臭い満員電車の中で心身共に疲れた身体を揺らしていく時間は辛い。ヘイジはポケットの中からスマートフォンを取り出しマーケットの情報をチェックした。

日本国債はまだ気配値のままで利回りが３％を超えるまでになっている。丸二日間、国債に値が付かない異常事態が続き、一昨日の利回りが０・５％前後であったことが嘘のようだ。

株価は今日もあらゆる銘柄が下げ続け、二日間で15％の暴落となっている。日本国債に全く値が付かないことの不安が、金融市場を覆っていたのだ。

駅売りの夕刊紙の一面には『日本沈没』『連日の大暴落』の文字が紙面狭しと躍っていた。茅場町から三大証券の一角、日交クレバー証券の男たちが、混んだ車内に押しくら饅頭のようにしてヘイジのそばへ乗り込んで来た。バッジを見れば会社は分かる。年の頃はヘイジと同じ、中間管理職と思しき二人は小声で話をしているが、ヘイジの耳には嫌でも入って来た。

「米国株はしっかりで始まってる。取り敢えず株は一安心だな……」

狭い車内でスマートフォンを見ながらひとりが言った。

「あぁ、でも円債は駄目だ……日本株は円債が下げ止まるまでどうなるか分からんな」

もうひとりが溜息まじりに言った。

「客にはここからどうさせる？」

「当面は売らせるよ。特に銀行だな」

「えっ？　大銀行は殆ど長期債を持ってない。株もあまり保有していない……国債を大量に保有してる地銀は出来高が殆どないから株を空売りしようにも物がないだろう？」

「いや、どうもメガで大量に持っているところがあるって情報を上が摑んだらしい」

「なに！」

そこから二人は一層小声になった。ヘイジは襟の銀行のバッジを左手で隠しながら、その話に耳をそばだてた。

「上って、お前んとこの部長かよ？」

「俺が聞いたのは部長だが……情報の出所はもっと上らしい。ほら元大栄銀行の役員がいるじゃないか」

「すると……ＴＥＦＧが長期債を大量に持ってるってことか？」

ヘイジはドキリとした。そこから二人はさらに声を小さくしたために、聞き取れなくなってしまった。そして、男たちはヘイジの一つ前の駅で降りていった。ヘイジは地下鉄を降りて出口への階段を上がりながら二人の話のことを考えていた。

(さっきの話はデマだろう。でもデマでも噂は怖い。兜町(かぶとちょう)の噂は大きな銀行をも葬(ほうむ)ってしまう。こんな時、噂は本当に怖いんだ。だが今は風説の流布(るふ)は犯罪になる。さっきの証券会社の連中だってそれは十分に分かっている筈だ……)

ヘイジはＥＦＧ時代の株価の急落を思い出し、恐ろしさで総毛立(そうけだ)つのを感じ身震いした。あの思いは二度としたくない。

(取り敢えず明日の朝一で、関係セクションには今の証券会社の連中が話してたことを伝えておかないと……)

総務担当としてのヘイジの自覚は強い。

地上に出てマンションまで歩く間も、ずっとそのことばかり考えていた。

玄関ドアの前に着くといつものようにそっと鍵を開けた。

嫌な予感がした。真っ暗な筈なのにドアの隙間(すきま)から明かりが漏れたからだ。

くぐもった泣き声が聞こえる。急いで靴を脱いで中に入った。

「お義母さん。失礼します!」

義母の部屋のドアを開けた。そこには義母が舞衣子を布団(ふとん)の上で必死に抱きかかえている姿があった。

舞衣子は赤ん坊のように泣き叫んでいた。義母は疲れ切った表情でヘイジに言った。

「お昼のテレビを見て……債券か何だかの暴落で銀行が大変なことになるっていうニュースを聞いて……正平さんが大変だ。もう帰ってこれなくなるって」

ヘイジはスーツ姿のままで、義母から舞衣子を託されるように抱きかかえた。痩せたあばら骨がヘイジの腕に突き刺さってくるように感じる。

「舞衣ちゃん、大丈夫だよ。ウチの銀行は全然関係ないから、大丈夫。何も心配することはないよ。ほら、僕はちゃんと帰って来ただろ。大丈夫、もう大丈夫だよ」

十分ほどして舞衣子の泣き声が収まって来た。

「平ちゃん、平ちゃんがいる。ちゃんと生きてる」

「大丈夫だよ。僕はいるよ。大丈夫なんだよ。何も心配いらない。舞衣ちゃんが心配するようなことは何もないんだよ」

「平ちゃん。平ちゃん……」

そう言って涙を流しながら安心したのか舞衣子は眠ってしまった。ヘイジは舞衣子の身体を抱きかかえて、自分たちの部屋のベッドに運んだ。

ダイニングでは義母がお茶を淹れて食事も温めて並べてくれていた。

「お義母さん、すいませんでした。疲れたでしょう？」

「私はいいけど、本当に大丈夫なの、銀行？」

「大丈夫ですよ。大丈夫なものは、大丈夫です」

禅問答のような言葉に、義母が笑った。

「ありがとう、正平さん。本当にあんな娘でごめんなさい。あなただけが頼りなの……あの子はあなたのことが心配で心配でしかたがないの」

「おっしゃる通り。分かってます。分かってます」

ヘイジは舞衣子を病気にした原因を考えていた。

大栄と合併してＥＦＧとなり、名京の人間たちは徹底的に虐げられ、その後は破綻の一歩手前までの地獄を経験する。

地獄は行員だけではなかった。舞衣子たち名京出身者の家族も、ＥＦＧの社宅ではあからさまな差別にあった。そして次には東西帝都と合併し、絶滅危惧種とまで貶められた。

ヘイジはその中をしたたかに生き抜いた。が、環境の変化に舞衣子の精神はついて行けなくなった。ＥＦＧに取り付け騒ぎが起こった時から、舞衣子の精神のバランスは徐々に崩れ始め、その後の環境の変化がそれを加速させた。

「ごめんなさいね。正平さんには迷惑かけてばかりで」

義母の言葉にヘイジは黙って首を振った。だが、義母が話の途中でポツリと言った言葉は気になった。

「舞衣子は昔から勘の鋭い子だから……」

舞衣子は名京がＥＦＧとなった時、これから大変なことになると騒いだことがあった。それがさっきの証券マンたちの会話と符合することをヘイジは恐れた。

「大丈夫です。本当に大丈夫ですよ」

ヘイジは自分に言い聞かせるように繰り返した。

◇

翌朝、ヘイジは部長が出勤してくると、直ぐに別室に促し昨夜の地下鉄での話をした。

「……そんな株屋の噂話にいちいち目くじら立ててもしかたないだろう」

部長はいかにも詰まらないことをという態度だ。

「噂は恐いです。EFGは風説の流布で、株価が危険水域まで売り込まれて取り付け騒ぎが起きました。だから、早いうちに芽を摘んでおかないと……」

ヘイジの〝EFG〟という言葉で、部長の目が皮肉っぽいものに変わった。

「うちは東西帝都EFG、いやもう実態は帝都銀行なんだよ。世間の誰もがそう思っているよ。『帝都が潰れる時は日本が潰れる時』、日本人なら皆そう思う。そのぐらいに帝都の名前と存在は大きいんだよ。まぁ、君のようなEFG、それも名京の出身者には分からないだろうけど……」

ヘイジは部長の言葉に半ば呆(あき)れながらも冷静に言った。

「部長。株式市場は本当に恐いです。今の株式市場は、売買高の六割から七割を外国人が占めています。彼らから見たら、TEFGは日本の一銀行に過ぎません。標的にされたらひとたまりもないんです」

「考えすぎ考えすぎ。帝都はどんなことがあっても大丈夫なの。心配いらない。ＥＦＧとは月とスッポン、何も心配することなどない。逆にウチから変に騒いでどうする。金持ち喧嘩せず。常に堂々と構えているのが帝都のあり方だ。君はもう大船に乗っているんだよ。せこせこ心配する必要なんかないんだよ」

ヘイジはこの部長に何を言っても仕方がないと諦めた。そして、思い切ってトップにこの話を持って行くことを決心した。

ニューヨークで日本国債暴落が始まって五十四時間が経過した。

日本時間午前八時、東京証券取引所の開始一時間前になった。

米国株が小幅ながら反発し、欧米の長期金利の混乱も収束を見せていた。東京市場で丸二日間、取引が成立しなかった国債がようやく、信じられない安さだが、値段が付きそうだった。

政府や財務省は、この間何度も声明を出して冷静な対応を市場に呼びかけてきた。

〈国債のこれまでの発行は順調で、当面新規発行を行わずとも予算執行に全く支障はない〉

そう繰り返されていた。

桂は既にディーリングルームにいた。

早朝、頭取の西郷と副頭取の有村に対して今日中に財務省・金融庁との協議をアレンジするように頼み、財務省からは了解の連絡を受けていた。だが、まだ金融庁からは連絡がない。

（財務省より金融庁なんだが……）

金融庁の窓口はトップから返答がない旨を伝えるだけだった。桂はこれには焦った。

（五条長官と今日中に会って話をつけないと……）

そこまで考えると、桂は頭を切り替えて今日の相場に集中するようにした。

（今日、売買が成立した瞬間がひとつの勝負だ。そこで、やってやる）

桂は受話器を取り内線のボタンを押した。相手は国内資金課長だ。

「確認しておきたい。日銀預け金で自由に使えるのは二兆五千億だったな？」

「はい専務。間違いありません」

それだけ聞くと次の内線に切り替えた。外国為替課長が出た。

「いいか、今日国債に値段が付いた瞬間に円を市場にあるだけ買え、対ドル、対ユーロ、どちらもだ。分かったな？」

「了解しました」

桂は続いて株式運用課長に電話した。

「国債が寄り付いた瞬間に東証株式先物に一千億の成行買いを入れるんだ。その買いの後で市場が一服感を見せたら、もう一千億を成行で買って勢いをつけてくれ」

「分かりました」

桂が受話器を置くと隣の石原が話しかけて来た。

「専務、いよいよですか？」

「あぁ、見ていろよ。円高、株高、債券高を一瞬で演出してやる。石原、今日は悪いが僕のディールのポジションと収益管理をしてくれるか？　円債と為替と株のトリプル・ディールをやる。それも誰も見たことのない規模のディールだ。僕のコードナンバーは……574763VITA、だ」

石原はそれを自分のコンピューターに入力した。

「専務のディーリング勘定と同期しました。武者震いがします！」

そう興奮して言った。

桂の机の内線電話が鳴った。秘書の冴木だった。

「総務部の二瓶さんとおっしゃる方が専務とどうしても今お話しになりたいそうです。用件をお訊ねしても重要なことなので直接申し上げるとのことなのですが……」

「二瓶……？　総務の？」

「はい。以前、専務とはＴＥＦＧ投資顧問にいた時に面識があるとおっしゃっています」

桂は思い出した。嘗て関連運用会社であるＴＥＦＧ投資顧問の監査役を桂がしていた時、決算説明をした総務担当の男だ。一、二度会った記憶だけであまり印象は残っていない。

「今はディーリングの最中で手が離せない。そう言って後で来るように言ってくれ」

「承知致しました」

桂が受話器を置いて、一分もしないうちにまた電話が鳴った。

「二瓶さんが帰ろうとされません。今どうしてもお話をなさりたいと言って聞かれません」

「何だ？　まったくこんな時に……分かった。今別の者をそっちにやる、彼に伝言しろと言ってくれないか」

桂は隣の石原に事情を告げて、役員室に向かわせた。

五分ほどで戻って来た。

「どうした？　何だって？」

石原は桂の問いに苦笑いをしながら言った。

「馬鹿馬鹿(ばかばか)しい話です。昨日、地下鉄の中で日交クレバー証券の連中が、当行が大量の長期国債を持っていて大変なことになっていると話していたと言うんです」

桂はドキリとしたが、顔色は変えずに話を聞いた。

「それでそれは大栄銀行から日交クレバー証券に役員で移った人間の情報だと言っていたというんです。良く出来た風説の流布ですよ。でも馬鹿馬鹿しいにもほどがありますね。二瓶さんには当行のポートフォリオはビクともしない、全く大丈夫ですと言っておきました。それにしてもあの二瓶さんという人、しつこく何度も『噂は恐い、噂は恐い』と……あの人、EFGの出身なんでしょうね。ウチは大銀行なんだから、ドンと構えて下さいよとも言っておきました」

そう言い終ってから石原は黙り込んでいる桂の様子に驚いた。

「専務、どうされたんですか？」

桂の思い詰めた表情に、石原は何事かと思った。

「確かに元大栄の人間と言ったんだな？」

その時、桂の携帯が鳴った。中央経済新聞の荻野目からだ。桂が出ると荻野目は慌てた口調だった。

「桂さん、漏れている。一昨日（おととい）の話がマーケットに蔓延（まんえん）しています。御行の株が大変なことになる！」

二瓶という男の話がこれで追認された形になった。昨日の朝の役員会議の後で、誰かが情報をリークしたのだ。

（……あいつらか）

関西お笑いコンビ、山下と下山の仕業に間違いはない。彼らが同じ大栄出身で証券会社や資産運用会社などに移った人間たちに情報を流したのだと桂は確信した。

「分かった。ありがとう。後で連絡する」

荻野目からの携帯を冷静に切ってから、桂は石原に言った。

「おかしな噂に惑わされずに、今日のディールを勝ち切ろう。やるぞ！」

そう言って石原の肩を叩いた。

午前九時になった。

「売り物五千億、買い物二千億」

国債先物担当のディーラーが叫んだ。桂はディスプレーを睨んでいた。

「売り物、六千億。買い三千……」

その声を聞いた瞬間、桂はキーボードを叩いて最初の注文を出した。瞬時にそれは執行された。

「先物で今、成行三千億の買いが入りました！　寄ります！」

債券ディーラーの声が響いた。

「オォォォ！」

地鳴りのような大勢の声がフロアーを揺るがした。三日ぶりに日本国債の売買が成立した。成立させたのは桂の買いだ。三千億の成行買い注文だった。

利回りは……5・2％。

三日前は1・0％前後の利回りだったものが未曽有の暴落だ。桂は国債の現物売買担当に連絡した。

「指標銘柄を二千億、成行で買え！」

「了解しました！」

そして直ぐにキーボードを操作して、先物にも二千億の成行買いを入れた。

マーケットは生気を取り戻した。二日間、完全に死んでいたのが嘘のようだった。みるみるうちに値段が上がり利回りは下がっていく。為替も一気に円高になっている。

「専務！　現時点で専務の買いのポジションは先物で四千二百、現物で千二百です」

石原が冷静に言った。

「前場で一兆円買うからな。さぁ、行くぞ」

桂はそう言ってさらに買い上がっていった。

寄付き5・2％だった利回りはあっという間に5％を割り、4・8％まで低下していた。

「専務、為替ポジションが入って来ました。円の買い持ちが三千億を超えました。買い始めから既に一円、円高に飛んでいます！」

桂は直ぐに為替の内線ボタンを押した。

「いいか、まだ買い持ちを増やせ。ドルでもユーロでも売り物は全部取るんだ。前場で五千億の円ロングを作るんだ！」

「了解しました！」

桂は鬼神のようになっていた。

石原も数字に集中し、桂の手足となって働いた。

「株のポジションが来ました。現在、先物で一千五百億まで買えています。株も反転上昇しています！」

そして、前場が終わった。

前場終了段階で桂のディールによる債券と為替の利益は一千億近くになっていた。そして、後場になり桂は午後二時過ぎに全ての買いポジションを閉じに動き、引けまでに全てをクローズした。

桂は冷静だった。

（債券はまた下がるだろう。そして利回りは最終的に6％を超える筈だ。今日のディールは暴落の反動の幕間の上げを狙ったにすぎない。焼け石に水ではある。しかしディーラーは本能のまま動かなくてはならない。動けないディーラーは生きる資格はない)

　そう静かに考えていた。

　場が引けて石原は興奮して桂に報告した。

「専務！　今日の専務のディールで債券と為替、株を合わせて一千三百億の利益です！　凄い！　こんなことが一日で出来るなんて！　おかしな噂を流している奴らにこれを見せてやりたいですよ。こんな凄いことを出来る銀行が他にあるか。これがＴＥＦＧなんだと！　ざまあみろってもんですよ！」

　桂は浮かれる石原の様子を見ながら思っていた。

「あと数時間でこの建物の中にいる全ての人間が、絶望の淵に立たされていることを知る。彼などは天国から地獄だろう。でもそれが現実だ。そこで生きられるようにするのがプロフェッショナルというものだ」

　桂はＲＴＥＶの画面を開いた。人工知能が推定するＴＥＦＧの現在金融資産価値は、改善されたとはいえ三兆九千億の損失を示していた。桂の今日の実現利益を入れても三兆七千億以上の莫大な損が……巨人のように立ちはだかっているのだ。

　そしてその事実が、マーケットに知られていることはハッキリしている。

その日、東証株価は大きく下げて始まったが国債の反発をみて値を戻し、前日比1%の値上がりでしっかりと終わっていた。メガバンクの株価も堅調で引ける中、TEFGの株価はストップ安になっていたのだ。

霞が関、国会議事堂を望む潮見坂と皇居まで続く桜田通りに面した財務省。その建物の威容はかつて大蔵省であった時代から変わらない。

夕刻、その建物の一室に四人の男が集まっていた。財務事務次官の水野正吾、東西帝都EFG銀行頭取の西郷洋輔、副頭取の有村次郎、そして専務の桂光義だった。のっけからやり取りは緊迫した。

「当方に来られるのは筋違いですな。御行の資産内容に関しての問題は金融庁の管轄です」

水野は言った。

「それは承知しております。ですが、金融庁と、正確に申しますと五条長官と連絡が取れない状況ですので、こうやって水野次官に御相談に上がった次第です」

西郷頭取が慇懃に応じた。

「五条長官が私的な事情で休暇中とのことは、当方も金融庁から連絡を受けています。ただ金融市場の状況が状況ですから、一両日中に彼と今の状況への対応を協議出来るよう動いております」

水野がそう言うと、間髪を容れずに桂が言った。

「その際に先日当行が購入した超長期国債の会計処理について、損金扱いの免除の方向でお取り計らい願いたいのです。特別な事情でお引き受けした経緯もございます。何卒宜しくお願い致します」

「特別な事情？　特別なものなど何もありませんよ。相対取引であったとはいえ、国債は市場商品だ。桂さんほどのプロ中のプロのお言葉とも思えませんが……」

水野は冷たく言い放った。それに桂は毅然と立ち向かった。

「いえ、それこそ筋違いです。頭取の西郷から購入の経緯は全て聞いております。話は金融庁の五条長官から持ち込まれ、民自党の小堀幹事長、水野次官同席のうえでまとまったと。オリンピック開催に向けたインフラ整備の不足資金を補うという……明らかに政治マターの資金です。こんな金利環境でお受け出来る筈のない超長期国債の購入は、決して市場取引とは言えません」

「こんな金利環境はつい数日前からの話でしょう？　取引が決まった時点での条件は妥当な

ものだ。それこそプロの発言とは思えませんね」

「確かに取引成立後にどんな激変があっても受け入れるのが市場商品です。しかし、本音を言えば、こんなとんでもない取引はなかったことにして貰いたいぐらいです。ですがそれには四の五の申しません。購入は購入で受け入れます。ただこれを償還まで保有するものとして会計上、年度の損金処理からは除外して頂きたい。ただそれだけのお願いです」

水野は憮然（ぶぜん）として聞いていたが、同じ言葉を繰り返した。

「で、あれば……これは金融庁の管轄だ。五条長官との話し合いでお決め下さい」

「水野次官。このまま会計処理を認めて貰えなければ、当行は破綻します。日本最大のメガバンクが潰れる。日本の金融市場が大混乱しグローバルマーケットにまでその影響は及ぶ。そうなると日本そのものの責任が問われるのではないですか？」

桂は食い下がった。

「桂さん。裁量行政はとっくの昔に終わったのですよ。大蔵省が解体され、財務省と金融庁に分かれたのはその証だ。我々は要件の中で仕事をしている。要件に沿わないものは、認める訳にはいかないのです」

「では何故、政治家や財務省、金融庁の人間が雁首（がんくび）揃えて民間金融機関との取引の場にいなくてはならなかったのです？　それを裁量行政と言わずに何というんです？　明らかに政治と行政の裁量を持った圧力でしょう？」

水野はそこで冷たい笑顔になった。

「じゃあ、西郷頭取にお聞きしたい。何故、頭取はあの取引をなさったのですか？　我々からの圧力でしたか？　何か欲しかったのではなかったですか？」

西郷は下を向いて黙った。

「おっしゃったらどうです？　西郷頭取」

水野の言葉に西郷は押し黙って震えている。

桂がその様子を見かねて言った。

「帝都の名前が欲しかった。それも聞いています。ある意味それは、帝都出身者のエゴではある。それには私も強く憤（いきどお）る。ですが、それも本来自由な筈だ。行内の権力闘争に勝ったのですから……自由競争社会で勝者となったのだから良いではありませんか？　それを行政から四の五の言われる筋合いではないものだ」

水野は眼鏡のレンズを光らせながら言った。

「ところで……さっきから気になるのが、桂専務の先ほどからのおっしゃりようです。まるでこの取引をご存じなかったようですが……そうなんですか？」

桂はウッと黙った。

「私は御行のコンプライアンスの細かい内容は知りませんが、桂専務は資産運用の責任者でらっしゃる。その専務が関与しない取引とは……御行ではどのような位置づけなんですか？　とんでもないコンプライアンス違反があったんじゃないですか？」

桂は無意識に勇み足をやってしまったのを感じた。十年に一人の事務次官、ミスター財務省、名刀正宗（まさむね）といわれる切れ者の水野との交渉は、マーケットでは百戦錬磨の桂でも厳しい。

桂は笑顔を作って言った。

「当然、私もこの取引には従前から関わっております。マーケットの暴落で頭が錯綜（さくそう）してしまったようです。お詫（わ）びします」

水野は笑った。

「そう。それならば結構です。話を戻して、これはあくまでも正当な取引であって何の情実も裁量も存在はしていない……それで宜しいですね？」

そこでそれまで黙っていたＴＥＦＧ副頭取の有村が口を開いた。

「水野次官。ではウチはこれで帝都銀行になりますが……それは宜しいのですね？　我々の自由裁量で名前を決める。何も問題は無いわけですね？」

そこで西郷が、頭をあげて水野を見た。

水野は有村を見て言った。

「結構ですよ……というか、桂さんの言葉を借りればそれを四の五の言うことは筋違いだ。きっと御行の今の危機も帝都グループが救って下さるでしょう。確か……二兆円の第三者割当増資を帝都グループでなさると西郷頭取はおっしゃっていた。ぜひ実現されて世界に冠たる帝都銀行にして頂きたいものです」

嫌味たっぷりな口調で水野が言った。これには西郷にも火が点いた。

「水野次官。あの時の……あの時の会話の録音があるとしたら、次官はどうされます？」

水野は表情を変えない。

「皆さんあの時には異口同音に『名前を変えるのは結構ですが、帝都はまずい』そうおっしゃって圧力をかけている録音を……」

水野は何も言わず、ただ冷たい視線を西郷に送るだけだった。

長い沈黙が続いた後で、水野は言った。

「兎に角、この混乱した金融情勢の中でどう行政を行うか、五条長官とは協議します。御行も大変でしょうが、最大限の努力をなさって頂くことを期待しています。本日はこれから会議があります。これでお引き取り願います」

財務省からの帰りのクルマの中で、有村が快活になって言った。

「いやぁ、頭取、お見事でした！　あの時の水野の顔！　スカッとしたなぁ……さすがは頭取！　あれで気が晴れたなぁ……」

桂も助手席でその言葉を聞きながら言った。

「私も溜飲を下げました。本当にあいつらは自分たちの都合しか考えない。自分たちの省益の保持と拡大しか頭にない。国益など本当は微塵も考えていないのが良く分かりました」

西郷はそれを聞いて笑った。

「でも、大変な状況は変わらん。それにしても当行の株価のストップ安はどういう訳だ？やはり昨日の役員会の情報が漏れているということか……どうする？　明日、緊急記者会見を開くか？　それで事実を公表して当局に圧力をかける形を取ろうか？」

西郷も水野にカウンターパンチを放ってから気力が漲って積極的になっていた。

「そうした方がいいと思います。その方が色んな手も打ちやすいですし、相手がマーケットですから隠し通すのは無理です。宜しくお願い致します」

桂はそう言った。

しかし、それが吉と出るか凶と出るかは全く分からない。隠していた情報をオープンにしたところで、マーケットが許してくれるわけでもない。隠蔽を懲罰するかのように、更に攻撃を強める市場の習性を桂は嫌というほど分かっている。それでもやらなければ最悪の結果になる。

「それにしても気持ち良かったなぁ！」

有村がまた能天気に言った。

「さすがに頭取は慎重ですね。ちゃんとその場の会話を録音されていたとは……」

桂がそう言うと西郷が笑って言った。

「そんなもの……ありゃせんよ」

「エッ!!」

桂と有村が思わず同時に声をあげた。

「あの男の態度に業を煮やしての……口から出まかせだ。いい気味だよ」

そして西郷は声を出して笑った。桂も有村もそれに一緒になって大声で笑った。

翌朝、ヘイジは朝食のテーブルで凍りついていた。経済新聞の一面、大きな文字が目に飛び込んで来たからだ。

**『東西帝都ＥＦＧ銀行に巨額含み損』**

**――超長期国債五兆円を保有――**

**――午後、緊急記者会見へ――**


日本を代表するメガバンク、東西帝都ＥＦＧ銀行（以下ＴＥＦＧ）の保有する国債から、数兆円に上る巨額の含み損が発生していることが関係者への取材で明らかになった。

日本国債の暴落によって保有する超長期国債（四十年債、表面利率１・５％）総額五兆円による含み損が大半とされる。

関係者によると超長期国債は、オリンピック開催のインフラ整備への資金不足を補うものとして政府・民自党、財務省、金融庁からの要請に応える形で購入した政策的なもので、会計上は損金処理扱いとはならず引当金の必要もないとしている。

ただ、監督官庁から会計処理に関しての事実は確認されていない。

仮に損金処理となれば日本最大の銀行が重大な危機を迎えることになり、金融市場の混乱にも拍車がかかりそうだ……。

ヘイジはぶるっと震えた。

（やっぱり……本当だった）

たまたま自分が耳にした情報がとんでもない事実だった。自分は正しかったんだと思う反面、ヘイジは自分のしたことが恐ろしくなった。

（俺が桂専務に伝えてくれと動いたんで……上層部が慌てて表に出したんじゃないだろうな……いやいや、まさかそんなことはないよ。それに、どちらにしても事実は事実なんだから）

下っ端の自分の大胆な行動をヘイジは悪い方に取っていた。

（どうしよう……いや、やっぱりそんな筈はないよ。最初から今日発表される筈だったんだ。そうに決まってる）

そう言って自分を落ち着かせた。

そうして落ち着いてくると、今度はこの事実が改めて大変なことだと気がついた。

（ＴＥＦＧは破綻するのか……また、あの思いをしないといけないのか？）

すると今度は、体の底から本物の、凍えるような震えが来た。

（なんで？　なんでこんなことになったんだ？）

大半の行員はコツコツ地道に働いているのに、債券や株を派手に動かしている人間たちの失敗の所為で全てが失われる。自分たちが大事にしてきた日常が、一瞬で奪われてしまう。

その理不尽さがヘイジを襲った。そして、それまでの恐れは怒りに変わっていく。

（上層部が勝手なことをやってこうなったんだ。それ以上でも以下でもない。ちくしょう、またこんな思いをさせられるなんて……）

ヘイジは自分と自分の家族の生活を思った。そして、周りで働いている人間たちを思った。思えば思うほど怒りがこみ上げて来る。

ヘイジは記事を読み終えると、フルーツヨーグルトを急いで掻きこみ立ち上がった。

「お義母さん、御馳走様でした。行ってきますが、お願いがあります。今日は舞衣ちゃんにテレビを見せないようにして下さい。それで……出来れば歩いて海浜公園にでも連れて行ってやって貰えませんか？　その後は映画とか観て外食して貰って……とにかく新聞の見出しが眼に入ったりニュースが耳に入ったりしないように……」

義母は驚いたが、冷静に頷いた。

「分かったわ。やっぱり大変なことになったのね。でも正平さん、勘の良い舞衣子は直ぐに分かるわよ。それでまた発作が起きたら……でもその時はその時、なんとかするわ。だから正平さん、あなたは心配しないでお仕事頑張って頂戴」

ヘイジは涙が出そうになったが、冷静な口調で言った。

「いつもより長い一日になります。ひょっとしたら今晩帰ってこられないかもしれません。舞衣ちゃんをよろしくお願いします」

そう言って頭を下げると玄関に急いだ。

ヘイジが大手町の駅で降りると、いつもと違う雰囲気になっているのが分かった。東西帝都EFG銀行本店ビルへ向かって歩いていく人間の数が多い。それも殆どが老人や年配の人たちで皆バッグを抱えている。

（いよいよ来た。取り付けだ!!）

ヘイジは思った。TEFGの本店入口前には、既に大勢の預金者が集まっていた。不思議なことにテレビ局の中継車や新聞のカメラマンなどは一切来ていない。報道管制が敷かれているからだ。その点は日本のマスメディアは徹底している。取り付け騒ぎの様子は一切、テレビでも新聞でも報道されない筈だ。

（だけど……）

ネットがあることをヘイジは心配した。不安そうな預金者たちに混じって、野次馬の若者が何人も携帯で様子を撮影している。ヘイジは人波を掻き分け、ガードマンに守られるようにして他の行員たちと一緒に通用口から銀行の中に入った。

役員大会議室には、既に全役員が揃っていた。

壁際のディスプレーは全てオンにされ、様々な金融情報が光っている。そして、本店や主要支店の窓口の始業前の様子も映されていた。いつもより行員たちが、緊張している様子が分かる。

西郷頭取が口を開いた。

「一昨日言った通り、当行は厳しい状況に置かれた。そして、その事実を本日午後、公表する。ただ、既に新聞報道にある通りの内容になる。今後のことは、金融庁との話し合い次第だ」

全員が緊張して黙っていた。

「さぁ、エライことになりまっせ」

常務の山下がその沈黙を破った。

「ここにいらっしゃる皆さんの中で、取り付けを経験してんのは私と下山くんの二人だけですわ。それがどんだけ恐ろしいもんか……これから皆さんはそれを知ります。お覚悟はよろしいですな？」

そう不敵な表情で言って全員を見回した。

西郷が口を開いた。

「預金者の混乱に備えて、用意できるだけの現金は昨夜のうちに本店並びに支店には準備してある。日銀に追加を要請してあるので今日、営業時間中にさらに現金が運び込まれてくる。混乱など回避できると確信している」

その言葉に、下山が反論した。

「頭取。そんなもんでは追いつかんのが取り付けですわ。私や山下くんも当時、同じようにしました。そやけど全く追いつきまへん。どの店も客の怒号と悲鳴で大混乱や。客に怒鳴られたり殴られたりして女子行員は怖さのあまりに泣くわ喚くわ、中にはおしっこちびる子まで出ますんやで……」

そのリアルな言葉に皆慄然とした。そして、山下が追い打ちを掛けるように言った。

「ＥＦＧの取り付けの時は、まだネットがおまへんでしたからマスコミの報道管制が完璧に機能して助かりました。そやけど、今はちゃう。なんちゃらチューブで皆がどんどんその様子を発信しますんや。何千万人がそれ見てどないなことになるか……想像つきまへんで」

下山がそれに続いた。

「特に本店が危ない。絵としてこんなおもろいもんはおまへんよってなぁ。この立派な本店の建物を、大勢の人間が囲んでる様子は恰好(かっこう)の見世物や」

西郷はその言葉に不安を覚えた。本店の預金部長から、思ったほど現金が集まっていないことを告げられていたからだ。

「日銀からの追加資金がちゃんと間に合うかどうか微妙なところです」

そうも言われていた。

西郷は言った。

「おそらく預金者は他行への振込を希望する筈だ。大量の現金を持って表を歩くなど危なくて仕方がないのは子供でも分かる。だから今日は、ロビーにテーブルを置いて特別振込のコーナーを設ける。混乱など起こらんよ」

その言葉に下山が冷笑しながら反論した。

「私らもそう思いましたんや。そやけど、パニックになった人間の心理はとんでもないものに変わりますんや。『お前らの言うことは信じられん！　他行へ振り込むちゅうて、そのまま持ち逃げするつもりやろ！』と全く信用がなくなるんですわ。そやから預金の解約は、百パーセント現金が出て行くと思てかからんとあきまへん」

（そういうお前たちがリークしたからだろう！）

西郷はそう叫びたかったが、ただただ恐ろしさに黙った。そこで桂が口を開いた。

「私はマーケットがあるのでここで失礼します。ですが、我々全員、ここでカメラを通して何が起こるかを見ておく義務がある。この状況を引き起こしたのは、我々全員なのだということを肝に銘じて、これから起こることに対処しなければならないのです」

山下がその言葉に声をあげて笑った。

「桂専務。ようそんなカッコええこと言えますな。あんたが事を起こした張本人でっしゃろ！　このまま取り付けでＴＥＦＧが倒れたら、全部あんたの責任ですねんで？　分かってまんのか！」

最後は怒号だった。

真実を知る帝都出身の役員たちは、全員黙っている。

桂を庇（かば）おうとするものは誰一人いない。

山下も下山も既に真実は知っている。しかし、破綻となって帝都の主な出身者が排除された後の主導権を握るためにも、桂の存在は完全に消しておかなくてはならないと考えていた。

「昨日、専務のディールでエラい儲（もう）けはったからそんなエエかっこ言わはるんでしょうけど……今現在のＲＴＥＶは？」

今度は下山がそう言ってディスプレーの方に視線を向けた。三兆八千億の損が表示されている。

「文字通り、焼け石に水でんなぁ……」

桂は黙っていた。何も反論しなかった。桂はその時、父親の言葉を思い出していた。東帝大学法学部の伝説的教授であった父、桂光則の言葉だ。

「光義、人間というものはあっけない存在だ。本当にあっけなく人間は人間を裏切る。それまで生きて来た世界も裏切る。全てはそういう脆い存在だということを肝に銘じて生きていけ」

その言葉だけが桂を絶望から救っていた。

午前八時半。

桂がディーリングルームに入ると、昨日までとは打って変わった空気に支配されているのが分かった。フロアーは静まり返り、全員が不安の色を隠せず沈みこんでいる。そばを通っていく桂に誰一人挨拶せず、怒りを込めてその顔を睨みつけるものもいる。自分の銀行が破綻するかもしれないという得体の知れない恐怖に、誰もが今朝の新聞を見て震えたのだ。そして、そんな事態を招いたのが、運用責任者の桂だと皆は思っている。役員会での罵声(ばせい)よりディーリングルームの若者たちの無言の叱責の方が桂にはこたえた。

(それでもやるしかない。俺はやれることをやるしかないんだ)

桂は自分の席に座った。隣の石原は顔を合わせようとしない。

「おはよう」

桂は声を掛けた。石原は何も言わず、桂の顔を見ず頭を小さく下げただけだ。桂はコンピューターを立ち上げながら独りごとのように言った。

「何が起こるか分からないのがマーケットだ。そして、何が起こっても動けるようにするのがディーラーだ。仮にその日、自分が死ぬことが分かっていても……死の一瞬前まで売買するのがディーラーだ」

石原は何も言わない。

暫くしてからぽつりと「残念です……」とだけ言った。

その時、初めて桂は悔しさと憤りが感情となって吹き上げた。涙が出そうになったが、明るい声を振り絞った。

「さぁ、今日はマーケットがまた大きく崩れる。売りだ。出来る限り売るからな」

その言葉に、石原は敏感に反応した。

「専務は状況をご存じだったんでしょう？　それなら昨日の段階で何故売りポジションを作

っておかれなかったんです?」

桂は石原のほうを向かず、ディスプレーを見ながら言った。

「……それだと究極のインサイダートレードになってしまう。それだけは出来ない。だから昨日はポジションを全て閉じたんだ」

「銀行が潰れるかもしれないのに、インサイダーもなにもないでしょう? 自分たちを救うことを何故なさらなかったんですか?」

石原は涙ぐんでいる。

桂は向き直ってきっぱりと言った。

「相場を、相場の神様をなめてはいけない。どんな事情があろうとインサイダートレードはやってはならない。その場は上手くいったとしても、必ず相場の神様は強烈な報いを与える。それは生まれて来たことを後悔するような報いだ。相場とはそういうものだ」

石原は何も言わなかった。だがその眼を見れば、桂を恨んでいるのがハッキリと分かる。

(それでもやるしかない。俺はやれることをやるしかないんだ)

桂は自分自身にもう一度言い聞かせた。

東西帝都EFG銀行本店の営業開始直前には、何千人もの預金者が大きな建物をぐるりと囲み、その数は増え続けていた。役員大会議室のディスプレーに、外部の防犯カメラからの映像としてその様子が映し出されていた。

役員たちは固唾を呑んでいた。

万一に備えて警備会社に依頼した百名を超える警備員が、預金者の誘導と整理を行っている。それでも小競り合いは既に始まっていた。そして、シャッターが上がった。

「始まったでぇ。山下くん」

「どないなるかなぁ。下山くん」

間口の大きな本店入口が小さく見えるほど、群衆が押し寄せてくるのを役員たちは見ていた。

「並んでください！　並んでください！」

フロアーでは行員が必死に声を張り上げている。窓口は全て個人の預金払い出し専用にして対応しているが、みるみるうちに本店のフロアーは人で埋もれた。カウンターの前には警備員が一メートル間隔で配置されているが、殺気立つ預金者の群れを前に、皆恐怖で顔が引きつっている。見慣れた本店フロアーの尋常でない様子を画面で見ながら、役員たちはただ黙り込んでいた。

「定期預金三千万円、全て御解約ですね？　そうしますと、途中解約となりますので違約金が……」

「そんなことどうでもいいよ！　早く！　早く現金出せよ！」

窓口で行員たちが型通りの説明をしようとしても、全て怒号で遮られる。自分の貯めた金をこの手に握ることだけを預金者たちは考えていた。

現金の手触りが欲しい。それだけで、安心が得られるのだ。

「お客様。登録されている印鑑と違うようですが？　これでは払い戻しは出来かねます」

「馬鹿野郎！　いい加減なこと言うんじゃないよ！　俺がここに預金しているのは事実だろうが？　印鑑取りに帰っている間にお前んとこが潰れたらどうするんだ！　早く現金出せよ！」

窓口での処理は混乱で遅れていくばかりだ。遅々として進まない列の後ろに並んでいる預金者たちから怒りの声があがり始めた。

「何やってんだよ！　早くしろよ！」

そして、その様子を携帯で動画撮影しているものも大勢いる。

「大金になりますので、他行に口座をお持ちでしたらお振込になさった方が安全では？　現金のお持ち歩きは危険ですよ」

「いいのよ。現金で頂戴。振込手続きの間に潰れられたら元も子もないわ！」

まさに関西コンビの言ったことが現実となっていた。

時間が経つにつれフロアーの殺気は増していった。窓口の客、並んでいる客、全員が熱に浮かされたように大きな声をあげ、対応する女性行員の中には恐怖で泣き出すものも出ていた。

「何やってんだよ！　早く！　早くしろよ！」

「現金が！　金が無くなったらどうするんだよ！　早くしろよ！」

「大丈夫です！　全てのお客様の払い戻しに応じられます！　大丈夫ですから、御安心ください！」

拡声器を使っての行員の声など誰も聞いていない。預金者たちの目は血走り、叫びながら窓口を目指してやって来る。餓鬼の群れと化した人間たちを目の当たりにする行員たちが感じる恐怖は、それまでの人生で体験したことのないものだった。

「やっぱり、エライことになりましたなぁ。頭取」

営業開始から一時間以上が経った。フロアー内や本店を囲む群衆のパニックは激しさを増しているのが画面から見て取れる。

山下の言葉に西郷が言った。

「事故が起きないように万全を尽くしている。大丈夫だ」

「そやったらよろしいけど……現金はホンマに足りてますんやろなぁ？」

下山の言葉に西郷はゴクリと唾を呑み込んだ。

その時だった。ディスプレーを見ていた役員たちが身を乗り出した。

「あれは……」

フロアーの中でパニックになっていた預金者たちもその光景に啞然となった。大勢の行員たちが、デパートの紙袋を重そうに両手に下げて次から次に入って来る。そして、中から帯封となっている札束を取り出し、カウンターの後ろの机の上に積み上げ始めたのだ。それはあっと言う間に分厚い壁のようになっていった。

現金の壁だ。

何十億円の現金で壁が出来上がっていく。そして、現金の入ったデパートの紙袋も所狭しと置かれていくのだ。銀行の一階大フロアーが、まるでデパートの福袋に埋まるバーゲン会場のようになった。その現実離れした光景に皆が水を浴びせられたようになった。

「こんなに……現金があるのか」

一人の客が呟いた。

現金の壁と金のはいった夥しい紙袋を見て、客たちは狐憑きが落ちたように冷静になっていった。

「なんだ……大丈夫なんだ」

「日本で一番大きな銀行が潰れるはずないわね」

そうしてひとり、またひとりと解約せずに列を離れるものが現れた。やがてそれは潮が引くようになっていった。みるみるうちに列は短くなっていく。一旦引き出した現金をもう一度預け直すものも少なくなかった。

午前のディールを終えた桂は、一階フロアーまで降りてきてその魔法のような光景を目撃した。

（なんだ？　一体……どうしたんだ？）

潮が引くように客が預金フロアーを去っていく様子に、桂はホッとすると同時に気が抜けるようだった。

（……あっけないんだな）

人間の恐怖や不安があっけないことで解消されている。

桂は現金を運んでいる若手の行員を摑まえた。

「これは誰の指示なんだ？　誰がこんな風に現金を運べと言ったんだ？」

預金担当の行員は笑って言った。

「現金じゃないですよ。見て下さい」

そう言ってデパートの紙袋の中身を見せた。そこには新聞紙の束しか入っていない。

「これは！」

「そうです。現金が間に合いそうにないんで、こうやって時間を稼ぐようにと総務から大量に紙袋と新聞を渡されたんです」

「総務？　総務部長の指示かね？」

「いえ。二瓶代理です」

「二瓶？」

桂は、そこで、昨日のことを思い出した。

「二瓶さん、お電話。秘書室から」

ヘイジが預金フロアーの落ち着きを確認してから総務部に戻ると、持山が受話器を持ってそう呼んだ。

「秘書室？　なんだろう……」

ヘイジが受話器を受け取ると、昨日の朝やり取りをした女性の声だった。

「桂専務の秘書の冴木です。昨日は失礼致しました。専務が二瓶代理に至急いらして頂きたいとのことです」

「専務が？　今すぐですか？」

ヘイジは少し不安になりながら総務部を出た。

ヘイジは役員フロアーにある桂の業務室に冴木に案内されて入った。

見覚えのある顔がそこにはあった。桂はデスクから立ち上がり、応接用のソファにヘイジを促した。

「二瓶君。昨日はすまなかったな。君とは……確か投資顧問で会っているな？」

腰を掛けてから桂は言った。

「はい。出向であちらの総務におりました折に、専務には二度御説明させて頂いております」

慇懃に応えながらもヘイジの胸の裡では桂への複雑な思いが渦巻いていた。この男の所為で銀行が潰れようとしているのだ。自分たちの日常が無くなってしまう……それを思うと怒りで正視できない。

部屋に入ってから伏し目がちのヘイジに桂は言った。

「昨日の君の情報はありがたかった。礼を言うのが遅れたことを許してくれ。そして、銀行をこんな大変な状況にしてしまったのは全て私の責任だ。申し訳ない、この通りだ」

桂はヘイジに向かって深く頭を下げた。

その瞬間、ヘイジは全身にビリッと電気が走るのを感じた。銀行に入って以来、こんなに素直に謝る人間は上にも下にもいなかった。

（この人……）

ヘイジは桂の目をじっと見詰めた。その目は澄んでいた。この状況でこんな目をしている人間がいるのかと驚かされる。

ヘイジは今日、銀行で見た人間模様を思い出した。皆が不安に怯え、自分のことしか考えられなくなっていた。「帝都が潰れる時は日本が潰れる時」と言っていた総務部長は、茫然自失になり、ただ震えるだけで何の指示も出せなくなってしまった。他の行員たちも頭の中が真っ白になっている風で何をどうしていいか分からない状態だった。

そんな状況にした張本人が桂なのだが、悪い人間に思えない。

ヘイジは複雑な気持ちになっていた。そのヘイジに桂が少し興奮して訊ねた。

「二瓶君。今日の取り付け騒ぎへの対処は君が指揮してくれたのか？　あのデパートの紙袋も？」

「ＥＦＧが取り付けにあった時に、同じことをやって上手くいったんです。見せ金が一番効果がありますから。現金の入れ物も銀行の地味な紙袋よりデパートの紙袋の方が目立って効果があるんですよ。実は以前から総務に用意してあったんです。朝一番で全支店に同じことをやるように指示してあります」

ヘイジは桂の澄んだ目を見ながら明るい口調で話を続けた。

「壁のような現金も、後ろの方は現金サイズに切った新聞紙を帯封にみせたものなんです。万一強盗に入られた時のために総務で作ってあったものなんですよ。まさかこんな形で役に立つとは思いませんでしたが……」

そう言って笑うヘイジを見ながら、桂は心から嬉しくなった。

こんな男がいる限り今の苦境は乗り切れるかもしれないと、強く思うのだった。

# 第四章　甘い生活

夜、桂は自宅マンションに戻った。

広尾の有栖川宮記念公園に面した2LDK、午後八時を過ぎている。国債の暴落が始まってからというもの連日、長い一日だ。金融庁からようやく連絡があり明日、五条長官と話し合いが持たれることになった。今日行った記者会見では、TEFG側の主張を入れて事実を公表してある。

「明日が正念場だ」

疲れを感じている暇は桂にはなかった。

スマートフォンにメールが入って来た。十五分遅れるとなっている。

桂は十五年前に離婚して以来、ずっと独り暮らしだ。一日二十四時間三百六十五日、ずっと神経を張りつめて働く桂には平穏な家庭生活を営むことは難しいことだった。桂は桂なりに家庭生活の維持に努力したつもりだった。しかし、ある日、妻は一人娘を連れて家を出た。

深夜に仕事から戻ると、自宅の食卓の上に署名捺印された離婚届だけが残されていた。

今は既に成人して社会人となっている娘とは月に一度会って食事をする。いつも他愛もない話に終始し、お互いの核心には触れない。親子といっても大人なのだから、それでいいと桂は思っている。娘に妻の近況も聞かないし娘も話さない。

リビングの壁にはフランスの画家、ラウル・デュフィの水彩画が掛っている。オーケストラを描いた青を基調とした独特のリズム感豊かな作品で、かなり高価だったが頑張って手に入れたお気に入りの絵だ。

桂は音楽が好きだった。それには父親の影響がある。子供の頃からクラシック音楽が流れている家庭だった。桂自身はジャズが好きで、今もリビングの小振りのスピーカーでコルトレーンがバラードを奏でている。

桂はソファに深く腰を掛けてオーケストラの描かれたデュフィを見ながら、マーケットのことを考える。それが桂のリラックスの時間だった。桂にとってのリラックスは形を変えた相場の中にしかない。

その時、インターフォンが鳴った。

桂はマンションのエントランスの開錠ボタンを押した。

暫くすると今度は部屋のインターフォンが鳴り桂はドアを開けた。ナショナル麻布マーケットの大きな紙包みが現れた。その後ろから湯川珠季が顔を出した。

「こんばんはぁ。元気ぃ？　か・つ・ら・ちゃん！」

銀座のクラブ『環』のママ、年齢不詳で二十代にも見えるが三十代半ばというのが周りの一致した意見だった。

モディリアーニが度々モデルとして描いた恋人、ジャンヌ・エビュテルヌ。彼女に似た女性で桂との付き合いは五年になる。快活で利発だがカラオケの十八番が何故かテレサ・テンという風変わりなところがある。そこから桂は、彼女を本名の珠季ではなくテレサと呼ぶようになった。二年前に若くして自分の店を構えたやり手の女性だ。

桂は珠季から中身のぎっしり詰まった紙袋を受け取りながら言った。

「元気なわけないだろ。テレサは新聞やテレビを見てないのか？」

「見てるわよぉ。だから心配でお店休んで来てあげたんじゃなぁい。桂ちゃん、カメラ映りがいいわねぇ」

今日の記者会見は頭取、副頭取と専務の桂の三人で行った。記者会見が終わってすぐ、桂のスマートフォンに珠季からマンションに行って食事を作りたいと連絡が入ったのだ。

「そんなことはどうでもいい。腹が減った」

「ほんと桂ちゃんはいつも子供みたいにお腹空かしてるんだから……。それだけ作り甲斐が

あるけど。メインは海鮮パスタで、あとはちょこちょこお惣菜を買って来たけどそれでい
い？」

桂は白ワインを開栓した。

「週末でもないのに、店は大丈夫なのか？」

「由美ちゃんに任してあるから一日ぐらい平気よ」

「でも、『環』はテレサ目当ての客が多いんだからな。心配してくれるのはありがたいが……無理はするな」

珠季は桂の心遣いが嬉しかった。

「全然心配なんてしてないわよぉ。でも桂ちゃんがこれで暫くお店に来られないだろうと思ったら急に寂しくなっちゃって……」

その言葉に桂は少し黙ってから言った。

「……確かに今の状況では銀座に顔を出せないのは事実だ。すまんな」

桂の言葉に珠季が納得するように頷いた。

珠季はこの世界に入った時から絶対に客と深い関係は持たないと心に決め守ってきた。

それを破らせたのが桂だ。

桂が放つ特別な魅力に惹かれたのだ。それは桂が棲む相場という魔界の放つ魅力でもある

ことを珠季は分かっていた。珠季自身、相場とは縁が深い。パトロンやスポンサーなしに銀座に一流のクラブを出せたのには訳がある。

珠季の祖父は大阪・北浜で最後の相場師と呼ばれた人物で、仕手戦の成功で得た金を様々な資産に分散して豊かな余生を送った。その一人息子である珠季の父は相場師の祖父に反発して学究の道を選び、京帝大学文学部で日本中世史の教鞭（きょうべん）を執るまでになった。幼い頃、祖母が祖父の相場の仕事を心配するあまり神経を病み、自殺したことが父の祖父への反発に繋がっていたのだ。父は仕事も結婚も全て自分だけで決めた。

珠季の母は大学の父の同僚だった。その母は珠季が小学五年生の時に病死し、それ以来、父と二人きりで京都東山で育った。質素ながら品の良いものを好む父との生活は珠季には快いものだった。しかし、その父も珠季が高校二年生の時に病で急逝（きゅうせい）してしまう。

そして翌年、祖父が息子を追うように亡くなり、たった一人の孫である珠季が天涯孤独の身で全ての遺産を相続した。

相続にたずさわった弁護士が、相続税を二十億円も取られたとこぼしたのが忘れられない。珠季は自分が相続した数十億にのぼる財産の目録を見せられた時、虚無を感じた。金の持つ暗黒の淵を覗（のぞ）いたように思い、その闇の深さにぞっとした。そして、高校を卒業すると大学に進学せずに日本を離れ、世界中を旅して歩いた。

日本を離れたのは理由があった。

失恋したのだ。

高校の同級生で、どういう男子ではなかったが、ずっと珠季は惹かれ付き合ってきた。しかし、若い彼には珠季の深い孤独を受け入れるだけの度量がなかった。財産を手にして感じた虚無と失恋の喪失を埋めるために珠季は旅に出た。

それは何年もかけた旅になった。

珠季は世界のあらゆる場所を旅した。豪華で冒険に満ちた旅の記録はそれだけで一代記といえるものになった。そして、日本に戻ると銀座で働いた。素性も過去も全て隠せて都合がいい。

何故、銀座か？

世界の次に人間を知りたいと思ったからだ。

それに接客が自分に向いているのも分かっていた。不思議な魅力と端整な容姿、そして何より欲のない爽やかさが珠季を人気ホステスにした。優雅な余裕と特別な気品がある。それは他のホステスが絶対に持ち合わせないものだった。そのうえ話題が豊富で頭の回転が速い。多くの筋の良い客が珠季につき、すぐに銀座ナンバーワンになった。

身持ちの堅さも有名だった。珠季が勤める店のママがバブルの頃、東西銀行御用達(ごようたし)の店にいた関係で東西銀行の役員クラスがよく店を訪れた。その中に桂がいた。

一目見た時から珠季はその雰囲気の違いが気になった。

酒やクラブがそれほど好きではないのがすぐに分かった。珠季は自分から桂に近づいた。桂も他のホステスとは全く違う個性を持つ珠季に興味を持った。珠季と桂が関係を持つまでにはそれほど時間はかからなかった。

そうして珠季は自分の過去を桂には全て語ることが出来た。

恋人であると同時に父でもある存在、それが桂だった。

珠季は料理の手際(てぎわ)が良く、あっという間にムール貝と帆立、海老の入ったパスタを作り、ミモザサラダと買ってきたミートローフを並べ、ウォッシュタイプとブルーチーズの二種類のチーズを切って出した。桂はそれらを黙々と食べている。

美味いものを食べる時、桂が無言になることを知っている珠季にはそれが嬉しい。

「ホント、食べてる時の桂ちゃんは静かね」

桂はグラスの白ワインを飲み干してから言った。

「テレサは本当に料理が上手い。良い嫁さんになれるんだから早く旦那(だんな)を見つけろよ」

「結婚には興味ないわ。人間には興味があるけど、男で興味があるのは桂ちゃんだけ」

「そう言ってくれるのは嬉しいが……俺だっていつまでも男でいられるわけじゃないぞ」

「そうかしら？　いつもあーんなに、げ・ん・き」

そう言って好色な笑い顔を作った。

桂も苦笑いをしながら言った。

「今日は泊まっていけるのか？」

「そのつもりよ。いけない？」

「いや、いいんだが……明日の朝は早い。それでもいいのか？」

いつも珠季が桂を訪れるのは週末前で、翌朝はゆっくりと二人で過ごせる。

「私は寝てるから桂ちゃんは勝手に行って、っていうのはダメなのよねぇ」

桂は深い関係になっても決してマンションの合鍵(あいかぎ)を珠季に渡そうとしなかった。

桂は絶対的にプライベートな居住空間を必要とするからだ。

「それは駄目だ。何度言われてもそれはね」

珠季は笑った。

「分かってる。ごめんなさい。でも桂ちゃん」

「ん？」

「大変でしょうけど、私がいることは忘れないで。いざとなったら私が面倒見てあげるから……」

真剣な表情で珠季は言った。

桂は涙が出そうになった。

ヘイジはその日、早めに銀行を出た。

「あっ、お義母さん。舞衣ちゃんはどうでした？　あぁ……それなら良かった。僕、今日は早く帰ります。八時には帰りますから食事は一緒にお願いします。じゃあ」

舞衣子は義母と一日外に出て気分転換をさせたお蔭で落ち着いたと聞いてほっとした。

「今日はニュースも何も一切見せていないから、大丈夫よ」

東西帝都ＥＦＧ銀行は取り付け騒ぎを回避した。本店も支店も大事には至らなかった。朝、ヘイジが部長に『見せ金』のことを話しても、震えているだけで何も指示できなかった。だが持山千鶴子が部長を一喝して総務部全員が『現金』の紙袋を運んでくれたのだ。

もしヘイジが行動していなかったら……どんなことになっていたか想像がつかない。

中央経済新聞が夕刊でTEFG首脳の記者会見の内容を伝え、会計処理はTEFG側が主張する方向になる見通しだとの解説を載せたお蔭で騒ぎは沈静化していた。しかし、本当にこれで収束に向かうかどうかは分からない。

ヘイジは今何が自分に出来るかを考えた。

自分には新奇なことを考える能力も思い切ったことをする行動力もない。あるのは経験だけだ。今日はそれが生きた。

フロアーから客が引いて行った後で持山は褒めてくれた。

そして担当役員が降りてきた時に、自分が指示したと総務部長が言っているのを「準備していて行動したのは二瓶さんです！」と持山が言ってくれたのには涙が出た。

久しぶりに早い時間の地下鉄に乗ったヘイジは別世界のような気がした。

(これが普通なんだ)

毎日終電で帰宅する生活が異常であることに気づかされる。地下鉄の中には普通の生活がある。サラリーマンだけではなく主婦や女子高生、老人も乗っている。それぞれ家庭があり、それぞれ家族があるのだ。

いつもの駅で降り、自宅まで歩く街路の雰囲気も全く違う。しんと寝静まった世界ではなく明るく温かな空気に満ちている。ヘイジは心が軽くなっていくのを感じた。当たり前であることの幸せだった。

(でも……)

銀行のことを思うと急に不安が蘇(よみがえ)った。終電の連続でも働けて給料が貰えるから生きていけるのだ。

(桂専務は記者会見で楽観的なことをおっしゃっていたが、本当に大丈夫なのか？　もし、金融庁が認めてくれなかったら、今度こそ本当に終わりだ)

ＴＥＦＧの株価は連日のストップ安になっている。

(株価は将来を映す鏡だ……新聞はＴＥＦＧの状況に楽観的な論調だけど、本当のところは分からない)

ヘイジは考えながらマンションに着いた。玄関の扉を開けた時には明るい声を出した。

「ただいまぁ！」

夕餉(ゆうげ)の匂いが温かく漂ってくる。

「おかえりぃ。大変だった？」

舞衣子が元気な姿で出てきて、ヘイジの鞄を受け取ってくれた。

「全然、大丈夫だよ」

ヘイジは舞衣子の唇に軽くキスをした。舞衣子は笑顔だった。

ヘイジは嬉しかった。舞衣子が元気でいることが何より嬉しい。

「平ちゃんと一緒に夕飯が食べられるから、今日は特上牛肉のすき焼きよ」

「嬉しいなぁ。毎日早く帰ってくるようにしなきゃね」

「本当よ。そうすると毎日がすき焼き！」

「いやぁ、それはないだろうなぁ」

他愛もない言葉にヘイジは幸せを嚙み締めていた。

「お義母さん、只今戻りました」

台所に立っている義母に声を掛ける。

「おかえりなさい。お風呂沸かしてあるから先に入ったら？　さっぱりしてから召し上がって」

「ありがとうございます。じゃぁ、そうさせて貰います」

ヘイジは湯船に浸かりながら、こんな時間はいつ以来だろうと考えた。

銀行員には生活がない。平日は残業続きで、休日も疲れて寝てしまって潰してしまうことが多い。個人の生活を楽しむ時間がどれだけあるのかと思うと暗澹たる気持ちになる。

「それでも生きるためだ」

ヘイジは湯船で顎まで浸かり、そう呟いた。

同じ頃、新橋の居酒屋、難波屋の小上がりで、東西帝都ＥＦＧ銀行常務の山下一弥と下山弥一がグラスの燗酒を呑んでいた。難波屋は大栄銀行出身者の行きつけの店で関西の大衆料理を出す。お決まりのように阪神タイガースのペナントや選手のポスターが壁に貼られている。店内には時報代わりに『阪神タイガースの歌（六甲颪）』が一時間ごとに流される。

「今日は残念やったなぁ。山下くん」

下山が顔を歪めて言った。

「ホンマやで。取り付けになって大混乱して、このまま破綻やと思たのになぁ……それにしても『見せ金』と百貨店の紙袋。あれはＥＦＧの時にやったことや。誰がやったか知ってるか？　下山くん」

グラスの酒を一口呑んで山下が訊ねた。

「どうやら、総務におる元名京の奴らしいで。ホンマ余計なことしくさって……」

下山が吐き捨てるように言った。

「元名京？　そんなもん、まだ本店におったんかいなぁ！　わしら大栄出身者でも殆どいてないのに、とっくに絶滅したもんやと思てたでぇ」

山下は驚いて言った。

「まぁそやけど、誰がどうあがいてもＴＥＦＧはもうあかんやろ」

「新聞はえらいＴＥＦＧの肩持った書きぶりやけど、金融庁はそうは問屋が卸さんで」

そこへ料理が運ばれて来た。

牛すじと蒟蒻（こんにゃく）を味噌で煮込んだどて焼と串（くし）カツの盛り合わせだ。

「頼んどいて言うのも変やけど、この頃、こういう大阪のやっすい下衆（げす）な料理が東京を席巻（せっけん）してるなぁ、山下くん」

「そや、ウチの近所にも大阪名物・串カツの看板出してるチェーン店がオープンしたでぇ。そやけど僕らが子供ん時は串カツなんか普通に食べるものやなかったなぁ、下山くん？」

「せや。僕らも慣れてしもたけど……なんや貧すれば鈍するちゅうか……あんまり嬉しいもんやないなぁ。山下くん」

下山はそう言いながら串カツをほおばった。

「立派な大阪は死んだんや。大栄がＥＦＧになり、それがＴＥＦＧになった時に死んだようにな」

山下のその言葉に串カツを燗酒で流し込んでから、下山はしみじみとした口調で言った。

「そやけど、僕らはこうやって生き残った。そして今度はＴＥＦＧが死のうとしてる。死線をさまよった僕らはここから蘇るんや。そのために出来るだけのことはせんといかん。とにかく……」

ここで下山は声を落とした。

「ＴＥＦＧを絶対に破綻させるんや。これは僕らの復讐や。肉を切らせて骨を断つ。破綻後の再生銀行を僕らが支配して何年か後に再上場させてガバッと儲けさして貰う。ＴＥＦＧの破綻は帝都の破綻や。帝都のアホどもが『帝都銀行』の名前欲しさに、政府に毒饅頭を食わされよった。全責任は帝都の役員連中と桂にあるのは誰の目にも明らかなんや。あいつら全部始末して僕らが天下をとるんや！」

その言葉にどて焼の味噌を口の周りにつけた山下が頷いた。

「嬉しいなぁ……下山くん。関西お笑いコンビと僕らを馬鹿にしてきやがった奴ら全員、地獄へ引き摺り込んでから僕らは這い上がる。大阪の復権、大阪の東京支配、日本支配や！　とすると串カツ屋の東京での増殖も同じ流れかもしれんな。時代の風は僕らに味方してるでぇ、下山くん！」

二人は互いのグラスをカチャリと合わせた。

「明日や。明日で全てが決まる。十中八九、金融庁は会計処理を認めんやろ？」

「あぁ、あり得んな。株価は正直や。今日は取り付け騒ぎは収まったが、株価は連日のストップ安や。まず破綻は回避でけへん」

その時『六甲颪』が流れて来た。

「さぁ、行くでぇ！　僕らの時代が来たんや」

山下と下山は声を張りあげて歌った。

翌朝、午前十時。

霞が関、中央合同庁舎にある金融庁の長官室に隣接する応接室で、東西帝都ＥＦＧ銀行の西郷洋輔頭取、有村次郎副頭取、そして専務の桂光義が長官の五条健司と対峙していた。

挨拶を済ますとすぐに本題に入った。

西郷が毅然として言った。

「五条長官、今この事態です。全て本音(ほんね)でお話ししましょう。昨日の記者会見でも主張しました通り、超長期国債の購入は政府・民自党、財務省、金融庁からの要請に基づいて行ったものです。裁量行政の一環と理解しています。そのことを明確に踏まえたうえで、当行は超長期国債を償還まで保有致しております。ですから、当然これは年度毎(ごと)の損金処理扱いにはならないものと理解しております。それで宜しいですね？」

五条は間髪を容れず反撃に出た。

「昨日の記者会見内容、非常に遺憾です。何をもって政府からの要請とおっしゃるのか理解に苦しみます」

「五条さん。私は本音で話し合おうと言ったんです。東西会館での民自党の小堀幹事長、財務省の水野次官、そして、金融庁長官のあなたが揃っての要請という事実は、動かしがたいのではありませんか！」

五条はその言葉に笑った。

「あれは御行が超長期国債をお引き受け下さったことへのお礼の挨拶でしょう？　お忘れなんですか？」

西郷はさすがにその言葉には気色ばんだ。

「よくそんなことが言えるものだ。あの場で圧力をかけ、購入金額や条件まで変えさせておいて……何がお礼だ！」

それでも五条は表情を変えなかった。

そこで桂が口を開いた。

「長官。事態は深刻です。購入の経緯も重要ですが、ここからの処理が何より大事になります。未曽有の国債暴落によって当行は、突然、大変な事態に陥ってしまった。処理を誤れば日本最大のメガバンクが破綻します。もしそうなった場合、日本のみならず世界の金融、経済に計り知れない悪影響を及ぼす。それを御認識頂いたうえで御配慮を頂きたいのです」

「随分、御自身を過大評価した御意見ですなぁ、桂さん」

五条は冷たい眼をして言った。

「かつて日本長期債券銀行が破綻した時、どうでした？　日本を代表する長期信用銀行がまさかの破綻をしても日本経済も金融も、ビクともしなかったじゃないですか？」

この言葉にＴＥＦＧの三人が驚き瞠目した。

「金融庁長官とも思えない発言ですね……」

桂は怒りを込めて言った。

「本音でやりましょうとおっしゃったのはそちらですよ。だから私は本音で発言したんです」

桂は冷静になろうと努めながら言った。

「長債銀の時とＴＥＦＧでは規模が全く違うでしょう？　ＴＥＦＧは日本最大のメガバンクだ。預金総額、預金者の数、そして何より企業金融、国際金融市場への影響力はまるで違う！」

「そうでしょうかね。当時の長債銀の人たちもそう言ってましたよ。自分たちが潰れる時は日本が潰れる時だ、とね……。でも実際潰れてどうなりました？　結果として何の問題もなかったじゃないですか。粛々と破綻処理を進めれば市場原理が機能する。長債銀はちゃんと買い手がついて新たな銀行として立派に経営してらっしゃる」

「米国資本に安く買い叩かれたというのが事実じゃないですか？」

桂はそう反論した。

「市場原理でしょう……それが。マーケットの雄である桂さんに、このような原理原則をお話ししなくてはならんとは滑稽な気がしますが？」

五条はどこまでも冷淡だった。

「さらに本音を言わせて貰うと、御行は民自党にも喧嘩を売ってしまった。それに監督官庁と異なる見解を公の場で述べることがどんな結果を招くかは、過去の多くの事例を御覧になってきた筈だ。加えて今の力のある与党まで敵に回した。これは大問題ですよ」

三人はそこで暫く黙った。

桂はここからが本当の勝負だと思い、きっぱりと言った。

「明らかに事実と違うことで責めを受けるのは筋違いです。政治や行政がそのようなものであるなら、それは正さなくてはならない。我々は行政訴訟も辞さない覚悟です。でも、そんなことになれば五条さん、水野さんに傷がつく。ですから、ここは堂々と裁量行政を発揮して頂いて損金処理は行わないでよいと言って頂ければ結構なのです。宜しくお願い致します」

今度は五条が暫く沈黙した。そして、何とも仕方がないという風に言った。

「極めて異例ではありますが……水野事務次官からもこの件は上手く纏めるようにとの御指示を頂いています。不本意ではありますが、私もその方向を取ろうと考えてはいます」

ここで三人がパッと顔を上げた。

(行政訴訟の脅しが効いた！　例の録音のことが水野次官から五条長官の耳に入っているのは明らかだ……頭取のはったりが上手くいったぁ！)

桂は心の中で快哉を叫んだ。

「では長官、我々の主張をお聞き届けいただけるのですね？」

西郷が念を押した。

「配慮するということで決定ではありません。この国債の暴落では、御行だけではなく、生保や地方銀行の中に大変な状態のところが多く出ています。その対応もある。ある種の緊急避難措置とお考え下さい」

三人はホッと胸を撫で下ろした。

「では、一両日中にその旨の発表をお願いします。当行の株価は暴落を続けています。市場に殺されかねない状況です。何卒宜しくお願いします」

桂は強く言った。

「善処します。では、私はこれから会議がありますので……」

五条は表情を変えずにそう言うと立ち上がった。

三人も立ち上がり慇懃に礼を述べてから応接室を出た。

五条はその場で暫く何か考えた後、隣接する長官室に入った。机につくとニューヨーク時間を確認した。

午後九時四十分過ぎだ。五条は机上の電話は使わずスマートフォンを手に取った。

金融庁を出て東西帝都EFG銀行本店に戻った三人は頭取室でこれからの対応を協議した。

「桂君、ありがとう。君のお蔭で助かった。我々が勝手なことをしたために大変な思いをさせてしまった。申し訳なかった」

西郷が頭を下げた。

「いえ、頭取や副頭取に御尽力頂いたお蔭です。これで何とか危機は脱したと思います。私も色々と無礼なことを申しました。お許し下さい」

桂の言葉に有村が付け加えて言った。

「桂ちゃんは金玉がデカいねぇ。今回はほとほとそれを感じた。助けて貰った。本当にありがとう」

桂は笑いながらそれに応えた。

「私はただ目の前の問題の解決に対処しただけです。相場の世界で生きてきてそれが習い性になっている。ただそれだけです」

そう言ってから桂は少し考えて言った。

「頭取、そうは言っても五兆円の超長期国債の存在は重いです。何とか資本を増強して体力をつけなければならないと考えますが、如何でしょうか？」

西郷がそれに頷いた。

「実はずっとそれは計画していた。帝都グループ企業への第三者割当増資を二兆円考えていたが、それを三兆円に増やそうと考えている」

「それは是非お願いします。一円でも資本は増やしておきたいところです」

その桂の言葉に頷いてから西郷は言った。

「それで、その増資が成功した暁には私は完全に退くつもりだ。そして、有村君に会長になって貰い、桂君には頭取をお願いしたい。頼まれてくれるか？」

有村は黙って小さく頷いて視線を桂に送った。

桂は真剣な表情になって考えた。

「そこで……帝都銀行に名前を変える、と？」

桂は厳しい顔で西郷を見た。

西郷は言葉にしないが、目はそれを斟酌してくれと言っている。

「頭取、それでは世間も行内も納得しないと思います。ここは我々全員が完全に退くのが筋ではないでしょうか？　役所は怖い。彼等はその人事を黙って見過ごすことは絶対にない。それに行内でも今回の危機を招いた責任者たちへの批判は強い。それを肌で感じます。内外に向け面目一新を示すことが必要だと思います」

桂はそこで一呼吸置いてから続けた。

「今回の件はあまりにも大きな傷を当行に負わせました。民自党、財務省、そして金融庁との関係も、経緯はどうあれ悪化させてしまった。その責任は関係者全員が負うべきでしょう。そうした後で帝都銀行に名前を変えればいい。そう思いますが？」

西郷と有村は厳しい顔になって黙った。

時間が経ってから西郷が口を開いた。

「……確かにその通りだ。やはり帝都の人間は状況判断が甘いのかもしれんな。桂君には気の毒だが、その方向が正解なのだろう。どうだい？　有村君」

有村はその問いかけに重そうに口を開いた。

「民自党や監督官庁と後腐れなく手打ちが出来て、帝都の名前を取り戻せるなら……そして、西郷頭取がそう御判断なさるなら、それで良いと思います」

そう言ってから桂に笑いかけた。

「桂ちゃんは金玉がデカすぎるなぁ……」

「そうではありません。相場が世間を見せてくれるだけです。お二人の御英断に敬意を表します」

桂は二人に小さく頭を下げた。

◇

金融庁は東証が午前の取引を終了した後で、東西帝都ＥＦＧ銀行の保有する超長期国債に関しての通達を出した。特例措置として損金処理の対象とはしないという内容だった。

午後の寄付きからＴＥＦＧの株価は急騰した。

「このままストップ高でしょうね？　専務」

ディーリングルームで石原が明るい声で話しかけて来た。

皆いつもの表情に戻っていた。潰れるかもしれないという恐怖が去った後の安堵感に満ちている。

「そうだな。そうでないと困るよ」

桂の表情も明るい。そして桂は金融というものの不可思議さを今更ながら考えていた。

超長期国債を保有している事実には何の変わりもない。その会計処理が変更になっただけで世界が百八十度変わってしまう。人間が創り出した金融や会計という技術が、人間の運命を支配している。

技術による人間支配だ。

桂はそれが本末転倒ではなく、本来、技術の方が先で、人間はその技術が現れるための道具や媒介にすぎないと考えている。それが桂の深い無常観に繋がっていた。その無常観が相場の世界では必要なのだと桂は考えている。

人間などには、自分自身にさえも信頼を置かない。人間は脆く弱いもので信頼に足るものではないとの思いが深い。それが逆に桂の人間への優しさに繋がっていた。人間の本質への深い諦めが桂に人間を可愛く愛おしく思わせていた。頭取への就任を断ったのも、ＴＥＦＧという金融技術組織を最大限に生かすための判断だ。

(このまま無事に行ってくれればいいが……)

桂は株価ボードが示すTEFGの買い気配を見ながらそう思った。

「当行の株価も今日はストップ高でしょうね」

桂が見上げるとそこにヘイジがいた。

ヘイジは株価ボードのTEFGの欄が買い気配を示す『カ』になっているのを確認して嬉しくなっていた。

桂はそんなヘイジを見てあることを考えていた。自分はTEFGを退いた後、子会社の投資顧問会社の社長として転出する。その時にヘイジを連れて行こうと思ったのだ。

(色んなことに役立つ気分の良い男だ。私の手元でさらに育てた後で、銀行に戻してやろう。そうすれば役員への可能性もある)

桂がそんなことを考えているとも知らず、ヘイジはボードを見ていた。

「専務。当行の株価は一安心ですが、債券の下げはまだ収まらないですね」

国債の価格は今日もまた下げていた。

「あぁ、こちらはしょうがないな。今また利回りで5%を超えたが6%までは覚悟しないと駄目だろうな。ある程度は先物で売ってあるんだが……」

「そう考えると今回の会計処理の決定がなかったら……ゾッとしますね」

「その通りだ。でも何が起こるか分からないのがマーケットだ。そのマーケットのルールを変える今回の決定は本来は禁じ手だ。経緯はどうあれ、市場商品を買っておいて下がったから無かったことにしてくれと我々は言っているに等しいのだからな……。本質的なところで我々はズルをした。だから……」

桂はそこで言葉を切った。ヘイジは桂が何を言うのか待った。

「だから、何らかの罰は受けなくてはならない。そうでないと相場の神様は許してくれない」

ヘイジは驚いた。

「相場の神様だなんて……専務のお言葉とも思えないですね」

桂は真面目な表情のまま言った。

「相場の神様は存在する。それは本当だ。だから今回の件で……」

自分が生贄となって辞めなければならないのだと言いかけて黙った。

ヘイジはそれを斟酌した。

(専務は今回の責任を取ってお辞めになるつもりなんだな……)

ヘイジも暫く黙ってから言った。

「でも相場の神様の話は大事な気がします。その存在を考えることで、謙虚になるという意味で……。ただ近頃は何かと人を神にたとえたりしますね。その意味で専務など相場の神と呼ばれてもいい存在なんじゃないですか？」

「相場の神様は存在するが、人間で神になった存在はマーケットにはいないよ。皆地獄から這い出てくる餓鬼のようなもので、僕もその一人なだけだ」

ヘイジは笑った。

「専務が餓鬼っていうのは面白いですね！　餓鬼って毘沙門天とか神様の足に踏んづけられているあれですよね？」

「そうだよ。いつも相場の神様の全体重を身体に感じながら這い蹲っているんだ。だが、絶対に踏み潰されはしない」

その桂の表情には自信が窺えた。

桂はその日の夕刻、中央経済新聞のデスク荻野目裕司の訪問を受けた。ポットに入った珈琲を、桂は手ずからカップに注ぎながら荻野目に礼を言った。

「君のお蔭でウチは助かった。心から礼を言う。本当にありがとう」

中央経済新聞が超長期国債の会計処理に関して、一貫してＴＥＦＧの主張に沿った論調を張ってくれたことが強力な援護射撃になっていたからだ。

荻野目は珈琲カップを受け取ってから言った。

「日本最大のメガバンクがもし破綻したら、日本経済が完全に終わりますからね。それに桂さんから事前に金融庁や財務省、民自党のやり口を聞いていましたから義憤もありますよ」

そう言って笑った。

「それにしても君のお蔭だ。改めて礼を言う。本当にありがとう」

桂は深く頭を下げた。

「止して下さい。これまでお世話になった桂さんにほんの少しの恩返しです」

桂は胸が熱くなった。

「ただ……御行への風当たりは強いですね。色んな人からＴＥＦＧへの不満の言葉が聞かれます」

「それはそうだろう。だから、今回のことに関しては、明確な責任を関係者は取るつもりでいる。まだ記事にして貰っては困るが……」

「頭取以下、帝都出身の主な役員が退任して、桂さんが頭取になるという流れですか？」

「馬鹿言っちゃ困る。僕も辞めるさ」

荻野目は驚いた。

「桂さんは被害者じゃないですか！　それは役員たちも皆知っているのでしょう？」

「それはそうだが表向きは僕が超長期国債購入の実質の最高責任者になる。追認とはいえそれを選んだ。当然、打ち首獄門だよ」

そう言って笑いながら手刀で自分の首を落とす真似をして見せた。

「そうですか……残念ですが、仕方がないのでしょうね」

桂は黙って頷いた。

「それで……帝都銀行に名前を変えるんですね？」

「あぁ、これもまだ記事にして貰っては困るが、帝都グループに第三者割当増資を三兆円行う予定だ。それで名実共に帝都銀行だよ」

「うーん……桂さんの胸の裡を思うと、やり切れないですね」

「何を言ってる。恰好をつけるわけではないがさっぱりしている。これで世界最大の銀行への道も拓ける。それで満足だよ」

二人の会話は暫く続いた。

一時間ほど経った時に桂が言った。

「どうだい？　久しぶりに寿司に行かないか？」

桂は相場が一段落した時、気持ちを切り替える意味で寿司を食べることにしている。

「いいですね。浅草の美波ですか？」

「あぁ、気分よく食べようよ」

そう言って二人は立ち上がった。しかし、桂はこの後、寿司を食べたことを後悔する。

TEFGを巡る危機は、ここから本番を迎えたからだ。

◇

ヘイジはいつもの午前六時十五分に起床した。

洗面を済ませ身支度をして朝食のテーブルについた。義母が淹れてくれた熱い焙じ茶をまず飲む。普段ならその時にテレビをつけてビジネスニュースを見るのだが、国債の暴落以降は舞衣子のこともあって止している。それでいつもは出勤時に電車の中で読む経済新聞をテーブルで開いた。

(ん？)

大きくはないが気になるニュースが外電として伝えられていた。アメリカの政府筋から、金融庁が通達を出した東西帝都EFG銀行の保有する超長期国債の扱いについて不満が出ているという。金融国際化の流れの中で、グローバルスタンダードから外れた古色蒼然たる裁量行政だと問題視しているというのだ。

（アメリカがどうこう言おうともう発表されたことだし……気にすることはないな）

義母がフルーツヨーグルトを出してくれた。

「まだ……何か問題が残ってるの？」

新聞を厳しい顔で見詰めていたヘイジに義母は心配そうに声を掛けた。昨夜、銀行の危機が去ったと皆で喜んだばかりだ。

ヘイジは笑顔を作った。

「いえ、何でもありません。難しい顔をしてましたか？」

「そう見えたの。私が神経質になってるのね。何でもなければいいわ。正平さん、今日も早く帰れるの？」

「うーん。今日は無理かもしれません。騒動が落ち着いたらまた仕事が増えちゃって」

「そう。でも普通に戻ったんなら良かったわ。だけど無理はしちゃだめよ」

「ありがとうございます。じゃあ、行ってきます」

地下鉄の駅まで歩く間もヘイジは記事のことを考えていた。

（まぁ、考えても僕のような下っ端が何か出来るわけじゃない）

ヘイジは頭を切り替えようと舞衣子のことを考えた。

（仕事が一段落したら舞衣ちゃんと一泊でどこか行こう。熱海（あたみ）か日光、いや、出来れば京都まで行って二泊でも……）

そう考えると気持ちが浮き立って来た。

桂は早朝、ニューヨーク支店とのテレビ会議に出ていた。

「……それで、言い出したのはいつものデビッド・マッキントッシュなわけだな？」

米国保守党の古参議員で、日本の金融自由化に圧力を掛け続ける対日強硬派の中心人物だった。

「そうです。ただ今回は金融当局も同調しているようでして……大統領も関心を持っていると最新のニュースでコメントしています。今のところ我々から伝えられるのは以上です」

ニューヨーク支店長がそう言った。

まずいと桂は思った。今、日本とアメリカ政府は、ＴＰＰ批准に向けて議会と交渉の真っ最中だ。

桂はそこを見落としていた自分を恥じた。

「とにかく君の方で出来るだけ多く情報収集をしてくれ。ＦＲＢ（連邦準備制度理事会）や財務省は勿論、銀行や証券会社の力のある連中に話を聞いて貰いたい。宜しく頼む」

そう言ってテレビ会議は終了した。

桂はその足で頭取室に向かった。部屋に入ると西郷は心配げな表情だった。

「まずいことになりました。ニューヨークには出来るだけ情報を集めるように言っておきましたが、こちらでも対応を考えて動いた方が良いと思います」

桂の言葉に西郷は頷いた。

「そうだな。息のかかったロビイストに連絡してワシントンで早めに動いて貰おう。それと金融庁だな……」

「そこですね。まさか通達を白紙に戻すことなどないとは思いますが、念を押しておくことは必要かと思います。頭取からお願いできますか？」

「分かった。五条長官に連絡を取る」

そう言ってから西郷が顔をしかめた。

「正直、あの男に会うのは気が進まない。しかし、そんなことを言ってはいられないか」

桂がその西郷の言葉に頷いた。

「お気持ちは分かります。本当に嫌な思いをさせられたのですから。考えてみればお二人とも父の教え子でらしたわけで……我々三人は妙な因縁で繋がっていますね。五条さんは学生時代、どんな人物だったんですか？」

西郷は少し考え込んだ。

「……桂ゼミ始まって以来の俊英であったことは間違いない。桂先生は年に一度、学年に関係なくOBも参加する合同ゼミを開催された。その時に聞いた彼の法解釈への論理展開は見事なものだった。桂先生は彼に大学院へ進むよう強くおっしゃっていたと聞く。あぁ、今思い出した。彼はゼミに入った当初は、五条ではなく別の苗字だった筈だ。それが暫くして五条に変わったんだ」

「養子に入られたのですか？」

「いや、私も学生だったし……優秀とはいえ一年下の後輩のプライバシーに、それほど興味はなかったからね」

桂はその話が引っかかった。

「大学在学中に苗字が変わる……あまり聞かない話ですね。まさか学生結婚して相手の籍に入ったとか？」

「いや、それはないと思う。もしそうなら噂ぐらいは私も耳にした筈だ。兎に角、いつの間にか彼は五条になっていた。今の今までそのことを私も忘れていたぐらいだから、五条という名が彼の体を表すのにぴたりと合っているのかもしれんな」

桂はそう言われると納得するように思えた。

「昔から押しが強かったんですか？」

「それはあった。だが、それよりも二面性を持った男という印象が強い。どこかにコンプレックスがあるのか……時折、頭脳の明晰さからくる自信とは裏腹の卑屈な感じを受けることがあった。それが家庭環境の貧富に関わることだったのかどうかは分からんが、東帝大学は国立だが富裕層の子弟が多いからね。ひょっとしたら彼の実家は経済的に恵まれていなかったのかもしれない」

「それで裕福な家庭の養子に入った可能性がありますね」

「その通りだな。いや、それにしてもこのことはずっと忘れていた」

桂はふと父親のことを思い出した。

「ひょっとしたら父の日記の中に彼についての記述があるかもしれません。実家に行く機会があれば調べてみます」

西郷はそれを聞いて笑った。

「まるで探偵のようだが……個人情報保護法もある。それに今や押しも押されもせぬ金融庁の長官だ。彼のプライバシーを暴いて何か得になることもないだろう」

「おっしゃる通りです。では、アメリカのロビイストへの連絡と金融庁は宜しくお願いします。あと、例の増資の件、内々の打診への反応は如何ですか？」

西郷は帝都グループの企業のトップ全員に対して既に新株の引き受けを依頼していた。

「今週の金曜が三金会だ。そこでちゃんと取り付ける。君も同席してくれるか？」

三金会とは毎月第三金曜日に行われる帝都グループ中、東証一部上場二十三社の全社長が集まっての夕食会のことだ。

渋谷区松濤（しょうとう）にある帝都の接待用施設、帝都倶楽部（クラブ）で行われる。

帝都グループの人間にとって、三金会への出席は最大の名誉だった。

ルネッサンス様式で都の有形文化財にも指定されている帝都倶楽部の建物は、威厳に満ちていて初めて訪れた者は皆、感動に震える。

「三金会の皆さんも御心配でしょう。質問もかなり出るでしょうから……お供します」

桂はディーリングルームに直行せずに、役員フロアーの自分の部屋に戻った。そして、スマートフォンから電話を掛けた。

「はい。夕刊ファイト、編集部です」

「佐伯（さえき）記者をお願いします」

「少々お待ち下さい」

新聞の人間は決して掛って来た電話の相手に名前を訊ねない。それは中央経済新聞のような大新聞であっても、夕刊ファイトのような夕刊紙でも同じだ。情報源を守るという不文律（ふぶんりつ）

が生きている。

桂は経済紙や一般紙だけでなく、タブロイド紙の記者とも付き合っていた。経済紙には絶対に摑めない裏情報を、彼らが握っていたりするからだ。ただし彼らとの付き合いはギブ・アンド・テイクによる割り切りも必要になる。

「佐伯です」

「桂だ。面白いネタになるかもしれん。調べて欲しいことがあるんだ」

「ウチがあんまりTEFGが破綻すると書きまくったもんだから、お怒りの電話かと冷や冷やしましたよ」

「君はそんな玉じゃないだろう？　それに俺はそんな野暮なことはしないよ。君んところは売るのが商売だ。全然かまわんさ」

佐伯信二はベテラン記者で、金融関連スキャンダルに独特の嗅覚があり、数多くの情報源を持っている。夕刊ファイトの金融記事は、面白く的を射ていることが多いという評判は佐伯のおかげだった。桂は情報を取るルートとして、「表の荻野目、裏の佐伯」という使い分けをしている。桂は一般紙では内容的に載せられないような情報を佐伯に渡していた。

「桂さんは大人だからなぁ。そう言って貰えるとこっちはありがたいですよ。それで？」

「金融庁の五条長官の過去を知りたい。彼は東帝大在学中に苗字が変わっている。何故そうなったのかを知りたいんだ。あと、彼についての情報ならどんなことでもいい。分かる限り教えてくれ」

「分かりました。ところで、アメリカさんが厄介なことを言い出しましたね」

「あぁ、またそのことはおいおいな。じゃあ、頼んだよ」

五条と桂の、本当の戦いが始まった。

# 第五章　ヘッジ・ファンド

突然の電話で呼び出され、ヘイジは湯島天神裏にある瀟洒な小料理屋のカウンター席に座っていた。

「あっ、お義母さん。海外から高校の同級生が突然帰国して……今晩付き合うことになりました。いえ、家には連れて行きません。外で飲みますから大丈夫です。今日はそんなんで夕食は結構です」

ヘイジを呼び出した相手はまだ来ていない。時計を見ると八時十五分だ。残業のつもりだったが、途中で切り上げヘイジが指定した店で会うことにした。待っている間に出された煎茶を飲み干した時だった。

「おぉ、ヘイジ！　久しぶりやな」

男は店に入ってヘイジを見つけるなり声をあげた。そして力強く握手した。

五年ぶりに会ったその男は塚本という。香港を拠点に海外でドラッグストアーのチェーン展開で成功していた。ヘイジの京帝教育大学附属中高の同級生だった。

学生の頃は目立たない男でヘイジもそれほど親しくなかった。

ヘイジの記憶に残っているのは塚本がボソッと呟いた妙な自慢だけだ。

「俺は盆と正月しか歯を磨かへんけど虫歯が一本もないんや」

高校卒業以来、一度も会うことの無かった塚本から、突然ヘイジに連絡があったのが五年前のことだ。ヘイジは当時ＴＥＦＧの子会社の投資顧問会社に出向していた。五年前、二十年ぶりに会った塚本から聞かされたのは、彼の驚くべき人生だった。

塚本卓也は奈良県大和郡山市で薬局を営む両親の一人息子として生まれた。

父親も母親も薬剤師で子供の頃から「お前も薬局を継ぐんや」と言われて育った。幼い頃から頭の良い子供だったが頭の回転に口の回転がついて行かない。それで友達と遊ぶのが苦痛になり内向的な性格になっていった。ひとりで出来ること、本を読んだり絵を描いたりが好きで絵には才能を発揮した。

小学六年の時に描いた絵が文部大臣賞を取り、中学になるとミリタリー雑誌に戦車や戦闘機のイラストを寄稿して小遣いを稼ぐまでになった。将来は商業デザイナーになりたかった。父親にそれを言うと怒鳴られた。

「お前は乞食になりたいんか！」

教育熱心な両親に尻を叩かれ国立大学附属の中学高校に通ったが、勉強に興味は持てずイラストを描くこと以外楽しみは無い。

塚本は高校の時、失恋した。告白して振られたわけではない。中学に入学してからずっと憧れていた女子がいたが別の男子と付き合っていることを知って諦めたのだ。高校を卒業後、一浪して大阪の私立の薬科大学に入ったものの何もかもが嫌になった。

パチンコに明け暮れたが気まぐれでテニス部に入ったことが塚本を変えた。元々見た目は悪くない。口下手がニヒルとして魅力的に映る時代も幸いしていた。

ただ心から女性を好きになれない。高校時代の憧れの女性を忘れられないのだ。

それでも女の子たちとのデートは愉しく、デートには金が掛るので必然的にバイトに精を出す。塚本は七年かけて大学を卒業するが在学中に四十二種類のバイトを経験した。

そして、最後にやったバイトが塚本の運命を変える。大阪でチェーン展開を始めた薬局で品出しをしている時、オーナーの目に留まったのだ。

塚本はそれまでの無気力な人生の反動から、バイトでは懸命に頭と体を動かすことに快感を覚えるようになっていた。それが周りにはやる気に映った。

「お前、副店長をやってみいへんか？」

そうして八坪の小さな店舗に配属された。小さいとはいえ、店が扱うアイテム数は八千近くあった。当時ＰＯＳレジは高価で、中小店舗が導入できる時代ではなかった。

（よし、人間ＰＯＳになったろ！）

塚本は全アイテムを一週間で暗記し一ヶ月で原価まで全て記憶した。

「お前はほんま便利な奴やなぁ！」

それだけではなかった。店内の宣伝表示にも力を入れた。夜中に得意のイラストを入れたポップやボードを作った。寝袋を持ち込んで、何日も店舗に泊まり込んだ。

「あの薬局、おもろいで！」

客が店に滞留する時間がそれまでの倍になった。塚本はドラッグストアーをテーマパークにしてしまったのだ。

口コミで評判は広がり来店客は増え続けた。塚本は残業代を一切貰わず懸命に働いた。大学を卒業すると、正社員で採用され直ぐに店長になった。

一日の休憩時間は五分。レジの下にしゃがんでコンビニのおにぎりをほおばるだけだ。睡眠時間は限界まで削り、一時間睡眠で何日も頑張ることがあった。人間やる気がある時はどんなに無理をしても病気にならないことが分かった。

塚本が店長となった八坪の店は、一日三千人の客が訪れ月商は一億を超えた。

商品の出し入れの時には塚本は必ず走る。

「あの薬局の人はよう働くなぁ！」

大きな段ボール箱を抱えて走り回る塚本の姿は、近所の評判になり店の評判になった。

そして塚本は経営の目に見えない部分を変えていった。

まず文句ばかり多くて働かない高給の薬剤師たちを辞めさせた。業界の常識を破って、薬剤師をバイトで賄うことにしたのだ。仕入れも一週間ごとに現金払いだったものを問屋と交渉して三ヶ月払いや半年払いにサイトを変えさせた。

そして塚本はフランチャイズ展開をオーナーに提案し、自分がその第一号になる。

不眠不休で働いて、金は溜まっている。塚本にとって自分で店を経営することは一つのゴールだった。こうして塚本は奈良県の新興住宅地の駅前にあるスーパーの隣に、八坪の店舗を出した。

小さな店舗で回転を極限まで高めるという常識外れのビジネスモデルの完成形を、そこで目指した。塚本はあらゆるノウハウをその店舗に叩き込みさらに働き続けた。

「単位面積当たり売上日本一の店！」

新聞やテレビがひっきりなしに塚本を取材に訪れた。多くの客たちは塚本や店の者に言われるままに商品を買うようになっていく。客は塚本教の信者になっていたのだ。

塚本は直ぐに店舗を三つ増やした。そして翌年、塚本は奈良県の長者番付でナンバーワンになった。するとある考えが浮かんだ。

（これを世界で展開でけへんかな？）

小さな薬局をテーマパークにする自分の商売のやり方が世界で通用するかどうか。日本全国ではなく何故か世界だと思った。

その時ふと高校時代の同級生、二瓶正平のことを思い出した。どこということはないが、不思議な魅力の持ち主で塚本の記憶に強く残っている同級生だった。同窓会名簿から大学卒業後、名京銀行に就職したことは分かっていた。大銀行に入ったヘイジなら、世界のビジネス情報にも通じているだろうと考えた。

塚本はヘイジにずっと複雑な感情を持っていた。高校時代に〝失恋〟した女子と付き合っていたのはヘイジだった。

（あいつには貸しがある……）

勝手な思い込みだが塚本がずっと独身なのはその失恋をまだ引き摺っていたからだ。塚本は直ぐにヘイジにコンタクトを取った。

それが五年前のことだった。

◇

「あれから五年なんて信じられないね。あっという間だった。アジアでも大成功で本当におめでとう」

ヘイジが握手をしながらそう言うと、塚本は嬉しそうに笑った。

「ヘイジのお蔭や。あの時にTEFG香港の人を紹介してもろてホンマに助かった。香港を海外ビジネスのスタートにしたことが大正解やったからな」

「僕はただ驚いているだけだよ」

二人は席に座り日本酒を頼んだ。

「五年前に話を聞いた時も驚いたけど、学校時代目立たなかった塚本がここまで成功するとは今でも信じられないんだよ」

ヘイジは酌をしながら正直に言った。

塚本は盃を飲み干すとヘイジに酌を返した。

「あぁ……日本で飲む日本酒は旨いなぁ！」

そう言ってからは、手酌で何杯もやるようになった。

ヘイジはもう一本銚子を注文した。

塚本は突出しの衣被(きぬかつぎ)を、旨そうに口に入れながら店を見回した。

「ヘイジはええ店知ってるなぁ。風情(ふぜい)はあるし料理も神経が通(かよ)てる。これは楽しみやなぁ」

「一応、お任せで頼んであるけどいいよね？」

そうして二人は旧交を温めた。

ただ話が進んでいくと、ヘイジは塚本の態度に違和感を覚えるようになった。

(妙だな？)

塚本が自分のビジネスの話を全くしないで、ＴＥＦＧのことばかり訊いてくる。最初のうちは世間を騒がせているから当然かと思っていたがそれにしてもしつこい。まるでヘイジからＴＥＦＧの内情を探ろうとしているようにも思われた。

ヘイジはきっぱりと言った。

「塚本、申し訳ないが銀行の話を訊くのはこれ以上は止めてくれ。僕はこれ以上何も言いたくない」

その場は白けて、塚本は黙ってしまった。

ヘイジはそれでも座を取り持とうとせずに、黙って料理を食べ酒を手酌で飲み続けた。

料理が進んで、金目鯛(きんめだい)の煮付けが出た時だった。

「俺は五年前に会うた時には言わへんかったけど……お前には昔から気に入らんとこがあるんや」

思い詰めた表情で、塚本が意外なことを言う。

ヘイジは面白くなさそうに笑った。

「気に入らんとは剣呑だね。昔からって……僕が学生の時に塚本に何かしたかい？」

そう訊かれても塚本は頑なな表情を崩さず黙ったままだ。

「言いたいことがあるなら言ってくれよ。気分がわるい」

ヘイジが珍しく気色ばんだ。

すると塚本は思い直したように和やかな顔になった。

「いや、ええんや。ごめん。今のは忘れてくれ」

「何だよ。気になるじゃないか」

「いや、ほんまに。ごめん、忘れてくれ」

ヘイジはもうそれ以上訊かないことにした。

塚本は高校時代の〝失恋〟の話を切り出そうとしていた。

（明日、彼女に会えるんや。もう昔のことはどうでもええ……）

塚本は高校時代の憧れの彼女が東京にいることを突き止めていた。

卒業直後に音信不通となり、毎年更新される同窓会名簿でも連絡先は空欄のままの彼女の居所を、塚本はその財力で優秀な探偵を雇って探し出したのだ。

報告書を読んだ時は驚いた。ただ彼女の今を知っているのが自分だけだと思うと、彼女が自分のものになったように誇らしかった。

それをヘイジに自慢したかった。

ヘイジに奪われた秘めた十代の恋は、四半世紀経っても塚本の中で生き続けていたのだ。

塚本はヘイジに酌をした。

「さっきはＴＥＦＧのことばかり訊いて申し訳なかった。自分のことをちゃんと言わんとあいうのはフェアやないな……」

それを聞いてヘイジは「ん？」という表情になった。そして少し間を置いてから塚本は言った。

「ヘイジ、俺が香港で何やってるか知ってるか？」

「何って……ドラッグストアーのチェーン展開だろ？　東南アジアにも拡大してるのを知ってるよ」

塚本は首を振った。

「あれは三年前に全部権利を売ってしもた。飽きたんや……薬屋やるのんが」

ヘイジは驚いた。

「じゃあ、今は？」

塚本はニヤリとした。

「ＵＴＦ……」

「エッ！」

ヘイジは椅子(いす)から転げ落ちそうになった。ＵＴＦ、ウルトラ・タイガー・ファンド……香港を拠点とするアジア最大のヘッジ・ファンドだ。過去数年の間に急成長し、金融関係者で知らないものはない。エドウィン・タンという香港人が運用しているが、その姿を人前に現さない謎(なぞ)の人物として知られている。

「塚本がエドウィン・タンのところで働いてるのか？」

塚本は首を振った。

「エドウィン・タンは……俺なんや」

真夜中近くになっていた。

ヘイジは地下鉄を降り階段を慎重に上って地上に出ると、いつもの自宅への帰り道をふらつきながら歩いた。かなり酔いが回っている。ヘイジは奇妙な感覚の中にいた。

（……現実だったのか？）

全てが幻のようだ。

突然の電話で高校時代の同級生、塚本卓也に呼び出されて聞いた信じられない内容の話。

（俺は夢を見てるんだ。こうやって歩いているのも夢だ。さっきのことも夢で、ずっと夢の続きなんだ……）

ヘイジは高校時代の塚本の顔を思い出そうとした。だが浮かんでこない。何故か思い出すのは高校時代に付き合った彼女の顔だった。

（ずっと思い出せなかったのに……別れてからずっと……）

酔った頭の中でそう何度も繰り返した。思い出せないのではない、ヘイジは思い出さないようにしてきたのだ。彼女の写真は全て捨て、卒業アルバムも実家の押入れの奥にしまい込んだ。

彼女は自分の弱さの証で、ヘイジの心に残る大きな傷だ。白いワンピースが好きでショートカットが似合うボーイッシュな女の子……そのイメージだけを残して顔は思い出さないようにしてきた。それが今、酩酊(めいてい)状態の中でハッキリと、その顔かたちが目の前にいるように浮かぶ。

彼女がヘイジに話しかけてくる。

大事なことを喋る時は、必ず後ろ手になる癖をそのままに、ワンピースの彼女が笑いかけてくる。

（やっぱり夢だ。夢だから彼女が現れるんだ。そうだ夢だ。何もかもが夢なんだ）

ＴＥＦＧの危機騒動に、この一週間ヘイジは翻弄(ほんろう)されてきた。その疲れがこんな夢をみせるのだとヘイジは冷静に思った。

（俺はいつものように残業していたんだ。塚本なんかと飲んでない。これは夢で俺はもう直ぐいつものように目覚ましが鳴る五分前にちゃんと目を覚ます筈だ……）

ヘイジはふらついて道端の自動販売機にぶつかった。肩には確かに硬く冷たい金属の感触がある。

これも夢だとヘイジは自分に言い聞かせて再び歩き出した。

いつのまにかマンションに着いていた。部屋の鍵はいつものように慎重に開けた。舞衣子も義母も寝静まっている。いつものように静かに洋服を脱ぎ、いつものように浴室に入ってシャワーを浴びた。髪を洗い身体を洗い浴室で歯を磨いている時だった。塚本卓也の顔が目の前に浮かんだ。

「俺は盆と正月しか歯を磨かへんけど……」

その顔は十代の頃の塚本ではない。さっきまで湯島天神裏の小料理屋で一緒に飲んでいた男の顔だ。男はあの店で確かに言った。

「エドウィン・タンは……俺なんや。ウルトラ・タイガーは俺のファンドや。ヘイジ、悪いけど俺……ＴＥＦＧを貰うで」

そう言って、男は不敵な笑みを浮かべた。

「どういう意味だ？」

ヘイジが訊ねると男は静かに地獄の底から響くような声で言った。

「ＴＥＦＧはもうしまいや……俺は確かな情報を持ってる。アメリカは超長期国債の会計処理を許さん。もうすぐハッキリするわ。そしたらどうなる？　ＴＥＦＧは破綻や。そこから俺の……ＵＴＦの出番なんや。でも心配せんでええ。お前のことは悪いようにはせん。せやから、俺に協力してくれ」

男は驚愕するヘイジの肩をポンと叩いた。その感触は今も残っている。

男は続けて言った。

「今日ヘイジに会うたんは……それを伝えるためや。あの塚本卓也が、ＴＥＦＧを支配するちゅうことを、な」

そう言って笑った。

（夢だ。悪い夢だ）

ヘイジは歯ブラシを力いっぱい動かした。

ニューヨーク、マンハッタン七十二丁目。

イーストリバーに面して聳え立つロイヤル・イーストリバー・パレスは、富裕層が多く暮らすアッパーイーストサイドでも羨望の的の超高級コンドミニアムだ。その最上階、ペントハウスの住人であるヘレン・シュナイダーが就寝前の身支度をしていた。

長く美しい金髪をアップに纏めシルクのガウンを纏って大きな洗面化粧台の前に立ち、長い時間を掛けて歯を磨いている。デンタルフロスと歯間ブラシ、そして日本製ウォーターピックを使って徹底的に口内の汚れを落とした後、液体歯磨きと練り歯磨きの二種類を使って歯を磨く。

一日の最後の儀式のような一連の作業だ。舌苔ブラシで口内を完全にクリーンアップしてそれはようやく終了する。そして、恋人のいるベッドに向かった。

ベッドはフィリップ・スタルクがデザインしたクイーンサイズのものだ。シンプルでウッディなそのフォルムは気品があって彼女のお気に入りだった。ベッドトップ側の壁にはフランク・ステラの彫刻作品が飾られている。

恋人は既に眠りについていた。先ほどまでの長く激しいセックスの疲れから、うつ伏せのまま熟睡していた。

ヘレンは暫くその寝顔を立ったまま眺めた。

美しいと思った。精根尽き果てたというように眠っていて、死んでいるみたいだ。

ヘレンは死に顔を見るのが好きだった。それに気がついたのは、母が死んだ十歳の時だ。心筋梗塞で突然逝った母の死に顔は特別美しかった。死んだ顔には人間の本質が現れるとヘレンは思った。

何かが尽きた時に人間の顔に現れるもの。命を終えたり勝負に敗れたりした時に人が見せるもの……それが人の本質で限りなく美しいと感じるのだ。

それでヘレンは勝負が好きになった。相手が負けた瞬間に見せる顔を見たいがために、子供の頃からどんなことにも負けない努力をしてきた。

勝つためには手段を選ばない。

勝負の本質である真善美が負けた人間の顔に現れる。それが見たいのだ。

いま彼女の目の前にも紛れもないひとつの生の本質が横たわっている。

ヘレンはガウンを脱ぎ一糸纏わぬ姿になってベッドに滑り込んだ。枕元のスマートフォンを取ってメールをチェックした。全て順調に行っていた。

明日の土曜日、朝はゆっくりと出来る。

ヘレンは眠りについた。

翌朝、ヘレンが目を覚ますと既に恋人は起きていた。絹のガウン姿で窓の外の朝焼けに染まるマンハッタンを眺めていた。ヘレンはその姿をベッドの中から見ていた。

朝の光が次第に強まっていくに従って、恋人の顔が生気を充実させていくようだ。死からの再生のように美しく感じる。

「起きてたの？」

ヘレンが声を掛けた。

「おはようヘレン。お蔭でよく眠れたわ」

「ほんとヨーコは死んだように眠ってた」

佐川瑤子（さがわようこ）はそのヘレンの言葉に笑った。

「ヘレンとはいつも激しいものね……学生の頃からずっと」

二人はＭＩＴで知り合った。

佐川瑤子は留学生だった。父親が外交官で帰国子女の瑤子は東帝大学経済学部を卒業後、修士課程を修めてから東西銀行に就職した。

瑤子は女性初の為替ディーラーに抜擢されるなどその能力は行内で高く評価されていた。金融工学やコンピュータープログラミングに強い。しかし、当時の上司で瑤子の恋人でもあった人物が問題を起こして自殺してしまう。彼には妻子があり不倫関係だった。瑤子は失意の裡に銀行を去り大学に戻った。そして、博士号取得のためにMITに留学していたのだ。

クラスメートが主催したパーティーで、瑤子を見たヘレンは一目で気に入った。そして、瑤子がバイセクシャルであることを直感した。二人が一緒のベッドに入るのに、時間は掛らなかった。在学中は週末をいつも一緒に過ごした。

瑤子が博士課程を終えて日本に戻って三年後、ヘレンはオメガ・ファンドを設立した。得意の金融工学を駆使したヘッジ・ファンドは当初から好成績を挙げ、直ぐに顧客がついてファンドの規模は大きくなっていった。ファンドを立ち上げて二年後、運用に自信を持ったヘレンは、東帝大学で教鞭を執り始めた瑤子に連絡を取った。仕事の片腕としてパートナーになって欲しいと頼んだのだ。

その頃、瑤子は父親を亡くした。外交スキャンダルに巻き込まれての自殺だった。瑤子はその人生で二人の大事な男性を自殺で失ったことになる。

特に父の死は理不尽なものだった。濡れ衣を着せられたまま蜥蜴の尻尾切りのように父親は捨てられた。外務省や日本政府が父を死に追いやったことを瑤子は父親の遺した日記から知って愕然とした。

瑤子は独りになった。

母親は大学在学中に病死している。兄妹のいない瑤子は天涯孤独になっていた。

その時、ヘレンからニューヨークに来いと誘われたのだ。断る理由は無かった。

日本には戻るまいと決めて米国に渡った。

オメガ・ファンドで瑤子は期待以上の働きをした。日本を中心としたアジア企業の調査は、全て瑤子がやり大きな成功を何度ものにした。オメガがアジアに強いという評価は、瑤子によってもたらされていた。設立以来、好成績を持続させて、順調に資産を伸ばしていた。そして、三年前からは爆発的なパフォーマンスで他の老舗ファンドを圧倒する。そして資産総額二百億ドルを超える世界最大のヘッジ・ファンドとなっていた。ヘレン・シュナイダーの卓越した洞察力と金融工学の能力が、それを可能にしているとされていたが……そこには秘密が隠されていた。

それを知るのは、ヘレンと瑤子の二人だけだった。

ヘレンと瑤子は朝食の準備に掛った。

二人で朝を迎えた時には共同で朝食を作る。ヘレンはウォークインとなっている食糧貯蔵庫の中に入ると、吊(つ)り下がっている巨大なパルマ産生ハムをナイフで丁寧に切り落し、瑤子がそれを皿に受けていく。ヘレンが野菜を刻んでサラダを作り、瑤子はスクランブルエッグを作る。

昨夜のうちに生地を仕込んでタイマーをセットしておいた日本製のパン焼き器が、良い香りをさせている。どんな料理も材料から拵(こしら)えるのが二人の流儀だった。

レトルトや既製の冷凍食品は一切ない。スープは有機野菜や無農薬飼料肥育の牛肉などを材料に、自分たちで大量に作ったものが冷凍してある。それを解凍して食べるのだ。フランス料理のシェフを呼んで作らせストックしてあるブイヨンも重宝した。

富がもたらす最高に贅沢(ぜいたく)な朝食だった。

窓際(まどぎわ)のテーブルに二人で料理をセットし、シャンパングラスも置かれた。クリュッグ・クロ・デュ・メニルが抜栓されて、ヘレンの手でオールドバカラのシャンパングラスに静々と注がれ品の良い泡が立ち昇る。二人は向かい合わせに座ると乾杯した。雑味の無い最高級のシャンパンが、体に浸(し)みこんでいく。ゆったりとした朝食の時間になった。

「今日はギャラリーに行くの？」

瑤子が訊ねた。ヘレンはソーホーに現代アートの画廊を持っている。高名な作家の作品だけではなく、新人の発掘にも余念がなく、様々な作家を世に送り出していた。アートの世界でも、ヘレンは卓抜した能力を発揮していた。

ヘレンは熱々のパンをちぎって自家製のオレンジ・マーマレードをつけながら言った。

「今日は午後、パパが来るのよ。ギャラリーを見たいって。十一時の便でボストンを発つらしいの……」

ヘレンの父親、マイケル・シュナイダーは、マサチューセッツ州選出の米国保守党の上院議員で次期大統領候補と言われている。

「一人娘に会いたいのね……久しぶりじゃないの？　お父様に会うのは」

「そうね。半年ぶりかしら……ある意味、世界で一番忙しい父と娘だものね。半年に一度でも奇跡だわ。あなたも来る？」

瑤子は首を振った。

「家に戻って仕事の書類を整理したいの。部屋の中が書類だらけなのよ」

瑤子はちょうどセントラルパークを挟んだ逆側のウエストサイドに住んでいる。ヘレンは一緒に暮らそうと何度も言っているが、瑤子は断り続けていた。自分の自由になる空間を持っておきたかったのだ。

「お父様によろしく伝えて。大統領になったら感謝祭にはホワイトハウスでターキーを御馳走してねって……」

そう言ってウインクした。

ヘレンは瑤子を見詰めて言った。

「ヨーコ、仕事があるの。あなたに仕上げをやって貰いたいディールが……」

瑤子には察しがついている。

「……ＴＥＦＧね」

ヘレンは頷いた。

「あなたに東京で決めてきて欲しいのよ」

ヘレンは、闇の中の蛇使いのような怪しい眼をしてそう言った。

渋谷区松濤の広大な敷地内に聳える洋館の帝都倶楽部。

ルネッサンス様式の豪奢（ごうしゃ）な建物の車寄せには、続々と黒塗りの大型車が到着していた。訪れた者たちは入って直ぐの大広間に通される。まずそこで飲み物を手に取って歓談となる。

壁には帝都グループの創始者、篠崎平太郎を筆頭に、篠崎家歴代当主の堂々たる肖像画が居並んで訪れた者たちを睥睨している。何度訪れてもそこに入ると緊張を覚えた。

暫くすると英国の執事の正装をした年配の係の者が、小さなベルを持って現れて厳かに鳴らす。

ダイニングルームの準備が整った合図だ。まるで自分が映画の一シーンにいるように感じる瞬間だった。そして羊角型の階段を左右に分かれて上りながら二階に向かう。

階上のダイニングルームに入ると巨大な楕円形のマホガニーのテーブルに、社長就任の年次順に、上座となる篠崎平太郎の一際大きな肖像画の前から反時計回りに着席していく。

全員が着席し終わるとタキシード姿のウェイターたちが一斉に動きドン・ペリニヨンが全員に注がれていく。乾杯の音頭を取るのは社長就任から七年と最長になる帝都地所の田崎勇人だった。恰幅が良くロマンスグレーの髪を品良く整えた田崎はその場に似合った。

「早いもので私が三金会での乾杯の挨拶をさせて頂くのも、本日が八回目となりました。この間も日本経済を取り巻く環境は激変を続けております。ご承知のように、国債の暴落による影響は予断を許しません。しかし、我が帝都グループの血の結束をもってすれば、あらゆる難局を乗り越えられるものと確信しております。本日は大事なお話を帝都銀行の西郷頭取から頂くことになっております……」

三金会では東西帝都ＥＦＧ銀行を、昔から帝都銀行と呼ぶ暗黙の了解がある。

西郷は三金会への根回しは十分に行っていた。田崎の言葉はそれを示していた。

「……それではご唱和頂いて、乾杯」

「乾杯！」

十人いるウェイターはてきぱきと前菜を運んでくる。帝都倶楽部の供するオーセンティックなフランス料理は評判が非常に高い。市中の店であれば二つ星は取れると言われている。前菜の鴨のテリーヌから始まって、鼈のコンソメ、サラダ、鯛のポワレと続き、シャーベットを挟んでメインである鶉とフォアグラのパイ包みまで全員が堪能した。

その間は皆、隣の席の者との会話に終始し食事を楽しむのが三金会の習わしだった。

チーズが出されデザートワインが行き渡ったところで、田崎がグラスを指で弾いて「チン！」と音を立てた。

皆一斉に黙って田崎に注目した。田崎は約束通りという風に話を切り出した。

「冒頭申し上げましたが、本日は帝都銀行の西郷頭取から皆様にお話がございます。では西郷頭取、お願い致します」

その時、隣室に控えていた桂がダイニングルームに入って来て、西郷の後方壁際に置かれた椅子に静かに腰を掛けた。

「西郷でございます。栄えある三金会の席で帝都グループの皆様方に今から私がさせて頂く話の内容は些か心苦しいものではありません。しかし、帝都の血の結束をさらに強化するという意味では大きなものであると確信しております」

そう言って全員の顔を見回した。

「御承知のように当行は政府・民自党、財務省、金融庁の要請に応じて、超長期国債五兆円を購入いたしました。その直後に未曽有の国債暴落という事態に遭遇致しましたが、会計上は問題ないよう取り計らわれるようになっていることも御承知だと存じます。ただ、私共としましては、これを機に更なる財務体質の強化を図る所存です。それを帝都グループの皆様だけのお力でお願いしたいと存じます」

そこで一呼吸置いた。

「具体的に申し上げますと、総額三兆円の第三者割当増資を実施したいと考えております。それをここにおいでの三金会、二十二社の皆様方にお願いしたいのです。何卒宜しくお願い致します」

そう言って西郷は頭を下げ、後ろに控えている桂も頭を下げた。

西郷は事前に全二十二社の社長に直接電話を掛けて根回しはしてある。殆どの社長からはその場で了承の返事を貰っていたが、二社だけ即答を避けられていた。帝都電機と帝都自動車の二社だ。二社とも業況が厳しい旨を理由にした。銀行との関係で有利に立ちたいドライな思惑があるのを西郷は感じた。しかし、西郷には自信があった。

(これはある種の踏み絵になる)

案の定、帝都電機の社長、渡辺幸雄が手を挙げた。

「御行のお気持ちは分かりますが、新聞報道でもアメリカが超長期国債の会計処理にクレームをつけてきていますね。もしこれを機に金融庁の方針が変わるようなことになれば御行は大丈夫なのでしょうか？　失礼を承知でお聞き致します」

西郷は落ち着いて笑顔を作った。

「御懸念には及びません。過去に金融庁が出した通達が覆った例はございません」

その言葉に渡辺は反論した。

「今、アメリカ政府はＴＰＰの批准に向けて必死の状況です。その中で今回の問題を捉えると決して予断を許さないと考えますが……」

渡辺は米国帝都電機の社長を五年務めた経験があり、現在の政府のＴＰＰ交渉の民間側顧問を務めていた。

アメリカ側の姿勢の強硬な部分を熟知している。

「渡辺社長の御意見は大変ありがたく頂戴したいと存じます。ですがＴＰＰの金融分野では懸案事項はないと承知しております」

その西郷の言葉に渡辺が食い下がった。

「アメリカは交渉となると恐ろしい相手です。本気で通したいものがある時には手段を選ばない。ＴＥＦＧの件を俎上に載せる可能性があると考えます」

交渉の舞台裏を知っているだけに渡辺の言葉には説得力がある。

ダイニングルームがしんとした。西郷はここからが勝負だと思った。

「であれば、です。我々帝都グループの結束力をさらに強めておく必要があるのではないでしょうか？　ＴＰＰによって国際競争が激化する中で、帝都グループという世界最大の産業複合体をさらに強化することが……」

渡辺はここで黙った。

西郷は一気に攻めた。

「この増資の後、当行は東西帝都ＥＦＧなどという冗長な名称を棄てます。そして、帝都銀行に戻すつもりです。名実共に帝都銀行となります。そして、皆様に今一度、お考え頂きたい。帝都銀行の金は帝都グループの金であり帝都グループの血液です。皆様に何が起ころうと、我々帝都銀行は血液である金を帝都グループに送り続けます。何があろうと、です」

一同はしんとなった。

ずっと話を聞いていた田崎がそこで口を開いた。

「今の西郷頭取のお言葉は我々にとって何よりも心強いものです。卓越した経済学者であるシュンペーターも言っております。資本主義を資本主義たらしめるものは、利潤追求でも市場機構でも私有制度でもない。それは信用機構である……と。我々帝都グループにとって帝都銀行は要です。その要を強化することに、我々が異を唱えることはあり得ないのではないでしょうか？　如何でしょう」

そう言って全員を見回した。

渡辺以外の全員が頷いた。帝都グループとして了承された瞬間だった。

その後、デザートと珈琲が出てお開きとなった。

西郷は一階大広間のところで田崎に礼を言った。

「田崎社長のお蔭で全て上手く参りました。心より感謝いたします」

「いえ、私は帝都のために発言したまで。あそこの篠崎平太郎が言わせたのですよ」

そう言って肖像画を指さした。

威厳に満ちた顔が笑っているように西郷には思えた。

帰りのクルマの中で西郷は上機嫌だった。

「頭取の根回しには感服しました。私の出る幕は全くなかったですね」

桂が笑いながら言った。

「いや、これが帝都なんだよ。私も改めて分かった。これこそが帝都なんだ」

桂はその言葉をアンビバレントな思いで聞いた。そこには古色蒼然たる財閥のあり方への反発心とその結束力への羨ましさが入り混じっていた。だが、今回はこれで助かった。

(それはそれでよしとしないといけない。資本増強は何があっても銀行には必要だ)

クルマはまず四谷の西郷の自宅マンションに向かった。

西郷は自宅前に着くと桂に礼を言った。

「色々と申し訳なかった。全て片づいたらゆっくりと礼をさせてくれ」

「礼なんて結構です。全てはＴＥＦＧの、銀行のためですから……」

桂はわざとＴＥＦＧの名を強調した。西郷は何とも言えない表情になってクルマを降りていった。その後ろ姿が見えなくなってから桂は、運転手に銀座に向かうように言った。安心したらテレサの顔を見たくなった。

新宿通りから内堀通りにクルマは入った。

辺りの気配がおかしい。

しんと無音になった。

車外の騒音もクルマの走行音もしない。桂の目の前には皇居の緑が深い闇を作って広がっている。何もかもが音を失ったように桂は感じた。

（まさか……）

桂はそれを第六感ではなく気のせいだと思うようにした。

しかし、相場師、桂の感性は正しかった。

銀座のクラブ『環』は大勢の客で賑（にぎ）わっていた。

「ママぁ……ロイヤル・セブンシーズ・ホテルのコンシェルジュから。香港からのお客様がおひとりいらっしゃりたいっておっしゃってるんですって。混んでるから断りますぅ？」

電話を取ったチーママの由美が、カウンターに氷を取りに来た珠季に訊ねた。

「カウンター席になりますけど、それで宜しければどうぞって伝えて」

そう言ってバーテンダーから氷を受け取ると、奥のテーブルに戻っていった。珠季が席に着くと、由美が指でOKマークを作っているのが見えた。しばらく珠季は常連客の相手をした。

銀座の景気は株価の動きと連動している。暴落があってから急に客足が鈍っていたが、昨日からまた戻った。珠季は正直ほっとしていた。

桂のことが気掛かりでTEFG関連の新聞記事は隅から隅まで読んでいる。珠季はお店での会話のために新聞は主要四紙、週刊誌四誌に必ず目を通しテレビのワイドショーもチェックする。

夜のビジネスニュースは録画して翌日の出勤前に見る。外国人客も多く来るようになっているので、欧米のビジネス誌も定期購読で読んでいる。

ただ客に自分から時事的な話題を振ることは絶対に無い。全て客に合わせる。客が話した内容にさり気なく寄り添うように会話を進めていく。決して客の話の腰を折らずさり気なく自尊心をくすぐることを忘れない。

客は珠季と話すと快く気持ちが乗せられて時間を忘れてしまう。しかし、皆、長っ尻はしないクラブ遊びのルールを弁えた客ばかりだ。『環』の客の多くは、上場企業の重役や外資系企業のエグゼクティブたちだった。外国人客の接待には英語の堪能な珠季は欠かせない。ロイヤル・セブンシーズのような超高級ホテルのコンシェルジュから客の紹介があるのはそのためだ。

店の内装は品の良い豪華さを誇っていた。アールヌーボーを基調としながらも、上品な明るさを備えている。高級クラブを謳(うた)いながらスナックのような内装も珍しくない銀座で、珠季の店のそれは群を抜いていた。調度品は珠季自身がヨーロッパに赴いて買い揃えてきたものだった。珠季が相手をする客たちは、欧州の邸宅の一室で才色兼備の女主人にもてなされているように感じた。

その客は珠季が前の客を送って外に出ていた時に店に入ったようだ。カウンターに座った由美の隣で見知らぬ男がハイボールを飲んでいた。直ぐに珠季は丁寧に英語で挨拶をした。相手も英語で返した。

香港訛(なま)りの英語ではない。それは日本人の発音のように聞こえた。

「奥の席にご案内します」

そう言うと男は頷いた。男は探るように珠季を見ているような気がした。準備が出来ると珠季は、笑顔を作って奥の二人掛けの席に男を案内した。

「ママをやっております珠季です。どうぞよろしく。日本には、銀座にはよくいらっしゃるの?」

そう言って英語の名刺を渡した。男はエドウィン・タンと名乗り名刺は持ち合わせていないと言う。そして男は珠季に日本語の名刺も欲しいと頼んだ。

珠季は妙に思ったが、乞われるままに渡すとその名刺を見ながら男が言った。

「珠季……本名でやってんねんなぁ」

その関西弁に珠季は吹き出した。

「やっぱり日本の方だった……関西のご出身?」

「京帝教育大附属の中高で湯川と一緒やった……」

「エッ!」

男はニヤリとして珠季の顔を覗き込むようにしてから訊ねた。

「覚えてない?」

珠季はじっと男を見た。おぼろげに名前が浮かんだ。

「塚本……くん?」

「おぉ、覚えててくれたぁ! 嬉しいなぁ」

珠季は懐かしさよりも、塚本が自分のことをどうやって知ったのか不気味さの方が先に立った。珠季の過去を知る者はいない。それに学生時代は殆ど記憶に残っていない男で、何故だか香港人を名乗っている。珠季は話しながらも用心を忘れなかった。

「どうやって私のことを?」

「まぁ、そんなことはエエやないか。それより湯川は昔と全然変わらんなぁ……」

塚本と同級生の珠季の年齢は、四十一だ。

「年齢は三十代前半で通ってるから……お願いね」

そう言って唇に人差し指を当てて笑った。

そこからは学生時代の同級生や教師、修学旅行や文化祭、京都の街のことなど他愛のない思い出話になった。珠季は客から話さない限り、客の素性を根掘り葉掘り知ろうとする質問は絶対にしない。同級生でも客は客だ。だが塚本は奇妙なことが多すぎる。

珠季は疑問を晴らしたいと思った。

「香港に住んでんの？　それにエドウィン・タンやなんて……面白い冗談やね。有名なヘッジ・ファンドの親玉と同姓同名やん」

珠季も関西弁になって訊ねた。珠季は金融の知識や情報を並の銀行マンより豊富に持っている。塚本は苦笑いをしながら言った。

「香港はもう五年になる。おもろいとこや。大阪みたいな感じもあるし飯も旨い。名前のことは……おいおいな」

「そやけど、何で香港に？」

「話せば長いんやけどな……」

そうして塚本は、高校を卒業してからのことを話し始めた。

珠季は驚いた。全く目立たなかった塚本がそれほどビジネスで成功をするとは想像が出来ない。多くのビジネスマンを見て来たが日本人で塚本のような例は知らない。

「それで……俺の薬局チェーンを香港拠点にアジアでやったろうと向こうへ渡ったんや。TEFGの香港支店長が、かなりの人脈持ってる人で有力者を紹介してくれた。それがタン・グループの総帥、デビット・タンやったんや」

タン・グループは香港財閥の一つで不動産と金融に強い。デビット・タンは貧しい家庭に生まれながら、大富豪にのし上がった香港立志伝中の人物で、塚本の父親と同い年だった。

「塚本、お前は死んだ息子に似ている。お前のことは息子の名のエドウィンで呼ばせてくれ」

デビットはビジネス・エネルギーの塊のような塚本を気に入り、タン・グループが経営するセントラルのショッピングセンターに店を出すことを奨めた。香港の一等地だ。

だが塚本はそれを丁重に断り、路面の小さな店舗を二つ貸して欲しいと頼んだ。こうして荷物を持ってどちらにも走っていける距離で店舗を二つ持った。

そこからは塚本のいつもの頑張りだ。

不眠不休の働きは、猛烈な香港人も驚いた。

短期間で広東語をマスターし、香港人に溶け込んで荷物を持って走り回る。そして塚本式の優しく丁寧な接客態度は香港人たちを感激させた。そしてデビットへの報告、連絡、相談を決して怠らない。そんな真摯な態度がデビットの塚本への信頼を厚くした。

店舗は直ぐに四店舗に増えた。塚本の姿は上昇志向の強い香港の若い従業員たちを刺激した。やる気と能力のあるものを経験がなくてもどんどん店長に登用しインセンティブもたっぷりと与えた。そうして塚本教の信者となる客や従業員がどんどん出来上がっていく。

あっという間にビジネス・モデルであるドラッグストアーのテーマパーク化は、香港でも成功していった。僅か一年足らずで店舗は十を超えた。そして東南アジアでの展開が具体化した頃だった。塚本の中である異変が起こった。

異国の地で成功したという自信が、新たな領域への挑戦を掻き立てたのだ。

「別のことをしてみたい……」

塚本はデビットにその心の裡を打ち明けた。デビットは少し考えた後で、資金運用の仕事に興味はないかと訊ねた。

「エドウィン、お前は数字に強いし思い切りが良い。そういう奴は相場に向いている。俺には分かる」

そう言われて塚本はその気になった。タン・グループが運用するヘッジ・ファンドのひとつを任された。日本円で十億の小規模なものだった。

「向き不向きは運用開始から三ヶ月で分かる。しっかり準備してから始めろ」

そう言われて塚本は金融の勉強を始めた。不眠不休の頑張りはここでも続いた。古今東西の相場の本を読み漁(あさ)り、投資家、投機家、相場師、ファンド・マネージャーとはどのようなものかを理解していく。塚本は勉強がこんなに楽しいものかと生まれて初めて感じた。

そうなると、あらゆることが物凄い勢いで吸収できていく。

株、債券、通貨、金、石油、穀物などの価格の仕組みが生き物のように感じられる。そしてある時、体が震えた。

(これは俺の天職や!)

絶対に成功できるという揺るぎない自信が湧(わ)いたのだ。

こうして半年の準備期間を経て塚本は運用を始めた。

(見える! 相場の動きが見えるで!)

塚本はデビットが見込んだ以上の真の相場師の資質を備えていた。優れた感性と思い切りの良さ、それに何よりも相場が好きで好きでたまらなくなった。

小さな薬局をテーマパーク化する……狭い店舗面積で極限まで商品の回転を高める……。その独自のビジネス・モデルを、体を酷使することで創造した塚本は自分でも気づかないうちにあるものを摑んでいた。それは密教の修行者の中でも選ばれた者のみが難行によって達する精神領域に存在するものだった。

自然界のあらゆる流れ、波、リズムを捉える能力だ。通常それは感性という言葉で片づけられてしまうが、相場も自然界のリズムの一つにすぎない。塚本がヘッジ・ファンド・マネージャーとして備えている。真の相場師たちはそれを能力として途轍もないパフォーマンスを叩き出すのに時間は掛らなかった。

寧ろそれは必然だった。

桂はクラブ『環』のドアを開けた。

甘い匂いの喧騒が桂を包み込んでくる。黒服が近づいて来た。

「桂さま、いらっしゃいませ。直ぐにママを呼んでまいります。生憎混んでおりまして……カウンターの方でお待ち頂いて宜しいでしょうか？」

珠季の姿が、奥の席にあるのは分かった。

「じゃあハーパーのソーダ割りをくれるかい？」

「かしこまりました」

桂はカウンター席に着いた。チーママの由美が直ぐにやって来た。

「専務、ごぶさたぁ。やっぱりお忙しかったの？」

由美もTEFGの騒動は知っている。

「あぁ、お騒がせしたけど、もう大丈夫だよ」

「ママは口には出さないけど、本当に専務のことを心配してるのがよく分かるの。心底好きな証拠よ」

そう言ってウインクした。

「ありがたいことだね。でも、こんな爺のどこがいいのかね？」

「専務は素敵よぉ。ママがいなかったら私がとっちゃいたいわ」

「いつでもOKだよ」

「またまたぁ……そんなこと言ったらママに殺されちゃうわよ」

「あぁもうそれがいいなぁ……死んじゃいたい」

そう言って笑った。

珠季がやって来た。

「いらっしゃい。嬉しいわ」

桂にちょこんと頭を下げて由美が笑顔で離れていった。二人だけになると、珠季の表情が変わり小声になった。

「手短に言うわ。エドウィン・タンが来てる」

「なに！」

桂は驚いた。

「詳しい話は後でするけど……エドウィン・タンは日本人なの。何か聞き出して欲しいことある？」

アジア最大のヘッジ・ファンドの謎の総帥だ。桂の知る人間で会った者は誰ひとりいない。

「俄かには信じられんなぁ……偽者じゃないか？　誰も正体を知らないんだから」

珠季は真剣な目をした。

「間違いないわ。本物よ」

その時だった。塚本が席を立って二人のところにやって来ていた。

「これはこれは……東西帝都EFG銀行の伝説のディーラー、桂光義専務。お会い出来て光栄です」

その言葉に桂も珠季も驚愕した。

「なんで……何で塚本君が桂さんのことを？」

目を見開いた珠季に塚本は不敵な笑みを浮かべて言った。

「俺は何でも知ってんのや。湯川と桂専務とのことも……な」

珠季は動揺し大きな声をあげた。

「どういうこと？　塚本君、あんた一体何を言うてんの！」

珠季の関西弁に店中の人間が驚いた。桂にはさっぱり成行が分からないが、目の前の男がとんでもない存在であることは直感で分かる。

桂は落ち着いて言った。

「確かに桂だが……あなたは？」

塚本は英語になった。

「初めまして。ウルトラ・タイガー・ファンドのマネージャー、エドウィン・タンです」

そう言って手を差し出した。凍ったような笑顔を作っている。

桂は応じず、じっと塚本の目を見た。

桂の全身全霊が感じる。

(間違いない……こいつ、本物だ)

男から尋常ではない相場の気が出ている。それは相場に生きる者だけが分かる感覚だった。

桂は握手に応じ英語で返した。

「桂です。お会い出来て光栄です。タンさん」

これが謎の香港の大物かと桂は塚本の顔をじっくりと見た。

塚本は笑みを浮かべたまま地獄の底から響いてくるような声で言った。

「ウルトラ・タイガーはＴＥＦＧに宣戦布告します」

英語でそう言うと握手の手に力を入れた。そして珠季に向かって言った。

「……帰るわ。湯川に会えて嬉しかった……今度またゆっくり来るわ。お勘定して」

塚本が帰った後、桂と珠季は店の奥の席で飲んでいた。既に午前零時を過ぎてホステスは全て帰り、黒服が後片づけに動いていた。

「今日はみんな……もういいわ」

珠季はそう言って全員を帰した。そうして、二人のいる席だけに明かりが残された。

「支払いはブラックカードで確かにEdwin Tangの名前になってるわ。まさか高校の同級生がエドウィン・タンだったなんて……」

珠季は飲んでも飲んでも酔いが回らなかった。

珠季は塚本から聞いた全てを桂に話した。高校時代は全く目立たなかった男が、ビジネスに覚醒(かくせい)し世界的ヘッジ・ファンドのマネージャーとなるまでの話だ。

それを聞きながら桂は塚本が言った〝ＴＥＦＧへの宣戦布告〟を冷静に考えていた。そして何故、塚本が自分のことや自分と珠季の関係を知っているのか……。塚本がはったりを言っているようには思えなかった。桂のことを調べあげ、桂と会うことまで想定していたようだ。

「テレサの前に二十三年ぶりに現れた謎だらけの男か……映画だったら面白いのにな」

それにしても何故今、塚本が、エドウィン・タンが日本にいるのか？　ＴＥＦＧ絡みであることは塚本の宣戦布告の言葉から間違いはない。ヘッジ・ファンドが狙いをつけた企業の弱点を探るために、経営陣の私生活まで徹底して調べることはよくある。自分が調べられているとすれば狙いはＴＥＦＧだ。

（目的は何だ？　やはり売り仕掛けか？）

桂はアメリカが超長期国債の会計処理にクレームをつけてきたこととの関係を考えた。

兎に角、何らかの理由でＴＥＦＧに狙いをつけ、調べた役員のひとりと関係する女性が自分の高校の同級生だった。

（だが……そこまで分かるだろうか？）

桂を調べ上げていく過程で桂の恋人が高校の同級生だと本当に分かるのか？　珠季はずっと素性を誰にも語らずに生きてきている。この世で過去を詳しく知るのは桂だけだ。そして、いくら若く見えるとはいえ、高校の頃の顔と銀座のホステスとしての顔がそう簡単に一致するとは思えない。

「あの男は……テレサのことを調べていくうちに、俺にたどり着いたんじゃないか？」

珠季は桂にそう言われて怪訝な顔をした。

「学生時代に秘かにテレサに思いを抱いて……卒業後に消息を絶ったテレサを探し続けた。そして今日、遂に会うことができた」

珠季は黙った。そして考えた。考えたのは塚本のことではなかった。全く別の、ごく平凡な男のことだった。高校時代に付き合っていた同級生の男子のことだ。

どこに魅力があったのか今も分からない。だが、理屈抜きで惹かれていた。

何年も掛けて世界中を旅した後、日本に戻った珠季は偶然、その同級生を見かけたことがある。大阪の地下鉄の中、気がつくと少し離れたところに疲れた表情で吊革につかまっている男がそうだった。珠季は声が掛けられなかった。黙ってずっと見ていただけだ。

今思い出しても胸が苦しい。

世界中の人間との様々な経験を持ち、銀座で男と女の裏の裏まで知り尽くした珠季にとって、その同級生への思いは桂への思いと並ぶ弱点だ。無垢な十代の頃に男にフラれた女の傷は、一生治らないのだと思うしかなかった。それほどその同級生の存在は大きい。それに比べると塚本など記憶の隅にもない。今日もよく思い出せたと、自分でも感心するぐらいなのだ。

その塚本が……自分を思い続けていた？

そんなことがあるか？

「そうだとすると凄いなテレサは……世界のエドウィン・タンにずっと思いを寄せられていた女ということだ。どんな値が付くか分からんな」

珠季は桂を睨みつけた。

「馬鹿なこと言わないで！　それより桂ちゃん、どうするの？　あの男、本気でＴＥＦＧをどうにかするつもりよ。大丈夫なの？」

桂は少し考えてから言った。

「鬼が出るか蛇が出るか……一寸先は闇なのがグローバル金融の世界だよ。何が起こってもやれることをやる。それだけだよ」

そう言いながら桂は、銀座に向かうクルマの中で感じた無音の世界を思い出していた。

（前兆としての静寂……やはりそうだったか）

桂は新たな試練の到来を確信した。

珠季は黙ってその桂を見詰めていた。

# 第六章　売り仕掛け

ワシントン、上院外交委員会で、TPPに関しての緊急公聴会が開かれた。

USTR（アメリカ通商代表部）の対日TPP交渉担当主任、FRBの対外金融自由化担当の二人に対して、米国保守党の上院議員、デビッド・マッキントッシュが質問をする形でそれは実施された。

海兵隊出身でウォール街のメッセンジャー係から中堅証券会社の社長に成り上がった後に政界入りした人物で、対日強硬派の急先鋒（きゅうせんぽう）として知られている。短軀（たんく）でがっしりとした体格、金髪をクルーカットに整え、重そうな瞼（まぶた）の下の鋭い眼で二人を睨みつけながら質問していった。

「交渉担当主任のお話では、まるで対日TPP交渉が順調に進んでいたかのように聞こえますが、それはおかしい。経済の根幹である金融で日本はグローバル・スタンダードを逸脱した裁量行政を行い続けている。それをお二人はどうお考えなのですか？」

マッキントッシュは全てを断定口調で話す。

「上院議員の御質問は、TEFGが保有する超長期国債に対して日本の金融庁が直近行った会計処理の特例措置のことでしょうか？」

FRBの担当官が訊ねた。

「その通り。この問題に米国政府は〝強い関心〟を越えて……〝懸念〟を持っていると考えて宜しいのでしょうか？」

マッキントッシュは畳みかけていく。

「上院議員の御指摘の点は、USTR並びにFRBを含めた金融関係者の間でも〝懸念〟とされているとお考え頂いて結構です」

それを聞いてマッキントッシュはニヤリとして頷き、さらに訊ねた。

「それは今後なんらかのアクションを日本に対して起こすということですか？」

「既に日本政府に対して特例措置の撤回を含めた善処を強く要求しております。議員がおっしゃるように、経済の根幹である金融はグローバル・スタンダードに則って機能します。米日という世界の金融の二大国の間では、如何なる場合も基準の認識への齟齬があってはならないというのが合衆国の基本的な方針です」

マッキントッシュは笑みを見せた。

「それを聞いて安心しました。この問題の解決なしに合衆国はＴＰＰの批准を進めないと考えて宜しいのでしょうか？」

「交渉上の個別問題についてここで明言することは避けますが、議員の御懸念は解消される方向であることは申し上げておきます」

このやり取りをディーリングルームのテレビで凝視していたウォール・ストリートのディーラーたちは一斉に動いた。

「日本国債を成行売りだ！　売れるだけ売れ！」

「時間外取引でＴＥＦＧの株を可能な限り空売りしたい!!」

こうして再びＴＥＦＧの地獄の季節が、アメリカから始まった。


ワシントンの最高級ホテル、セントレジス・ワシントンＤＣのプレジデンシャル・スイートを、デビッド・マッキントッシュが訪れたのはその夜のことだった。

冷えたクリュッグのロゼを供されてマッキントッシュは御機嫌だった。

「美味いな。シャンパンはクリュッグに限る。それにしてもスニーキー(sneaky)・ジャパニーズはこれで思い知っただろう。奴らが雇ったロビイストたちを、全部蹴散(けち)らして今日の公聴会に持ち込んだんだからな……」

夜のニュースでも公聴会の内容は大きく取り上げられ、金融市場の混乱も伝えられていた。

マッキントッシュの日本嫌いには理由があった。太平洋戦争に従軍した父親が硫黄島の戦いで日本軍が仕掛けたブービートラップによって爆死していた。戦闘ではなく、罠に掛かって犬のように死んだ父親の無念を、子供の頃から母親に聞かされ続けたマッキントッシュは、日本人は汚い連中だと信じ込んでいる。

「スニーキー・ジャパニーズ（卑怯な日本人たち）」

それがマッキントッシュの口癖だった。そのマッキントッシュの満足げな顔を眺めながら、ヘレン・シュナイダーもシャンパングラスを傾けた。

「公聴会でのデビッド小父さんは堂々としていて素敵だったわ。これで次の選挙も安泰ね」

その言葉にマッキントッシュの目が光った。

「次の選挙っていうのは……親父さんの大統領選挙だろう。今のままなら党の指名を受けるのは確実だ。現職の支持率が落ち続ける今、親父さんが大統領になるのは間違いない」

マッキントッシュはそう言ってヘレンにウインクした。ヘレンの父親のマイケル・シュナイダーのことだ。

「親父さんとは長い付き合いだ。俺がずっと親父さんの選挙資金の面倒を見て来たからな。その役割も今や世界最大のヘッジ・ファンドを運用する娘の君に取って代わられた」

マッキントッシュはそう言ってシャンパンを飲み干した。ヘレンは純銀製のクーラーからクリュッグを取り出し、マッキントッシュのグラスに注ぎながら言った。

「パパは小父さんがいなかったら上院議員にはなれなかった。そして、小父さんもパパがいなかったら上院議員になれなかった……そうでしょう？」

マッキントッシュが政界入りの望みを持った時、米国保守党内の根回しに尽力したのがマイケル・シュナイダーだった。

「そうだ。持ちつ持たれつ。それが合衆国の良いところだ」

そう言って一気にシャンパンを空けると真剣な表情になった。

「今度のことは……君の指示通りに俺は動いた。親父さんには、ちゃんと口を利いて貰えるんだろうな？」

マッキントッシュは自分がマイケル・シュナイダーに今一つ買われていないことが分かっていた。ヘレンはそこにつけこんでいた。

「心配しないで。パパには間違いなくデビッド小父さんの希望を伝えるわ。商務長官だったわね？　副大統領や国務長官でなくていいの？」

そう言って笑った。

「俺もそこまで自分を買い被っちゃいないさ。自分の実力は分かっている。商務長官で十分さ……」

「デビッド小父さんは本当に慎み深いわね。その寛容さを日本人にも見せられたら、小父さんこそ大統領になれるのに……」

マッキントッシュはその言葉に気色ばんだ。

「馬鹿言っちゃ困る。あのずる賢い連中だけは絶対に許さない。父の仇は俺が生きている限り討ち続けてやるんだ」

苦り切った表情でそう言うマッキントッシュを見ながらヘレンは思っていた。

(こんな時代錯誤の男が上院議員でいるんだから合衆国というのは面白いわね。でも、こういう単純な男が政治家でいてくれるからカネと頭のある人間が裏から動かしやすい。良く出来てるわ……この国は)

ヘレンはそんなことをおくびにも出さずにこやかに優しく言った。

「でも凄いわね。パパが大統領になり、デビッド小父さんが商務長官になって政権を支える。子供の頃から二人を見ていて凄い大人たちだと思ったけれど……本当にここまで来るなんて」

それを聞いてマッキントッシュは何ともいえない笑みを浮かべた。

「親父さんは凄いよ。俺はそれをサポートするだけだ。そして、今や親父さんも俺も君にサポートされている。子供の頃から君の頭の良さには感心してきたが、これほどになるとは……親父さんが大統領になれるのは君のお蔭だよ」

そう言って真剣な目つきになった。

「これから楽しくなるわね。私たちが合衆国を動かして世界を支配していく。そのためだったらなんだってするわ」

マッキントッシュにはヘレンの姿が急に大きく見えた。これから全てを本当に支配するのは、父親ではなく娘のヘレン・シュナイダーではないかと思えてくる。

ヘレンは力を持っていた。カネだけではない。あらゆる情報がヘレンに集まる。それこそ現代社会の最大の武器だ。マッキントッシュは時々ヘレンを恐ろしく思うことがあった。

しかし、すでにヘレンは絶対に必要な存在になってしまっている。マッキントッシュはふと何かを思い出したような表情になった。そして、上目づかいで声を落として言った。

「頼まれついでに……ヘレン、二百万ドル都合をつけてくれるかな？　そろそろ裏の選挙運動を始めなきゃならんからな……」

ヘレンは微笑んで優しく応えた。

「大丈夫よ。いつものバミューダの口座でいいわね。週明けには入れておく」

「あぁ、そうして貰えると助かる。ありがとう、ヘレン」

マッキントッシュはヘレンの頬にキスした。彼は既にヘレン・シュナイダーの操り人形となっていた。それはヘレンの父親で次期大統領候補、マイケル・シュナイダーも同じだ。

合衆国の権力者たちは、美しい蛇使いに操られる従順な蛇たちだった。

金融庁では土曜日にも拘(かか)わらず緊急会議が招集され協議が重ねられていた。

「秘密裡に交渉していることを……何故わざわざ公聴会で暴露するような真似をしなければならないんだ？　米国は一体何を考えている！」

幹部たちは一様に憤っていた。

「これは完全な内政干渉だろう！　いくらなんでも国内金融行政にここまであからさまに踏み込んでくるなんて信じられん！」

「これで国債の下落は続き、日本最大のメガバンクが破綻する！　日本を潰す気なのか？」

金融庁長官の五条健司はずっと黙っていた。

「もう既に我々はＴＥＦＧを救済する方向で通達を出したんだ。通達を覆すなんて前代未聞(みもん)だし、それこそ米国の圧力に屈したことになる。そんなことは絶対に出来ない！」

五条にはその言葉がデジャヴのように響いていた。

昨日、訪ねて来たＴＥＦＧの西郷頭取とのやり取りだ。

「通達が覆ることは万々が一にもないと確信しておりますが……もしそのような事態になれば、ＴＥＦＧだけでなく日本の金融全体が存亡の機に直面するという認識の共有はお願いしたい」

五条は認識は共有しているとは言ったが、撤回をしないとは明言しなかった。その五条の態度を西郷はいかにも官僚らしいと思いながらも、撤回することはあり得ないと踏んで帰っていった。

財務省の水野正吾事務次官からは、ＴＰＰに絡んだ雑音に惑わされることなきように、との電話があった。だが民自党の態度は全く違っている。ＴＰＰで党が握る既得権益の確保を確実にする妥結に向け必死なのだ。経済産業省と農林水産省はそれぞれが別の思惑で、今回のＴＥＦＧの問題が批准の支障にならないよう……と圧力を掛けてきている。

ある意味、日本は真っ二つに分かれていた。

五条は会議の間、全く発言をしなかった。じっと目を瞑って議論に耳を傾けているようにも、ただ眠っているようにも見える。官僚の中の官僚、ミスター金融庁といわれる五条の沈黙は重い。幹部たちの議論は次第に尻すぼみになっていった。

やがて会議室を沈黙が支配した。

重苦しい空気の圧力が最高潮に達した時、五条がかっと眼を見開いた。

大きく力のある眼で幹部全員の顔をゆっくりと見回した。

ごくりと生唾(なまつば)を呑み込む者が何人もいた。

「我々の存在とは何か？　皆さんの議論を聞きながらそれを考えておりました。我々官僚は本来、機能集団です。それを使うのは日本という国です。選挙で選ばれた政治家が、日本の代表として我々を第一義に使う。そして、世論も我々を動かす。それは国の『今』を構成する大事な要素であるからです。しかし、国を動かす時には歴史も考えなくてはなりません。二十年に亘るデフレからの脱却への突破口と考えている。グローバリゼーションという歴史の流れ、日本はTPPでそれに乗ろうとしている。グローバリゼーションという歴史の勝者は、おそらくその理念、プリンシプルを理解した国であろうと私は思います。我が国は良くも悪くも明確なプリンシプルを持って国造りを行ってきたことは歴史上殆どありません。常に現実ありきでそこに国のあり方を合わせて来た。その本質は何も変わってはいない。それが悪いとは決して言えません。何故ならそれによってこの国の明治維新以来の発展はあったのですから。しかし、未来は理念を据えて決断し行動をしていかなくてはならない」

幹部たちは五条の顔を真剣な面持ちで見詰めていた。

「前置きが長くなりました。私は日本をこれからの歴史の勝者にしたい。それが私の決断の動機です。その為にはグローバル・スタンダードに則る方向性を、我々自身が打ち出さなくてはならない」

その言葉に皆は瞠目した。

「ＴＥＦＧに対して通達した超長期国債の会計処理の特例措置を撤回します。それこそが我々が今まさに行うべき行政であると信じています。仮に米国の圧力に屈したと非難されることがあれば、甘んじて受けようではありませんか。それが歴史の勝者となる道なのですから。私はこの決定が、グローバリゼーションというプリンシプルを掲げたこの決断が、日本の将来を明るいものに変えると信じています。前例のないことですが……私を信じて皆さんは粛々と対処して下さい」

全員が黙り込んだ。五条の言葉に気圧されてしまっていた。

「ティ……ＴＥＦＧはどうなるんですか？」

幹部の一人が小刻みに震えながら訊ねた。

五条はきっぱりと言った。

「嘗て日本長期債券銀行が破綻した時、これで日本の金融は崩壊すると言われた。しかし、どうです。市場原理に則って見事に予想より早く再生し再上場まで行うことができた。TEFGも例外ではありません。新生のメガバンクを我々は近い将来、見るだけです」

地獄の釜の蓋が開いた瞬間だった。


会議終了後、五条は公用車を使わず、秘(ひそ)かにタクシーでロイヤル・セブンシーズ・ホテルに向かった。二年前湾岸に出来た米国資本の超高級ホテルは、客のプライバシーを最大限守る配慮がされた作りで外国人エグゼクティブ御用達となっていた。

五条は一階正面の車寄せではなく地下駐車場に入るように運転手に指示した。

地下三階にあるVIP客室入口の前でタクシーを降りると、専用エレベーターに教えられた暗証番号を入力し乗り込んだ。エレベーターは最上階まで昇り、ドアが開くとスイートルームの入口の前だった。直ぐに中から扉が開けられた。

東洋人の女だった。年齢は四十半ばに思えた。整った理知的な顔つきにショートカットがよく似合っている。何とも冷たい雰囲気が、アルマーニのスーツから立ち昇っていた。

案内されたスイートルームのリビングは、大きく広々と窓が取られていて陽光に輝く東京湾が一望出来た。

「ミスター五条、お越し頂いてありがとうございます。オメガ・ファンドのアジア統括、佐川瑤子と申します」

「日本の方だったのですか？　アジア系アメリカ人かと思いました」

五条は笑顔でそう言った。

「国籍はまだ日本ですが……心は日本にはないですね」

五条はその言葉を正直な言葉だと受け取りニヤリとした。

「私と同じだ……同じ穴の狢（むじな）ですね」

そう言いながら五条は、自分が本心を語ったのはいつ以来かと思った。

高級官僚という仕事は本音を決して口に出来ない。政治家とのやり取りだって、コロコロ政権が変わりいつ野党が与党になるかもしれない。そんな相手に本音など言っていたら、いくつ首があっても足りない。各省庁との交渉も狐と狸の化かし合いのようなものだ。いつしか本音を語るのは裏の取引の時だけになっていた。

そして今、人生最大の裏取引の相手が自分の目の前にいる。

佐川瑤子はポットからティーカップに紅茶を注いで五条に手渡した。

「予定通りと考えてよろしいのかしら？」

佐川瑤子は訊ねた。

五条は頷き、紅茶を飲みながら先ほどの会議の決定内容を詳細に語った。

「息のかかった新聞社に内容をリークして月曜の朝刊に載せます。まぁ……朝の寄付きからまたパニック的な国債売りとTEFG株の投げ売りになるでしょう」

佐川瑤子は表情を変えずにその話を聞いて頷いた。

「全て予定通りですね。五条さんのように本当に力のある方とお仕事が出来てオメガ・ファンドは幸運ですわ」

その言葉に五条が笑った。

「幸運は私の方だ。オメガ・ファンドの、いや、あなたのボスであるヘレン・シュナイダーには今や世界の誰も敵わない。真の世界の支配者と大きな仕事が出来る私の方がラッキーですよ」

「随分と謙虚でらっしゃるのね。五条長官は……官僚の中の官僚、ミスター金融庁とは思えないくらい」

五条は皮肉な微笑みを浮かべた。

「この国での立場で何をどう褒められても嬉しくもなんともない。私が官僚になったのは、この国への復讐のためでしたから」

佐川瑤子は五条の本音中の本音を聞いた。

◇

土曜の正午、ヘイジは舞衣子と義母と一緒にお台場に来ていた。舞衣子の調子が凄く良く、義母が行ってみたいというので皆で出掛けたのだ。穏やかで気持ちの良い天気で舞衣子も義母も御機嫌だった。ヘイジも明るく振る舞っていたが、心の中には渦巻くものがある。塚本卓也のことだ。

「俺はＴＥＦＧを頂く。そしたらヘイジ、お前に役員やって貰いたいんや。新生メガバンクの堂々たる役員やで……」

その言葉は悪夢の中で聞いたように思える。未だに現実感がない。

アメリカの公聴会でＴＥＦＧのことが問題視され、週明けからまた大変なことになるのは必至だった。それは塚本の話したことと符合する。そして、その塚本からヘイジにショートメールが入っていた。明日の日曜の午後二時、ロイヤル・セブンシーズ・ホテルに来て欲しいとの内容だ。

ヘイジの視線の先にはそのホテルが聳えている。

「平ちゃん、お腹が空いたぁ」

舞衣子が明るい声で言った。その声にヘイジは自然と笑顔になった。

「どうしよう？　何がいい？」

「このまま外で食べたい。お日様の下で。焼きそばとかアメリカンドッグとか食べたい」

「本当？　お義母さん、そんなのでいいですか？」

「もぅ、ママはどうでもいいわよ。私が食べたいの！」

舞衣子は甘えてふくれた。

義母も仕方なさそうに笑った。

「分かった分かった。じゃあ、買ってくるから。そこのベンチで待ってて」

ヘイジは買いに向かった。焼きそばの露店には人が並んでいてヘイジは列の最後についた。

明るい穏やかな日の幸せを感じた。

(もし僕が役員になったら……二人はどう思うだろう？　京都にいる両親は？)

喜ぶに決まっている。サラリーマンとしての勲章を家族や肉親が喜ぶのは当たり前だ。

(特に……親父は喜ぶだろうな)

ヘイジの父親は帝都海上火災に勤めていて帝都グループへの思い入れが強い。ヘイジの周りは帝都だらけだった。父親が飲むビールは帝都麦酒(ビール)、家電は全て帝都電機の製品、自動車も帝都自動車以外買ったことがない。

子供の頃、父親とデパートに買い物に出掛けてエレベーターに乗った時、父親が帝都のマークを指さし「帝都のエレベーターはやっぱり静かだな……」と言ったのには驚いた。その父親にヘイジは大学受験に失敗以来、劣った人間と見られてきた。

父親の母校、国立東京商工大学の受験に、ヘイジが二度失敗した時の落胆ぶりは今も忘れない。

その後、ヘイジが私立の陽立館大学に進んだ時も、名京銀行に就職した時も、父親は不満な様子を隠さなかった。その父親が喜んだのが、ＥＦＧ銀行が東西帝都銀行と合併してＴＥＦＧになった時だ。

「将来必ずＴＥＦＧは帝都銀行になる。必ずなる。そうなればお前も帝都の人間だ！」

ヘイジは父親の言葉を時代錯誤と思ったが、その後自分が経験する行内差別の根本がそこにあることが嫌というほど分かった。

帝都に非ずんば人に非ず。

息子が差別される側で、それを思い知らされていることを父親は知らない。父親は結局、本社勤務が一度もないまま子会社に出向となった。本社の役員など夢のまた夢でサラリーマン生活を終えた。

その父親が、ヘイジがＴＥＦＧの役員になると知ったら……。

ヘイジの心に変化が起こった。ずっと恐ろしいと思っていた塚本卓也への見方が変わった。

(塚本は救世主かもしれない)

名京銀行出身の自分が大栄銀行との合併後に味わったこと、そして東西帝都銀行との合併後さらに味わったこと……。

忘れていたことが、いや忘れようと心の奥底に封印した嫌な記憶が次々と思い出される。

確かに自分は巧みに生き残って来た。敵を作らず誰とも合わせることのできる性格をありがたいと思っていたが、それは単に本心を隠して来ただけではないか？

本当は悔しくて悔しくて仕方がなかったのではないか？　嘗ての名京の仲間がどんどん周りから消えていくのを見ながら、秘かに自分の能力を自負していたのは歪んだ心なのではないか？　そんな自分の心の歪みが舞衣子をおかしくしたのではないか？

いやそれは違う！　舞衣子をおかしくしたのは大栄や帝都の筈だ。

ヘイジはそう考えて混乱した。そして……復讐という言葉がヘイジの頭に浮かんだ。

「お客さん！　お客さん!!　買うの？　買わないの？」

いつの間にか自分が列の先頭にいた。

「あぁ……焼きそば、大盛を一つに並盛を二つ下さい」

そして、隣の店でアメリカンドッグを三つ買うと二人の待つ場所へ急いだ。待っているように言ったベンチのそばまで来ると人だかりが出来ている。

嫌な予感がした。

「すいません！　通して下さい！」

ヘイジは人垣を掻き分けていった。

舞衣子の叫び声がヘイジの耳に届いた。

義母が必死で舞衣子を抱きしめていた。

「あぁ……正平さん！　ついさっき発作を起こしたの！　かなり酷いわ」

「クルマに乗せましょう。タクシーが拾えるところまで行きましょう！」

そして泣き叫ぶ舞衣子をヘイジは抱え上げて走り、義母が続いた。周りの人たちはただ茫然と見ているだけだった。

足元には焼きそばとアメリカンドッグが散乱していた。

長い時間のようにも、あっという間のようにも思えた。

タクシーは高速道路を飛ばして神奈川と静岡の県境の山の中腹にある病院に着き、舞衣子はそのまま入院になった。そこは舞衣子が以前三ヶ月入院していた精神科病院だ。運よく当直でいた担当医は「暫く入院させるより他はない」と言った。

「ずっと調子が良かったんです。ただ、十日ほど前に僕の仕事のことで不安にさせてしまって……それでまた発作を起こしました。ただ、今日は朝起きてから凄く元気で、はしゃいで」

担当医はヘイジの言葉を最後まで聞いてから口を開いた。

「抑圧の裏返しの躁状態だったと思います。そしてその反動で発作が酷くなった。今度は長引くかもしれません。ここからは治療に関するお願いですが……お二人は暫く面会にいらっしゃらないで下さい。治療の初期にはそれが必要です。少なくとも二週間は面会をご遠慮下さい」

ヘイジと義母は、その言葉に項垂れた。

二人は病院から呼んだタクシーで、最寄りの駅に着きプラットフォームで上りの電車を待った。

「正平さん。私は横浜の家に戻るわ。あなたには不便を掛けるけど……それにまた舞衣子のことで負担を掛けて……ごめんなさいね」

そう言って涙ぐんだ。

「お義母さんが謝ることないですよ。病気なんだから仕方ないです。僕のことは気にしないで下さい。お義母さんもお疲れでしょう。舞衣ちゃんと会えない二週間は長いですが、みんなにとっても休養期間だと割り切ってゆっくりして下さい」

電車が来て乗り込んでからは、二人とも疲労で黙り込んでしまった。

そして、二人は横浜で別れた。

ヘイジはマンションの部屋の鍵を開けて中に入った。

灯りを点けると朝出て行ったままの部屋が、そのままの姿で目の前に広がった。皆で笑いながら出掛けた……そのままの状態で部屋はあった。

ヘイジは言葉を失った。途轍もない疲労感が襲って来た。

なんでこうなるのか、なんでこうなったのか……。

そして悲しさと悔しさが入り混じった感情が、心の深いところから一気に込み上げて来た。

ヘイジは声をあげて泣いた。とめどなく涙が出てくる。

大切にしている家族が、一瞬でバラバラになってしまった。

なんでこうなるのか、なんでこうなったのか……。

ヘイジは泣いた。長い時間泣き続けた。

この涙は何だ？　俺は何のために泣いているんだ？　俺の人生は一体何なんだ？

ヘイジは自分の人生が全て否定されたように感じた。

その瞬間、ある男の顔が浮かんだ。

そして、ヘイジはショートメールに返信を送った。

「二瓶さまでいらっしゃいますか？」

ロイヤル・セブンシーズ・ホテルのロビーに入ると直ぐにヘイジは制服のマネージャーに声を掛けられた。

「タンさまから御案内するように申しつかっております。どうぞこちらへ」

客室エレベーターに案内された。二人で乗り込むとマネージャーは最上階にカードキーを差し込んだ。

「帝都のエレベーターじゃないですね」

何故だかヘイジはそう口にしたくなって微笑みながら言葉にした。

「残念ながら米国製です」

マネージャーはにこやかに答えた。最上階に着くとすぐ目の前が部屋の扉だった。ドアベルをマネージャーが鳴らすと暫くして扉が開いた。

「おぉ、ヘイジ。よう来てくれた！」

塚本卓也が現れた。

「入って、入って」

言われるまま、中に入った。扉から長い廊下になっていて両側にもいくつか部屋がある。一番奥の突き当りの明るい部屋に案内された。そこは広いリビングルームになっていた。大きな窓の向こうに東京のオフィス街が広がっている。

「お台場や東京湾が見えるシーサイドの部屋が取れんかったんや。まぁでも、東京の広大なビルの立ち並びを眺めるのも悪ないな」

お台場と言われてヘイジは昨日のことを思い出しそうになった。むしろ見えないでホッとしたところがある。

二人はソファに座った。塚本は直ぐに真剣な表情で話し出した。

「ヘイジ。今日お前がここへ来たちゅうことは、もう後戻りはでけへんちゅうこっちゃ。俺はTEFGを手に入れる。お前にその協力をして貰いたいんや。その見返りとしてお前にはTEFGの役員になって貰う」

塚本はじっとヘイジの目を見て言った。

「協力？　一体何をしろと言うんだ？」

「まずは内部情報や。ヘイジは総務部におるから銀行の人事面での裏の情報にも詳しい筈や。それを出来る限り教えて貰いたい」

「インサイダー情報を教えろということか？」

　ヘイジは、気色ばんだ。

「厳密にはインサイダー情報には当たらん。決算数字に関わることやないからな。俺はＴＥＦＧの正確な勢力図が欲しいだけや」

　ヘイジはその塚本の言葉に笑った。

「勢力図に正確も何も……ＴＥＦＧは帝都銀行だよ。〝帝都の人間が全てを支配している。帝都に非ずんば人に非ず。以上〟だ」

　その時、塚本の眼が光った。

「桂専務は帝都やないやろ？」

　ヘイジは、塚本の言葉に不快そうな表情をしながら頷いた。

「それに山下、下山の両常務も帝都やない。大栄の出身やな……」

「あぁ、でも彼らはどこまでいっても外様（とざま）だよ。桂専務は金融マーケットでの力があるから必要とされているが政治力はない。山下、下山のコンビはＥＦＧ時代は行内政治力でのし上がったがTEFGになってからは……なんとか上手く泳いでいるというのが実情だ。遅かれ早かれ排除される運命だよ」

「つまり、そいつらは……みんなアンチ帝都なんやろ？」

「あぁ、帝都出身者以外は全員、アンチ帝都だよ」

ヘイジは吐き捨てるように言った。そこまで聞いて塚本がニヤリとした。

「ヘイジ……お前、結構協力してくれるやんか？」

そう言われてヘイジはハッとした。いつの間にかベラベラ喋ってしまっている自分に驚いた。

心の奥底にある帝都への恨み、自分もアンチ帝都の立派な一員であることを、思い知らされた瞬間だった。

「なぁ、ヘイジ。革命起こそうや。虐げられて来た人間が蜂起(ほうき)しての革命や。お前が革命を起こすんや。帝都の役員連中は全部粛清してしまう。俺には自由に出来るカネが数兆円ある。それで日本最大のメガバンクを支配して、世界最大の銀行にするんや」

塚本の言葉にヘイジは催眠術を掛けられたようになった。

「革命……僕が革命」

そう口に出してみると封印していた過去の記憶が、嫌な感情を伴って走馬灯のように蘇って来る。

「名京の人って何だか赤だし臭くない？」

「君たちは黙って帝都のやり方に従えばいいんだよ」

「帝都だったら、こんなことは許されないよ。まぁ、仕方がないか……ＥＦＧだもんな」

「エーっ、名京出身！　絶滅危惧種がまだ本店にいたのぉ！」

そしてまた、あの言葉が浮かんだ。

復讐だ。

それは帝都に対してではない。自分の本心を殺し、時に卑屈になりながら生きて来た過去の自分への復讐だ。そんな過去の弱い自分が、舞衣子をおかしくさせてしまったのだと改めて思った。

復讐を果たし自分を変えないと舞衣子は戻ってこない。

ヘイジはその時、そう思ったのだ。


夕方、食事になった。

ホテルの各レストランから特別に運ばれてくる和洋中の豪華料理だった。健啖な塚本が、日本では色んな美味いものを一度に喰いたい、と言ってのことだ。

「さぁ、前祝いや！　ガンガンやって」

寿司、刺身、フォアグラのソテー、北京(ペキン)ダック、山盛りのサラダにステーキ、蒸し鮑(あわび)や蒸し鶏(どり)、クラゲなどの中華前菜、出汁(だし)巻(まき)卵に茶碗(ちゃわん)蒸し、河豚(ふぐ)刺(さ)しや河豚の唐揚げもある。スープも和洋中の三種類が用意された。酒もシャンパン、赤白ワイン、紹興酒(しょうこうしゅ)、日本酒に至るまで最高級が揃えられている。

「こんな風に並べられると嘘のようだね」

ヘイジは目を丸くしながら言った。

「グローバル満漢全席ちゅうやっちゃな」

塚本がドン・ペリニヨンのレゼルブ・ド・ラベイを抜いた。

飲んだヘイジが声をあげた。

「美味い！」

口の中で蕩(とろ)けながらふわりと消えていく。

「これがドンペリの味か……生まれて初めて飲んだよ」

「ドンペリの中でも特別なやつやからな。美味い筈やで」

ヘイジは昨日の朝以来何も食べていなかったのを思い出した。

超高級シャンパンが五臓六腑(ごぞうろっぷ)に浸み渡っていく。たちまち食欲が湧いて来た。

「河豚の唐揚げにドンペリはよう合うなぁ」

塚本が声をあげた。

ヘイジも食べた。子供のように食べた。ほおばった北京ダックを鱶鰭スープで流し込んだ時、ふと学生の時のことを思い出した。

「高校のそばに龍八っていう中華料理屋があっただろ？　食べると一度目は必ず腹を壊すって店」

ヘイジが笑いながら言った。

「あった、あった。さすがの俺も体調の悪い時にタンメン食べて腹の調子がおかしなったことがあるわ。そやけど、何か癖になるんやな、あそこの味は……」

「そうなんだよ。こんな最高の中華料理を食べながら、ふと龍八のことを思い出すなんて不思議だよ。でも、あそこで女の子と一緒に食べたこともあった。高校時代は無謀だったなぁ」

ヘイジがそう言うと塚本が黙った。

「……ヘイジはモテたもんなぁ」

暫くしてから塚本がそうポツリと呟いた。

ヘイジはシャンパンを飲み干して言った。

「モテやしないさ。俺は駄目だよ……ずっとダメ男だよ」

ヘイジは舞衣子のことを思い出していた。

「俺は女性を幸せに出来ない。力がないんだ。本当にダメな男だ。こんな駄目で弱い奴はいない」

ヘイジが悲しい眼をしてそう言うのを、塚本は驚いて見詰めながら思っていた。

(俺はこの男に何をしようとしてるんやろ？　ずっとこの男を見返したろと思てたのに……何かちゃうような気がしてる。この男の弱さに自分が惹かれてるようや)

塚本はヘイジに不思議な魅力を感じた。無手勝流を会得する稀有の人間とはこういう奴なのではないかと兵法の好きな塚本は思っていた。

日曜日の夕刻、有栖川宮記念公園に面した桂光義のマンションには湯川珠季がいた。金曜の夜からずっと桂と一緒だった。エドウィン・タンを名乗る同級生、塚本卓也が珠季たちの前に現れ謎を残していってからだ。

店を閉めた後、そのまま二人はタクシーで桂のマンションに直行した。

マンションに着く頃、ようやく酔いが回って来た珠季はシャワーを浴びると直ぐに桂のベッドに潜り込みそのまま寝入ってしまった。

桂はニューヨークから連絡を受け、CNNが映し出す米国上院公聴会のライブ映像を見続けた。

そして朝方ようやくシャワーを浴び珠季の眠るベッドに入った。

二時間ほど仮眠を取った後、頭取の西郷と副頭取の有村に電話を掛けた。

「まずい状況です。金融庁は通達を撤回する可能性が出てきました」

電話の向こうで二人とも凍りついているのが分かった。

「月曜日にハッキリすると思います。最悪の事態も想定しておいて下さい」

電話を切ると再びベッドに戻った。

神経が高ぶって暫く寝つけなかったが、東西銀行時代のことを考えているうちに寝入ってしまった。

桂は夢を見た。

旧いタイプのディーリングルームで為替の売買をしている。九〇年代半ばのようだ。そこには……桂以外誰もいない。たった一人でディールをしているようだ。

自分の売り買いの声だけが響いている。

自分の声が若いなと桂は感じた。

その時、後ろから肩を叩かれた。見上げると同期の君嶋博史だった。桂と君嶋は共に東西銀行の龍虎と称される優秀なベテランディーラーだ。〝売りの桂、買いの君嶋〟と呼ばれている。お互い東京商工大学の出身で入行以来の親友でもあった。

「相も変わらずドルショート（売り）かい？」

「あぁ、売って売って売りまくる。それが桂光義の真骨頂だからな」

ボードを見ると一ドル八〇円を割ったところだ。七九円九五銭をつけている。

「おぉ、割ったなぁ!!」

桂は思い出した。ここだ！　ここで俺は変わった。

「君嶋、俺はここからはロング（買い）にするぞ！」

君嶋は笑った。

「〝売りの桂〟の看板を下ろすのか？　じゃあ、俺がショートしてやる……」

「止せ！　君嶋！　ここからのショートは危い。もうやりすぎた。ここが限界だ！」

桂がそう叫んだ瞬間、君嶋の姿が消えた。

そして、桂は自分が泣いているのに気がついた。とめどもなく涙が溢れてくる。

目が覚めた。

隣で湯川珠季が寝息を立てている。桂の夢の中の感情はそのまま続いていた。悲しみで胸の中が一杯になっている。

「君嶋が今いてくれたら……」

桂は我知らず口にしていた。その言葉で珠季が眼を覚ました。

「何時？　桂ちゃん」

桂は枕元のスマートフォンを取った。

「お昼の二時半だ。どうする？　まだ寝るかい？」

「起きるわ。お腹空いたでしょう？　何か作るわ」

「いや……外で何か食べよう。気分を変えたいんだ」

二人は横浜まで足を延ばした。珠季の提案に桂が乗った形だった。

月曜には地獄が待っている。桂は苦しい状況になると積極的に気分転換しようとする。忘れられる時には忘れておく。それが相場の世界で長く生きてこられた秘訣の一つだ。

横浜に来ると時間の流れが東京よりゆったりと感じられる。それが横浜の良いところだと桂は思う。横浜港のボードウォークを歩きながら潮風に吹かれ船の汽笛を聴く。それで気分は軽くなっていく。

食事は週末で混んでいる中華街を避けて本牧にある店を選んだ。桂が昔から好きな店だ。焼売と海老春巻き、空芯菜の炒め物をまず頼んで紹興酒を飲んだ。

「美味しいわね。本場の味がする」

焼売を摘まみながら珠季が言った。一見ごく普通の町の中華料理屋だが一味もふた味も違う。そんな店が繁華街を離れてもあるのが横浜の良いところだ。蟹玉や鶏の唐揚げを食べ、タンメンやチャーハンで締めてから、二人はタクシーで山下町のバーに向かった。オーセンティックなバーだが港ならではの華やいだ趣がある。

「昔はよくこの店に独りで来たの」

珠季がそう言った。

確かに女性がひとりで飲んでいても、居心地の良さそうな雰囲気を持っている。年配のバーテンダーとサブの三十前後の女性の落ち着いた佇まいが良い。二人はカウンターに並んで座り、桂はハーパーのソーダ割りを、珠季はドライマティーニを頼んだ。

「今日は……良い時間だったな」

そう言ってグラスに口をつける桂を珠季は凄いと思った。

見事なほど気分を変えている。無理に余裕を見せているのではなく、心からリラックスしているのが珠季に伝わる。本物の相場師にはこういうことが出来るのかと今更ながら珠季は感心していた。珠季はふと、あることを訊ねたくなった。

「ねぇ、話したくなかったら話さなくていいけど……ひとつ訊いてもいい？」

「何だい？　言ってごらんよ」

「あなたが時々、寝言で人の名前を言うことがあるの。今朝もあなたはその名前を呟いていた……」

桂は少し考えてから言った。

「君嶋……だな？」

桂は悲しげな表情になった。

珠季はやはり訊いてはいけないことだったのかと後悔した。

「ごめんなさい。いいのよ、忘れて」

珠季は桂の肩にそっと手を置いて言った。

桂は小さく頭を振った。

「いや、話すよ。話したいんだ」

一九九〇年代半ば、日本は新たな歴史の流れを受けて為替相場は荒れに荒れた。

一九九三年七月に三十八年間続いた民自党の一党支配体制が崩壊した。民自党の長期政権は多くの疑獄事件、巨額脱税事件などを生み政治腐敗を深刻化させ、国民の金権腐敗体質批判から連立政権としてそれまでの野党が結集して新たな政権が生まれた。

しかし、政権の基盤は脆弱で政策運営でも躓き、経済交渉で対米関係は悪化、日本に対する外交圧力のような強烈な円高が為替市場を襲った。

一九九四年の六月二十七日に東京外為市場で一ドル一〇〇円を突破し、翌年の四月には一ドル八〇円を割った。当時、東西銀行の外国為替ディーリングは二つのチームが独立した形で為替の売買を行っていた。桂光義のチームと君嶋博史のチームだ。

桂は直感的、君嶋は理論的という対照的なディーラーだったが、同期の二人はお互いを認め合うライバルであり親友だった。桂はドル売りが得意で君嶋はドル買いを上手く拾う。強烈な円高ドル安の局面の下では桂が大きな利益を出し、君嶋は苦戦を続けていた。

「一ドル一〇〇円を突破してからは理論的にはあり得ない相場」と君嶋は言い続けていた。

桂も君嶋もそれぞれの相場への取り組みに対して決して口を出さない。それは相場に生きる者の神聖なルールだ。相場に関して何か訊かれたら答えるが、何も訊かない相手には相場でどんなことがあっても口は出さない。

君嶋のチームには東西銀行初の女性ディーラーとして、君嶋の為替理論をプログラム化したシステムで売買を行う者がいた。君嶋は彼女を信頼し、彼女も君嶋を尊敬していた。君嶋には妻子がいたが二人は上司と部下以上の関係になっていった。

ドル売りで大きな利益を出し続けていた桂は、あることをきっかけにドル円相場が反転することを独特の感性で把握した。一ドル八〇円を突破する前の週、日本の大手家電メーカーがバブル期に買収した米国の映画会社を手放すことを発表したのだ。円高ドル安に耐えきれなくなってのことだ。そして、同じように帝都地所がバブル期に購入したニューヨーク中心街にあるビジネスビルの売却を発表した。

「ドルの底値を叩きやがった！」

桂は日本企業のその決断を愚の骨頂と受け取った。

「ドルはここから反転上昇するぞ！」

桂はポジションをドル買いに変える。しかし、君嶋は全く逆の行動を取る。君嶋の理論をベースにしたプログラムは、ドル円相場が臨界点を超えたことで更に円高が進むという予測を示したのだ。

「一ドルは六五円に向かう」

君嶋にはそれまでのやられで焦りがあった。君嶋は勘定システムを操作し、許容されているポジションを越えてのドル売りに向かった。

その後、五月六月は八〇円台で揉み合ったが、夏場に入ると急速に円安ドル高に向かい八月には一〇〇円を突破してしまう。君嶋の損が大きく膨らんだところで、勘定操作が発覚し直ちに君嶋はディーリングから外された。

桂のチームがそれまでに挙げた利益を相殺しても東西銀行は中間決算で五百億円の売買損を計上することになってしまう。権限を逸脱した売買を行っていた君嶋に、銀行は懲戒委員会を設置して処分を検討した。処分の言い渡し当日、君嶋は失踪した。

翌週、熱海の海岸に君嶋の遺体が揚がった。錦ケ浦から投身自殺したのだ。遺書は銀行の君嶋のデスクの引き出しから見つかった。

全ては自分ひとりの責任であることと銀行と関係者への詫びだけが書かれていた。

「君嶋の出した損は東西銀行のその後に響いた……帝都との合併の実態が吸収合併になったのは……その所為だったんだ」

桂は悔しそうな顔をした。

「相場の世界は本当に厳しいわね。君嶋さんと桂ちゃんが逆の立場になっていたらと思うと怖くなるわ」

「あぁ、その可能性は大いにあったよ。相場の世界は紙一重だからな」

「君嶋さんにご家族はいたの？」

「妻子がいた。そして、部下の女性と不倫関係にあった。君嶋は俺にだけそのことを話してくれていた」

「そう、気の毒ね。その女性は今もTEFGにいるの？」

「いや、そのすぐ後に退職した」

桂はバーボンソーダを飲み干した。

「俺は君嶋が好きだった。性格が正反対だったからかもしれんが本当に好きだった。あいつの論理的な思考を尊敬していた。あいつが生きていて、今のこの危機をどうやって脱したらいいか……一緒に考えてくれたらどれほど心強いことか」

桂の目に涙が浮かんでいた。

◇

日本時間、日曜の夜十時。

佐川瑤子はヘレン・シュナイダーにビデオ通信で進展状況を報告していた。

「全て順調に行っている。金融庁は日本時間の明日、月曜日の午後に緊急記者会見を開いてTEFGへの通達を取り消すわ。TEFG株と日本国債はまた投げ売り状態になるでしょう。でも、ここからは予定通りに行くわ」

瑤子の言葉にヘレンが頷いた。

「そうね。日本国債では十分儲けさせて貰ったし……ここからは獲物を確実に仕留めることだけに専念した方がいいわね。ところでエドウィン・タンが東京に行ったという情報が入った。こちらでもフォローするけど注意してくれる」

「分かったわ。でも、当初の方針通りでいいわね？」

「いいわ。楽に勝負はさせてくれないわね」

瑤子はその言葉に頷いた。

「ヘレン、楽なディールなんて本当は無いのは知っての通りよ。それを楽なものに変える魔法をあなたは持ってるけどね」

ヘレンはそれを聞いて笑った。

「『蝙蝠（こうもり）』を使ってエドウィン・タンを調べさせるわ」

「でも気をつけて。お父様のこともあるんだから……」

「大丈夫よ。慎重にやるから」

ヘレンはそう言ってから笑顔で言った。

「ヨーコにとっては弔い合戦ね。それを思うと少し妬けるわ」

それを聞いても瑤子は表情を変えなかった。

「じゃあ、また明日」

そう言って報告を終えた。

「弔い合戦……」

そう呟いて帰国してからのことを思い出した。

佐川瑤子は墓参りに二度出掛けている。最初は雑司ケ谷霊園にある両親が眠る佐川家の墓だ。業者に管理を頼んであるものの、訪れてみると身内が参ることのない墓は、どこか荒んで寂しげであるのは否めない。掃苔を済ませて花と線香を供え手を合わせると、込み上げてくるものがあった。

墓参の後で目白台にある実家に寄った。こちらも警備会社が定期的に安全点検しているが、祖父の代に建てられ誰も住まない家は傷みが目立つ。処分することを真剣に考えなくてはいけないなと思った。

佐川瑤子は父親の書斎に入り机の引き出しの奥にしまわれている日記帳を取り出した。

「……売国奴の汚名を着たまま死出の旅路につくのは本意ではないが、これもまた運命。無常とはこれかと思いつつ筆を擱く」

それで終わっている日記だった。さっぱりとした性格の父親らしい終わり方だが、それだけに悔しさが滲み出ているように思える。

父、佐川洋次郎は外務省のファイナンシャル・アタッシェとして日本長期債券銀行の破綻の後、その受け皿探しに奔走した。ファイナンシャル・アタッシェは証券会社や銀行の破綻が相次いだ頃、外務省が政府・民自党と大蔵省からの依頼を受けて急遽設けた役職で世界中の金融当局と大蔵省とのパイプ役とされた。

「おかしな話だよ。大蔵省の連中は、各国金融機関に十分すぎるほどの人脈を持っているというのに……」

当時、佐川瑤子はそんな風に父親から仕事のことを聞かされた。

銀行破綻の中でも金融エスタブリッシュメントの象徴である長債銀の破綻は日本中に衝撃を与えた。さらに衝撃を与えたのは、米国のファンドに売却されてしまったことだった。それも驚くほど安い値段で、だった。

中央経済新聞はそこに日米両国の密約があったことをすっぱ抜き大騒動となった。世論は沸騰し、『売国奴』という言葉が飛び交った。そして、政府関係者からのリークの形で、それが外務省のファイナンシャル・アタッシェによる独断主導だったと判明する。

佐川瑤子の父、佐川洋次郎は嵌められたのだ。

佐川瑤子は父の日記を繰ってみた。最後から何ページかは破られている。恐らくそこに全ての真実が書かれていた筈だが、父親は一人で背負う決心をして破り捨てたに違いない。そして、最後の言葉を書きつけ、簡単な遺書を別に残して家を出た。佐川洋次郎の縊死体はその遺書に書かれた通り、富士山の北西麓、青木ヶ原の樹海で見つかった。

日本ではどんな大スキャンダルも死者が出ると必ずそこから急速に収束へ向かう。生贄が捧げられると世論もマスコミも勢いを鎮める。長債銀事件も例外ではなく、やがて誰の口端にものぼることがなくなり、忘れられた。

父の日記帳の破られた数ページの後に書かれている最後の言葉。

これもまた運命。無常とはこれか……佐川瑤子は繰り返し読んだ。

そのあまりに日本人的な死生観をナンセンスと思う自分と美しいと感じる自分がいる。

ただ、父の無念を思うと胸が詰まる。佐川瑤子は日記帳を自分のバッグに入れて実家を出た。そして、鎌倉に向かった。

ＪＲ鎌倉駅から江ノ電に乗り換え、幾つか駅を過ぎて目的の駅で降りると坂道を上った。坂の途中で振り返ると相模湾が広がっている。

切通しを抜けるとその寺はあった。小高い山の中腹に位置する。

「俺の実家の自慢は鎌倉にある菩提寺と墓でね。源頼朝を支えた家来の末裔である誇りをそこに感じることが出来るんだ」

佐川瑤子は君嶋博史が話してくれたのを思い出していた。その姿は今も瞼にありありと浮かんでくる。

瀟洒な山門をくぐると本堂の脇が墓地になっている。先祖代々の立派な墓に並んで君嶋の墓がある。何度も来たことがある墓の前に来て佐川瑤子は驚いた。お参りの季節や命日でもないのに、掃苔が行き届いていて花もつい最近供えられた様子だ。

（ご家族の方かしら？）

そう思いながら佐川瑤子は軽く手を合わせてから改めて掃苔し花と線香、君嶋が好きだったスコッチウィスキーのミニボトルを供えた。花は君嶋が好きだったガーベラを買って来ていた。

佐川瑤子は長い時間、手を合わせた。

そよぐ風が境内の木々の葉を鳴らしていく。

君嶋への思いが湧き上がってくる。

佐川瑤子はヘッジ・ファンドとして相場の世界に生きることで君嶋の衣鉢を継いだ。これから自分が行おうとしていることを、君嶋が生きていたらどう思うだろうかと考えた。

(弔い合戦……)

いや、それは違う。君嶋は相場に負けたのであって銀行に負けたのではない。自分が闘う相手は、日本を代表するメガバンクであり日本そのものだ。東西銀行は帝都銀行と合併して東西帝都になり、その後、東西帝都EFG銀行となった。銀行という盤石に思えたものが泡沫のようだ。

無数の人間の喜怒哀楽と欲望がその巨大泡沫を形成している。

君嶋の魂もそこにある。

「それを私が手に入れる」

佐川瑤子は墓を眺めた。

「あなたは喜んでくれる?」

そう声を掛けた。

佐川瑤子にはひとつだけ悔いがある。

東西銀行時代、君嶋が更なる円高への勝負に出た時のことだ。君嶋の理論に基づいて自分が作ったプログラムに不安を覚えそれを君嶋に伝えた。

「俺は君のプログラムを信じることで自分を信じている。君も自分を信じろ。相場の世界で信じる者は自分しかない」

そう言われて不安を口にしたことを後悔したのだった。

結果として君嶋は相場に敗れて死を選び、自分も銀行を去った。

「無常とはこれか……」

父、佐川洋次郎の言葉を思い出した。父の無念と君嶋の無念、それは自分の中に残っている。それを晴らすと、改めて思った。

佐川瑤子は君嶋家の菩提寺を後にした。切通しを抜けると、海まで真っ直ぐ一本の坂道になっている。海には日が沈もうとしていた。

(……綺麗)

何もかも上手くいくと佐川瑤子は思った。

死闘が幕を開ける。

# 第七章　血脈

月曜の朝、ヘイジは六時十五分に目を覚ました。

いつもの平日の朝のいつもの時間だ。しかし、今日は違う。

隣に眠っている筈の舞衣子はいない。義母が台所に立っている気配もない。全てがしんと静まり返っている。

ヘイジはいつも通りテキパキと支度を済ませて玄関を出た。食事をしない分、いつもより早い。地下鉄の駅の売店で、読朝新聞がスクープ記事の大きな活字を躍らせているのを見つけた。ヘイジはその新聞を買った。

「金融庁、ＴＥＦＧの保有する超長期国債の会計処理に関する通達を撤回へ。ＴＰＰ批准に向けた対米配慮か」

全て塚本卓也が言った通りだ。

地下鉄に乗り込み大手町で降りると、地下通路に面した珈琲チェーン店に入った。珈琲とトーストを注文した。大勢のサラリーマンたちと同じようにカウンター席に腰を掛け珈琲を飲んだ。

朝、珈琲を飲むのは何年振りだろうかとヘイジは思った。

若い女店員がトーストを持ってきてくれた。小さなプラスチックの容器を開けて、苺ジャムをつけてかぶりついた。ふとフルーツヨーグルトが食べたくなった。習慣は恐ろしいなと思いながら義母への感謝の気持ちが湧いていた。ヘイジはトーストを食べながら今日自分が何をするべきかを考えた。

「革命を起こすんや」

塚本卓也の顔が浮かぶ。そして、昨日の信じられないほど豪華な食事を思い出した。自分がお伽噺の世界……ヘンゼルとグレーテルのお菓子の家の中にいたように感じる。

ヘイジはトーストを食べ珈琲を飲み干すと、いつもの順路でTEFG本店に向かった。

革命という言葉が頭の中で音楽になって鳴っていた。ずっと抑え込んで来た感情が通奏低音となった交響曲『革命』がヘイジを突き動かそうとしていた。

地下通路から階段を上って地上に出ると、大手町の街並みがいつもとは違って見える。

ヘイジが就職してから二十年近く、大手町や丸の内は変貌を遂げた。再開発が進み未来的な空間が広がっている。その間、銀行は合併を繰り返し巨大メガバンクが誕生した。だがそれは本当の変化ではなかった。図体が大きくなっただけで、銀行の中身は何も変わってはいない。

カネを集め、カネを貸し、債券や株、通貨を売買して利益を得ることは同じだ。

自分はただその中のどれかと繋がっていて給料を貰って食べている。与えられた仕事の枠組みから一歩たりとも外へ出ることはない。枠の外に出ることは規制や法律に反することになり、検査や考査の名の下にやって来る役人たちから槍玉にあげられる。銀行業務とは創造の対極にあるものなのだ。

「それでも……昔は情があった」とヘイジは思い返した。

ヘイジは名京銀行で融資を担当していた時、背任に問われることをやった。

小さな町工場が二百万円の資金繰りに行き詰まった。老夫婦と息子二人の家内工業で自動車部品のバネを作っていた。真面目な家族が寄り添って仕事をし細々と生きていた。しかしある時、取引先が倒産したことで材料費の支払いが立ちゆかなくなってしまう。

その時、ヘイジは融手を割ってやった。

融通手形……商業取引の実態がないのに、資金の融通を受けるために振り出された不正な手形のことで、銀行員なら簡単にこれを見抜き、割引には絶対に応じない。それをヘイジは分かっていて、その手形で資金繰りをつけてやったのだ。

それは銀行への背任で犯罪になる。しかし、ヘイジはその真面目な家族の日常を守ってやりたかった。その時、上司の支店長もそれに目を瞑ってくれた。

「君はあの親子の日常を守ってやりたいと思ったのだろう。僕もその通りだと思う。銀行というのは普通の人の日常を守るものなんだ。いざとなったら二人のポケットマネーで何とかしよう」

そう支店長は言ってくれた。

幸い、その融資は問題になる前に回収出来た。ヘイジがやったことは、ばれたら懲戒解雇になる言語道断の行為だったが……それをやらせる情の空気が当時の銀行にはあった。

しかし、合併を繰り返し巨大化する過程でそんな空気は消えてしまう。ただ要件を満たすことだけが、仕事の絶対的な条件になっていた。「人を見てカネを貸す」ということは無くなり、今では担保が充足されているかどうかだけがカネを貸す条件なのだ。

（あの家族ならどんなことをしてでもカネは返すと思った。だから彼らの日常を守りたいと思った。それが出来るのは銀行だけなんだから……）

ヘイジは革命によって今の銀行を変えることを夢見た。巨大な銀行が失ったものをもう一度取り戻すことを考えた。

そんな風に「革命、革命」と考えて歩くヘイジにふとあることが浮かんだ。そして方向を変えると早足になった。数分である場所に着いた。そこは近代的なオフィス街にあるとは思えない古色蒼然としたエアポケットのような空間だった。

平将門の首塚だ。

平安時代に朝廷に反逆、下総で討死した平将門の首が京の都大路に晒される。しかし、将門の怨念でこの地に飛来し、それを祀った場所とされている。決して広くはないが、石碑の周りを鬱蒼と木が覆う静謐な空間で特別な気が充満しているように感じられる。今なおその霊力は畏怖され多くの人々の崇敬を受ける場所だ。

ヘイジはお賽銭を入れると手を合わせた。
力を与えてくれるように祈った。

革命という教科書の中の言葉と思っていたものをリアルに感じながら神頼みをしている自分がそこにいた。

木々の梢が風で鳴った。

ヘイジは武者震いを覚えた。

自分が属するメガバンクという巨大組織への復讐の感情が思いもかけない形で湧いてから自分が変わったのは分かる。

心の奥の封印が解かれ、それは吹き出した。

俺を馬鹿にしてきた奴ら、いいように利用してきた奴ら、力もない癖に出身銀行だけで威張り散らす奴ら……そのひとりひとりの顔がありありと浮かぶ。そいつら全員を見返せるのだ。

「お前を役員にしたる」

塚本卓也の言葉が響く。ヘッジ・ファンドという現代の悪魔の囁きだ。

ヘイジは最後に首塚に一礼すると、TEFG本店に向かった。

TEFG本店では緊急役員会議が開かれていた。しかし、それは会議というよりお通夜のようだった。

専務の桂光義から状況説明がされ、保有する超長期国債が損金扱いとなった場合、最悪のシナリオもありうると語られた。自分たちは勝ち組だと思ってきた人間たちが今度こそ奈落の底に突き落とされたのだ。前回よりもショックは大きく、誰もが思考停止に陥ってしまった。

元々銀行マンは独立独歩で何かを切り開くという能力を持ち合わせてはいない。連綿と受け継がれて来た仕事の枠組みの中、決められた形を守るだけで自立した企業とは言い難い。多くの法律や法令に縛られ、当局の厳しい監督や検査が常にそれを実感させる。

銀行ほど受け身の産業はなく、銀行員ほど受け身のサラリーマンはいない。危機をどう受け止め、どう打開するかの能力が本質的に欠けているのだ。

桂は今更ながら銀行という存在の無力さを感じていた。当局の胸三寸でことが決まり、ここから座して死を待つという他ない。

お通夜のまま会議は終了した。

桂は役員フロアーにある自分の部屋に戻った。

今日はディーリングルームには行かず、ここから成行を見守るつもりだった。

今は打つ手がない。

秘書の冴木が入って来た。

「山下、下山の両常務がいらっしゃいましたが」

「山下さんたちが？」

恨み言を言われるのだろうと思ったが、桂は通すように言った。

山下一弥と下山弥一、関西お笑いコンビが入って来た。二人は桂に促され応接用のソファに座った。桂も腰を掛けると山下が思いもかけないことを言い出した。

「専務、尻捲(ケツまく)りましょうや！　こうなったら金融庁、いや、日本政府と全面戦争や。潰せるもんなら潰してみぃと、戦争しましょうや！」

山下は勢い込んだ。

桂は一体何を言っているのかと思った。

「我々に考えがおますんや。それには専務の協力がいります。旧ＥＦＧと旧東西の力を結集させての戦争ですわ。成功したら帝都の連中を全部追い出して、我々がこの銀行を手に入れられる。このまま座して死を待つよりずっとよろしいやろ？」

その言葉に、桂は真剣な表情になった。

東京証券取引所の取引開始時刻になった。

喧騒に溢れる筈のＴＥＦＧの広大なディーリングルームは静まり返っていた。静まり返っていたのはディーリングルームだけではない。巨大メガバンク本店の全てのフロアーが静寂に包まれていた。預金のフロアーに払い戻しに訪れる客も普段よりも少し多い程度で騒ぎもない。皮肉なことに前回の経験と金融庁による預金保全の特別声明が奏功していた。総務部のあるフロアーも同様だった。

ヘイジは淡々と仕事をしていた。しかし、管理職を含めてそこにいる全員が、全く心ここに在らずで不安な表情を浮かべあらぬ方を眺めている。

「に、二瓶君。ちょっと」

部長がヘイジのそばまでやって来て別室に連れて行かれた。ドアを閉めて腰を掛けると部長が小刻みに震えているのが分かった。

「君はＥＦＧの時に破綻危機を経験している。教えてくれ。我々はどうなるんだ？」

怯えた目をしてそう訊ねる部長をヘイジは黙って見ていた。毎日毎日、嫌味ばかり言ってきた男がヘイジの前で恐怖に震えている。ヘイジは復讐が始まったのだと思った。

「知りませんよ……そんなこと」

そんな風に冷たく言い放ってしまおうとずっと考えていた。しかし、出来ない。部長が哀れに思えるのだ。

（エッ？）ヘイジはそんな自分に驚いた。

（何でだ？　何でこんな奴を可哀想に思うんだ？）

そのヘイジを懇願する眼で部長は見ている。

「どうなんだ？　我々はどうなるんだ？」

ヘイジは戸惑った。そして意を決したように笑顔になった。

「部長。私は大丈夫だと思っています。おっしゃる通り私はＥＦＧの時、同じ状況を経験しています。皆不安で怖くて怖くてしょうがなかった。誰も体験したことのないことですし、日常が失われることへの恐怖はどうしようもない」

ヘイジの言葉に部長は頷いた。

「それで思ったんです。自分のことだけ自分たちのことだけを考えるから恐くなる。他人のことを考えてみよう、と。銀行員として大事なのは、自分たちではなくお客様の日常を守ることなんだと。そうすると不思議と落ち着いてきます。人間はどんな状況でも態度は自分の心ひとつで決めることが出来る。他者を、顧客を思うことで落ち着いた態度を銀行員はプロとして取ることができる。そう思えば何もかも大丈夫に思えてきます」

「そ、そんなものかな……」

部長は暫く黙った。ヘイジはその部長を見ながら自分がこれからしようとしていることに思いを馳せ、革命が彼らを、そして銀行をどう変えるのかと思った。

「二瓶君……」

部長はヘイジを見詰めた。

「……何だか少し落ち着いて来た。ありがとう。これからも頼む」

ヘイジは笑顔で部長に頷いた。

そう言って立ち上がると、ヘイジは総務部のフロアーに戻った。

先ほどと変わらず、皆不安で仕事が手につかない。

ヘイジは持山千鶴子を見た。

持山でさえ皆と同じ様子だった。無くなる筈のないものが無くなる恐怖を感じて震えている。

ヘイジは大きな声を出した。

「大丈夫です。みんな大丈夫です！　ちゃんとやっていけますから、大丈夫です。僕が保証します。ＥＦＧの時も同じでした。絶対に大丈夫です！」

そしてとびっきりの笑顔を作った。フロアーの全員がヘイジの顔を見ていた。

皆の呼吸がそこでやっと普通に戻ったようにヘイジは感じた。涙ぐんでいる女子行員もいた。

持山千鶴子がヘイジのところにやって来た。

「ありがとう。二瓶さん、ありがとう」

持山も泣いていた。

「大丈夫ですよ。持山さん、みんなに仕事するように活を入れて下さい」

そう言って笑った。

「さぁ、仕事しましょう！」

持山の声で皆が一斉に動き出した。

ヘイジはディーリングルームに入った。

（桂専務はいないか？）

桂の席は空いたままだった。

ヘイジはボードを見た。先週末に4％台半ばだった長期金利が5％を超えている。

（やはり、凄いな）

だがディーリングルームは死んだように静かだ。皆ただ目の前の端末に目を落としているだけで、売買をしている様子はない。一人だけ、桂の隣の席の石原だけが声を出していた。

ヘイジは近づいて話しかけた。

「どうですマーケットは？　死んでますか？」

「あっ、総務の二瓶さん。マーケットは酷いですが……死んではいませんよ。ちゃんと動いています」

ヘイジはそれを聞いてニッコリ笑った。

「お願いがあります。大きな声でそれを皆に言って貰えませんか？」

「エッ？」

石原は何を言われているのか分からずきょとんとしている。

「あなただけがディールをしているみたいで、他の皆は死んでいるようです。でかい声で生き返らせて下さい。お願いします」

そう言って頭を下げた。

石原は笑顔で言った。

「僕は……桂専務から言われたんです。どんなことがあっても動くのがディーラーだって……だから今日も動いてるんです」

ヘイジは頷いた。

「それを皆に言ってあげて下さい。お願いします」

石原は立ち上がった。そして、ありったけの大声をあげた。

「マーケットは動いています！　死んでいません！」

フロアーの全員がその声に顔を上げた。

そしてさざ波のようにディールの声が広がっていった。

数分でディーリングルームはいつもの喧騒を取り戻した。ヘイジはそれを確認してから役員フロアーに向かった。

桂は山下が言った戦争という言葉が、自分の心に火を点けたのを感じていた。

しかし、どうしようというのか？

「何を、どうやって戦争するんですか？　法と秩序を我々銀行が無視して何か出来るんですか？」

下山が言った。

「行政訴訟に持ち込んだらよろしいがな。通達の取消なんて前代未聞や。それこそ優越的地位の乱用やおまへんか！」

桂が冷静に言った。

「それには時間が掛りすぎる。マーケットは待ってくれない。判決が出る前にウチの株は叩き売られて危険水域に入ってしまう」

「上がって良し、下がって良しの株価かな」

山下が言った。

「エッ？」

桂はその言葉にキョトンとなった。

「株価が下がったら仰山株が買えますがな。マネージメント・バイアウトや。わしらで株を買いますんや」

山下はニヤリとした。

「ＭＢＯ……」

そう呟いて桂は考えた。

ＴＥＦＧのあまりの大きさに、それまで全く考えてもいなかった。しかし、株価が下落することで大量の株を買える可能性が出てくる。

「専務、今の株主構成をよう考えてみて下さいや……」

下山がメモを取り出して言った。

「……帝都グループが40％、旧ＥＦＧの関係会社が15％、旧東西が5％、外国人投資家が20％、年金と個人株主で20％。今みたいな状況になったら、安定株主と言えるのは帝都の四割だけですわ。残りの六割は浮動株みたいなもんや。その連中が売って来るのを買いますんや」

「自社株買いをやろうと思ってもウチには金がない。それにこの状況で株を買ったりすれば場合によっては背任に問われる」

山下がニヤリとした。

「スポンサーがいてますんや。それもどでかいスポンサーが」

「スポンサー？」

桂は訊き返した。

金融庁の五条健司は財務省の事務次官、水野正吾に呼び出された。

「きちんと説明して頂こうか。私は何も聞かされていない。民自党からの圧力かね？」

その水野の言葉に五条は眉ひとつ動かさず答えた。

「グローバル・スタンダードですよ。それを遵守する。それだけです」

それを聞いた水野は眉間に皺を寄せた。

「本当のことを話してくれ。何故、通達を撤回した。ＴＥＦＧを破綻に追い込み、長期金利をさらに跳ね上げ、この国を窮地に陥らせているんだ。その状況を招いた責任を踏まえて答えてくれ」

五条は能面のような表情になって言った。

「事態の想定は次官もなさっていた筈でしょう。ＴＥＦＧの破綻に我々は勿論責任がある。

今更、超長期国債を買わせたことに関与していないなどと言い逃れは出来ませんよ。西郷頭取が東西会館での会話の録音を公表すれば……どうなるか」

「だから、損金処理を見送ったのではないのかね？」

「私は間違いに気がついたんです。あのままでいたら我々は犯罪に加担したことになってしまう。確かにＴＥＦＧに超長期国債は買わせた。しかしそれは取引だ。正当な取引だった。だが、その後に国債が急落したからその損はなかったことにしてやるというのは、明らかな裁量行政で市場のルールを無視したことになる。米国に揚げ足を取られるのは当然です。だから私はルールに従うことにしただけです。グローバル・スタンダードというルールに……」

水野は厳しい目つきになった。

「それによって国債の更なる暴落を招き、日本政府がどれだけの損害を被るかも市場に委ねたと言うのか？」

五条は頷いた。

「その通りです」

その答えに水野は声を荒らげた。

「では我々の存在とはなんだ？　我々は何のために日本国の官僚をやっているんだ？」

五条は頭を振った。

「私は真の官僚たろうとしていますよ、水野次官。省益や私益を考えず、この国の利益に資する行政を真摯に行う。それだけです」

「米国の圧力に屈するのが真摯な行政かね？」

水野は皮肉な面持ちをした。

「そう見えるのは結構なことです。戦後日本の発展は、リベラルのオピニオンに一切耳を傾けず対米追随を貫いて来たから可能だったとお考えになりませんか？」

水野は瞠目して暫く黙ってから言った。

「……そこまで開き直られては怒りを通り越して感心してしまうよ。だが言っておく。これで今後の日本国債の発行コストは天文学的に跳ね上がり、ＴＥＦＧが破綻した場合の処理に税金投入が必要になる。その莫大な金は全部、財務省が調達するんだぞ」

水野は五条を睨みつけた。

「大丈夫ですよ。グローバル・スタンダードに則った金融行政を我々金融庁が行えば市場の信頼は高まり、日本への諸外国からの投資も増大します。その資金フローはこれからの少子高齢化の日本に絶対的に必要なものです。そして日本経済は市場と共に成長する。成長は全てを癒(いや)します。税収も増大しますよ。私はその道筋を作った。歴史は必ず私を評価する筈です」

五条は真顔でそう言い放った。

「その前に録音が公表され、我々は歴史に葬り去られるぞ」

水野のその言葉に五条は笑った。

「望むところですよ」

水野は怪訝な顔をした。

「どういう意味だ？　何を考えている」

水野の問いに五条は黙った。

「それに、ＴＥＦＧはどうなる？　日本を代表するメガバンクの破綻を君は処理しきれるのかね？」

五条は水野を見詰めた。

「次官……長債銀をお忘れですか？　破綻した時は日本が終わったような大騒ぎになったが破綻処理を粛々と進め、その後を市場に委ねることで見事に立ち直ったじゃありませんか。銀行というのはそういう存在なんですよ。実体があるようで無く、強固な法律と法令という幻灯機によって映し出される幻のようなもので、いくらでも取り替えは利く。心配には及びませんよ」

その時、水野はあることを思い出した。

長債銀が破綻した時、その受け皿は広く世界に求めるべきだと、ある大蔵官僚が暗躍して外務省にファイナンシャル・アタッシェなる役職を作らせた。世界の金融と大蔵省とのインターフェースという触れ込みだった。外務省首脳に大蔵省の権限を一部譲るという甘言でそれを呑ませたのだ。

後に米国のファンドが長債銀をただ同然の値段で買い叩き『売国奴』という非難が起きた時、その大蔵官僚は民自党とマスコミを操って、外務省に世論の矛先を向けさせることに成功する。

そして、ファイナンシャル・アタッシェに任命された外務官僚は自殺し、外務省はその後、そんな役職などなかったかのように跡形もなく消し去った。

ひとりの外務官僚が、大きな闇を冥途（めいど）の向こうに持ち去った形で幕が引かれた。大蔵省内でも外務省内でもその話は完全なタブーとされた。暗躍した大蔵官僚が誰だったのかも緘口令（かんこうれい）が敷かれ、誰も口にすることはなかった。

ただ、魔術師と呼ばれる男がいたという噂だけが残った。

水野もそれは噂でしか知らない。水野は思い切って五条に言った。

「君は……魔術師として蘇って、今度はＴＥＦＧを叩き売ろうとしているのか？」

水野が知る限り、五条しかそのようなことが出来る人間はいないという確信からだった。

五条は水野をじっと見詰めてから破顔一笑した。

「あはは……次官、そういうのを都市伝説と言うんですよ」

水野の顔は凍ったような表情になっていた。

永田町、民自党の党本部から徒歩五分のところに位置するリットン・ホテル。民自党の大物議員たちが、その一室に事務所を構えることでも有名な老舗ホテルだ。

民自党の若き幹事長、小堀栄治は、祖父の代から続くリットン・ホテルの事務所が子供の頃から好きだった。昭和の大宰相である祖父、小堀栄一郎を事務所に訪ねると必ず山盛りのステーキサンドイッチを取ってくれた。今もその味は変わらない。

小堀栄治はその夜、事務所から秘書を全員帰らせ金融庁長官の五条健司と二人きりで会っていた。

「これを頂戴するとオヤジさんを思い出します」

五条がステーキサンドイッチを食べながらそう言った。

「僕もそうです。祖父はこれに醤油(しょうゆ)を掛けたでしょう？」

「そうそう。鰻重(うなじゅう)にも醤油を掛けて召し上がる方でした。兎に角、味が濃くないとお嫌でしたね」

二人は他愛もない昔話をしてから本題に入った。

「米国は五条さんがおっしゃった通りに動きましたね。金融担当大臣はびびっていますが、ＴＥＦＧはこれで予定通りに進むと考えて宜しいのでしょうね？」

「ええ、全て段取りはつけてあります。ご心配なく」

五条は微笑んだ。

「ＴＰＰ批准は、ＴＥＦＧを巡る一連の動きが終わった後で一気に進むでしょう。そうなれば、栄治さんは次の次の総理への階段を一気に半分は上ったとお考え下さい」

「それも……祖父の得意だった裏技で、ということですか？」

小堀は上目づかいで五条を見た。

「オヤジさんは表も裏もお得意だった。だから大宰相として君臨された。栄治さんも同じ資質をお持ちだ。いや、それ以上かもしれない」

「止して下さい。祖父のように苦労をしていない分、ひ弱な自分が心配です」

小堀は真剣な表情でそう言った。

「大丈夫です。私がお支えします。金融庁長官は辞することになるでしょうが、本当の役割は何一つ変わることはありませんから……」

小堀は頼りになる兄を見るような目で五条を見た。

「私は幸運です。小堀栄一郎の孫に生まれたことを……これほど幸運なことであると感じたことはありません」

「それが運命なのですよ。この国を真に背負う人間の持つ運命です。選ばれた人間の運命なんですよ」

そう言って五条は優しく微笑んだ。

東西帝都ＥＦＧ銀行の株価は、その日下がり続けた。

国債の暴落直前は六五〇〇円だった株価は暴落後に二八〇〇円まで売られ、金融庁が特例の通達を出した後、四五〇〇円まで持ち直した。しかし、それが撤回されると株価は二〇〇〇円を割り、一五〇〇円近辺での取引となっていた。出来高は通常の三倍から四倍となり、物凄い規模での株の大移動が起こっていた。

「嘘でしょう……」

東西帝都ＥＦＧ銀行頭取、西郷洋輔は、電話の相手の言葉が信じられない。

「当社は臨時取締役会に於きまして、持ち合いで保有する御行株を全て売却させて頂く決定を致しました」

相手は帝都自動車の社長、山田晃一だ。

「今の状況からはやむを得ないものと判断しました。当社には米国人取締役が二名おります。以前から彼らの出身母体は強硬に持ち合い株の売却を主張しておりました」

帝都自動車は五年前にリコール隠しから経営危機に陥った際、米国グランド・モーターズの出資と取締役を受け入れていた。

「帝都の名前からこれまで彼らの要求を撥ねつけてきましたが、もう無理です。それに……この判断をしないと株主代表訴訟を起こされる可能性があります。断腸の思いですが、ご理解下さい」

そう言って電話は切られた。

西郷は茫然となった。あまりにもあっけない。

(こんなものなのか……電話一本で終わらせられるものなのか……)

金曜日に増資を引き受けると言っていた先が月曜の今日、全株売却すると言う。

(朝に紅顔ありて夕べには白骨となる……まさか我が行がそうなるとは……)

そしてこれから会う相手とも同じやり取りになるのかと思うと背筋が寒くなった。

秘書が入って来た。

「帝都電機の渡辺社長がお見えです」

西郷は力なく秘書を見た。

「……あぁ、今行く」

西郷が応接室に入ると渡辺は立って待っていた。

ソファに腰を掛けるように西郷は促し、座ってからは暫くの間、二人は黙っていた。

渡辺は西郷に真剣な表情を向け、意を決したように言った。

「西郷頭取、当社は御行の……」

西郷が渡辺の前に手を掲げて制した。

「内容は分かっています。先ほど帝都自動車の山田社長からもお電話があった。保有される当行株、全株売却の方針を臨時取締役会で決定された。このまま当行の株を持ち続ければ株主代表訴訟の可能性がある……それが理由ですね？」

渡辺は頷いた。

「御行は完全に標的にされてしまいました。私はTPP交渉の民間顧問として米国側の対応に触れてきましたが、その勢いは凄まじいものがあります。残念ですが、日本の立場を考えると金融庁の通達撤回はやむを得ないと思います。そして、その結果起こることを受け入れることも……」

それを聞いて西郷は暫く黙ってから呟いた。

“Still occupied Japan.”

「はい？」

渡辺が聞き返した。

「まだ被占領国ということですな。戦に負けた国なのですね、この国は。明治時代、この国を近代国家にする柱となった帝都の心臓であり続けた当行が対米交渉で人身御供とされるのは、やむを得ないということですか？」

渡辺は黙った。

「もしも、ですよ。もしも我々が東西帝都ＥＦＧではなく帝都銀行だったとしたら……渡辺社長は同じ結論を出されましたか？」

渡辺は少し考えてから言った。

「同じだったと思います。グローバル・スタンダードで経営判断しなくてはならないのが今の日本企業のトップだと考えます」

その答えは、西郷には意外なものだった。

「そうか……名前などどうでもよかったのですね。私は古かったのか……」

そう言って項垂れた西郷に渡辺が言った。

「名前、ブランドとは何なのでしょう。私も嘗ては古い日本人でブランドに固執しておりましたが、米国で仕事をするようになってから変わりました。米国は無名でもやる気があればチャンスをくれます。その恩恵に帝都電機も与りました。多くの州政府へのコンピューターシステムの売り込みでそれは感じました。帝都といっても米国では誰も知らない。そんな我々の話を真摯な態度で聞いてくれ、コンペに参加させて公平に評価し、良ければ採用してくれる。あぁ、これが米国の掲げるグローバル・スタンダードなのかと思い知ったんです」

西郷は頷いた。

「銀行という仕事は最もグローバル・スタンダードから遠いんですよ。国際業務などごくごく一部しか儲かっていないのが実情です。収益は昔から国内の個人や法人向けビジネスであげる最もドメスティックな存在だ。恥ずかしながら……グローバリゼーションの中で置いていかれるのは当然だ。だからTPPで生贄の子羊とされるのも納得できる」

諦めきった口調だった。

「西郷頭取、これで我々の関係が終わるわけではありません。これから御行がどうなられるのか分かりませんが、ビジネスの関係は続きます。全面的に、と申し上げられないのが残念ですが、是々非々での御協力は惜しまないつもりです」

「お言葉痛み入ります」

西郷はそう言うのが精一杯だった。

◇

山下と下山が出て行った後、桂は役員フロアーの自室で考えを巡らせていた。

（どうする？　チャレンジしてみる価値はある……）

関西コンビが持ち込んできた話のことだ。

（やってみるか……やるとなると、手足になる人間がいるな）

そこでヘイジのことが頭に浮かんだ。

（あの男は使える。彼を引き込むか……）

桂は直ぐに秘書の冴木にヘイジを呼ぶように伝えた。

ヘイジは桂から話を聞かされ驚いた。

「第一中銀が……ですか？」

「あぁ、ウチを欲しがっている」

ヘイジは不思議だった。何故そんな大事な話を下っ端の自分にするのか？　ヘイジは桂を誠実な人間だとは思ったが、銀行を破綻に追い込んだ張本人だという事実は変わらない。だから桂には複雑な感情を持たざるを得ない。

「何故、専務はそんな話を私にされるのでしょうか？」

「君に協力して貰いたいんだ。今ウチの状況はこうだ」

桂はそう言ってタブレット端末の画面を見せた。そこにはＴＥＦＧの株価情報が映し出されていた。

「つい最近まで八兆円あったＴＥＦＧの時価総額が暴落で今や二兆円そこそこ……大バーゲンセールの真っ最中だ」

ヘイジは真剣な表情で桂を見詰めた。

「狂った市場の暴力に完全に晒されている。だが、この暴力は本当に恐ろしい。死ぬまで殴りにくるからな。そして半死半生となったところを見計らって色んな奴らが動き始める」

桂の言葉にヘイジはドキリとした。塚本と自分のことを言われたように思ったからだ。

「そんな状況からこの銀行をベストの場所に軟着陸させてやらないといけない」

ヘイジはその桂の言葉にカチンと来た。そしてそれで冷静になった。あなたがそんな状況にした張本人だろうとヘイジは思ったのだ。

桂は続けて言った。

「そんなＴＥＦＧを、第一中銀が欲しがっているんだ」

第一中銀とは第一次産業中央銀行法という法律の下に設立された特殊な金融機関で、日本の農林水産業者が加盟する組合の資金を一手に運用する日本最大の機関投資家だ。

近年、法改正を経て様々な分野への事業進出が可能になっていた。

「第一中銀に高柳（たかやなぎ）という切れ者の専務がいる。ウチの山下常務と慶徳大学の同級で懇意にしている。彼が連絡してきたと言うんだ。真剣にウチを買いたいらしい。第一中銀と我々の連絡役に君になって貰いたい。全てを秘密裡に進めなくてはならない難しい役目だが、この前の取り付け騒ぎでの君の腹の据わり方と機転の利かせ方を見て、この役は君しかいないと思ったんだ」

ヘイジは黙った。そして頭をフル回転させた。

（凄いチャンスだ！）

これで塚本に最高の情報を流してやることが出来る。革命の成功に向けて大事な秘密情報を自分が手に入れられる。ヘイジは大きな渦の中に自分がいるのを感じた。先週まで総務部の一部長代理だった自分が途轍もなく大きな動きの最前線に立っている。ヘイジは腹に力を込めた。

「分かりました。お引き受けします」

そう言って桂を真剣な表情で見た。

桂はそのヘイジを見て満面に笑みを浮かべた。

「ありがとう！　これでこの銀行を何とか良い方向へ持って行ける」

その言葉にヘイジは本心を隠しながら嬉しそうに頷いた。

「どえらい情報を持ってきてくれたな！　ヘイジ、お前は大した奴やで！」

ロイヤル・セブンシーズ・ホテルのスイートルームで塚本は大喜びだった。

ヘイジは桂から第一中銀の話を聞かされたその夜、直ぐに塚本を訪れそのことを伝えたのだ。

「第一中銀が出てくるとなると大勝負になるな。そやけど奴らの手の内が分かるのはホンマありがたい。これでこの勝負は取ったも同然やで！」

ヘイジはその塚本を見ながらどこか素直に喜べない自分を感じていた。

（本当にこれでいいのか？　俺はＴＥＦＧを裏切っているんじゃないのか？　いや違う。これで革命を成功させればいいんだ。そうすれば全て上手（うま）くいく！　その鍵を俺が握った。これは何ものにも代え難い事実なんだ！）

そう自分に言い聞かせた。

「それにしても……桂専務がお前にそんな大役を任せてくれるとはな。流石やなヘイジは。やっぱり俺が見込んだだけのことあるで。お前も俺もツイてるな！」

銀行を窮地に追い込んだ憎むべき存在の桂に見込まれたという複雑さもヘイジの気持ちをスッキリさせないものにしていた。桂を騙していることに変わりはない。その信頼を利用して自分はスパイをやっているのだ。

（全責任は桂専務にあるんだ。あの人が超長期国債を引き受けなければ、こんなことにはならなかったんだ。全てあの人のミスが招いたことなんだ）

そう思うことで、自分の立場を肯定しようとした。

「ヘイジ。そやけど……ここからは慎重にいってくれよ」

塚本が突然、真剣な表情になって言った。

「俺は前に桂専務に会うて直接、宣戦布告してるんや。ウルトラ・タイガー・ファンドはTEFGを貰うと面と向かって宣言した。そやから俺とお前の関係が絶対に知られんようにしてもらわんとな」

ヘイジは驚いた。

「君は桂専務と会ってたのか？　でもそれは、エドウィン・タンとしてだろう？」

塚本は首を振った。

「いや、ある事情があって……エドウィン・タンは塚本卓也やと桂専務には知れることになったんや」

塚本にしては歯切れの悪い口ぶりだなとヘイジは思いながら訊ねた。

「でも、君と僕が同級生であることは桂専務は知らないだろ？」

「あぁ……まぁ……な」

塚本は湯川珠季のことをヘイジに言ってしまおうとしたが、止した。

「まぁ、何にせよ。桂専務には悟られんように頼むで」

ヘイジは怪訝に思いながらも頷いた。


翌々日の夜、西麻布(にしあざぶ)にある老舗割烹(かっぽう)の特別室に、桂は重要な人物を秘密裡に招いた。ＶＩＰ専用の入口があり他の客と顔を合わせることがない。座敷は掘りごたつになっていて疲れず話もしやすい。

座敷にいるのは第一次産業中央銀行の専務理事、高柳正行(まさゆき)と東西帝都ＥＦＧ銀行の専務である桂と山下、下山の両常務、そしてヘイジが同席していた。

「僕が絶対的に信頼している男です。この案件での僕の秘密秘書だと思って下さい」

桂は山下たちにヘイジの存在をそう説明して同席を納得させていた。

冒頭、桂が強い調子で言った。

「事態は急を要します。当行の株価が一〇〇円を割れば、金融庁は公的資金の緊急注入を実施して国有化を宣言するでしょう。そうなったら我々に主導権はなくなります。その前にアクションを起こさないとなりません」

桂の言葉に高柳が頷いた。痩せぎすで理知的な顔つきだが気さくで愛嬌を感じさせ、人を惹きつける魅力がある。

第一中銀は代々、農林水産省の元事務次官が理事長を務めるが、初のプロパー理事長になるのが高柳だといわれている。切れ者だが面倒見が良く、上にも下にも信頼がある。やる時にはやる、そんな意志の強さを持った人物として知られていた。

「国有化されたら御行のブランドは消えるも同然です。それは絶対に避けたい。我々は既に動いています。子会社の投資顧問会社に設けた五千億のファンドで、御行の株の購入は済ませております」

一同がその言葉に溜息をついた。

「高柳はホンマ、やる時はやる男やからな。頼もしいで」

山下がそう言った。

「我々はいつまでも余資運用機関、限界金融機関などと揶揄されている存在ではないことを示したいんですよ」

高柳は自信に満ちている。

「最終的に資金はどの位まで予定されるおつもりですか？」

桂が訊ねた。

「二兆円まで大丈夫です」

軽くそう答える高柳にヘイジは息を呑んだ。

「さすがは第一中銀さんだ。これで日本の金融が大きく変わる。それでここからが他の動きですが、香港のウルトラ・タイガー・ファンド、UTFが接触をしてきました。UTFも既に相当数の株式を購入済みだと考えられます」

その桂の言葉に高柳は笑顔で言った。

「桂専務から重要な情報を頂いて感謝します。当然ライバルは登場してくると思っていましたが、UTFですか……相手にとって不足はない」

明瞭（めいりょう）な口調でそう言った。

「それで……第一中銀さんにお願いしたいのは、明日にでも当行へのTOB（株式公開買い付け）の宣言をして頂きたいのです」

高柳は頷いた。

「理事長、副理事長には話をつけてあります。農水省出身の理事長など旧大蔵省に目にもの見せるチャンスだと張り切っています。臨時役員会を朝一番で招集して午後三時過ぎには発表するようにします。面白い展開になってきました」

その高柳に桂は冷静に言った。

「まずはターゲット価格を二〇〇円に設定して頂き、様子を見て対応して頂きたい。そこからが本当の勝負になります。最終的には超長期国債の損を差し引いた当行のＮＡＶ（純資産価値）である五〇〇円が攻防ラインだと考えて下さい」

高柳が頷いた。

「イニシアチブを取るにはどの位の株数が必要になりますんかな？」

下山が桂に訊ねた。

「過半数が理想ですが、ライバルがどの位出現して来るかですね。三割を早く超えるのが重要なポイントになるでしょうね。証券会社はどこを使われます？」

桂が高柳に訊ねた。

「野坂証券を主幹事に米国シティロード証券を副幹事で契約を済ませています」

野坂は日本の最大手、シティロードは米国第二位の証券会社だ。

「良い組み合わせだと思います。最後は力業になる可能性が高いですから、野坂証券を使えるならベストです」

桂がそう言って小さく何度も頷いた。そのやり取りを見ながらヘイジは興奮していた。

「それで、今後のお互いの連絡の取り方ですがお互いの組織のメールや電話、そして仕事でお使いになっている携帯やスマートフォンは絶対にご使用にならないで頂きたい。そこで……」

桂がそう言うとヘイジが紙袋から携帯電話を人数分取り出し、全員に手渡した。それはヘイジの出したアイデアだった。ヘイジが説明した。

「既存の通信手段は必ず記録が残ります。そこで今回のプロジェクトでのやり取り専用に携帯をご用意しました。皆さんのお名前は別名で登録してあります。今後の連絡はこちらにメールでお願い致します」

他人名義の携帯を揃えるのには桂が骨を折ってくれた。桂は銀座のクラブのホステスに頼んで、それぞれの名義で買いに行かせていたのだ。その話を聞いてヘイジは苦笑した。

携帯に登録されている名前を確認しながら下山が言った。

「高柳専務は……山田一郎かな？　桂専務が山田二郎やろな。山下くんが田中三郎で、僕が田中四郎……これ以上ないぐらい分かりやすいな」

そう言って皮肉っぽい視線をヘイジに向けた。

ヘイジは笑顔で頷いた。

高柳は携帯をスーツの胸ポケットにしまうと頭を下げた。

「色々と御配慮、ありがとうございます。この相場、必ず取りたいと思います。何卒宜しくお願い致します」

桂はディールを相場と呼ぶ高柳に、シンパシーを感じた。

高柳も国債の売買では長い経験と実績を残した人物だ。

桂も頭を下げた。

「こちらこそ。第一中銀さんの御英断に感謝いたします。TEFGを単に危機から救うのではなくこの国に本当に必要な銀行にする。その為の革命を我々は起こすということになります。この相場、必ず取りましょう」

そう言って桂は高柳を見詰めた。その桂を見ながらヘイジは思っていた。

(革命を起こすのは僕なんだ。見ていろよ……)

ヘイジがそんなことを考えているとは露知らず、高柳が言った。

「それにしても二瓶さんは相変わらずそつがないですね」

ヘイジはその言葉に一瞬虚を突かれたようになったが、直ぐに照れ笑いをして言った。

「いやぁ、こんなことぐらいしか取り柄がなくて……」

山下と下山、それに桂も高柳とヘイジのやり取りに驚いた。

「何や？　高柳は二瓶君を知ってんのかいな？」

「昔、ちょっとね」


翌日の夜、ヘイジはロイヤル・セブンシーズ・ホテルに塚本卓也を訪ねた。

その日午後三時過ぎの第一次産業中央銀行によるTOB発表によって、東西帝都EFG銀行を巡る様相が大きく変化を見せていた。

ヘイジは当然、昨夜のうちに塚本に詳細を伝えている。

「これで当面のTEFGの破綻は無くなったちゅうことやな……それと、UTFがTEFGを単独で手に入れるのは正直難しい。兎に角、早う発行済み株式の三割を握らんといかんな。それでイニシアチブを取らんと……」

そう言ってから塚本は暫く考えた。

「……第一中銀は二兆円つぎ込むと言うたんやな？」

「あぁ、高柳さんはハッキリとそう言った」

塚本はヘイジの言葉に頷いてから考えた。

(俺が使えるのはあと三千億や。今の持ち株比率は5％……さて、どうする)

# 第八章　ファイナル・ファイト

オメガ・ファンドの佐川瑤子は、ニューヨークのヘレン・シュナイダーに連絡を取っていた。

「想定通りなんでしょう？　ヨーコ」

ヘレンが訊ねた。第一中銀のことだ。

佐川瑤子は微笑んだ。

「私のシナリオではこの時点でどこが出てこようと想定通りだわ」

余裕のある口ぶりだった。

「ただ第一中銀がＴＥＦＧの内部のどのラインと繋がっているか調べておく必要はあるわね。察しはついているけど……『蝙蝠』が必要になるかもしれないわ」

瑤子はそう言ってからヘレンに訊ねた。

「ところで、エドウィン・タンはどんな感じ？　やっぱり『蝙蝠』を使ったの？」

「ええ、完璧よ。丸裸にした。今、ちょうど5%持ってるわ。でも早くから買い付けて簿価が結構高いから……エドウィンは勝負を急ぐでしょうね。彼の買い付け明細はファイルで送っておく。それと、あと彼が使える資金は日本円で三千億円。それ以上はUTF本体が許さないのも分かったわ」

瑶子はニヤリとした。

「それだけ分かれば十分。いざという時の接触のタイミングも計れる。ありがとう」

「あと、面白いことが分かった」

「なに？」

「エドウィンは日本にいてあなたと同じホテルに滞在中よ。同じスイートだから……あなたの部屋の壁の向こうにエドウィンがいる」

瑶子は吹き出した。

「灯台下暗し……笑っちゃうわね。じゃあ、ノックして同じベッドで寝ようって誘ってあげようかしら」

二人は声をあげて笑った。

「今夜の予定は？」

ヘレンが訊ねた。

「ミスター五条と一緒にキーパーソンと会うわ」

ヘレンが頷いた。

「ヨーコ。TEFGはあなたに任せてあるから何も心配していないわ。私は明日からフィレンツェに行く。ひとつ案件があるの」

「分かった。じゃあ、イタリアに着いたらまた連絡を頂戴。待ってるわ」

「ヨーコに『蝙蝠』のコードとパスワードを伝えておくわ。あなたが直接使って……」

「ありがとう。助かるわ。じゃあね、チャオ」

そうして回線を閉じた。

佐川瑤子は、ホテルの玄関から黒塗りのメルセデスのハイヤーに乗り込んだ。

東京滞在中ずっと雇っている運転手は、佐川瑤子の好きなバッハの器楽曲を常に流してくれる。今はイギリス組曲だ。

ハイヤーは二十分ほどでその場所に着いた。不思議な場所だった。湾岸の倉庫街の中にポツンと一軒ある煉瓦（れんが）造りの洋館で、看板も何も出ていない。クルマが停まると中から黒服が出て来た。

佐川瑤子はハイヤーを降りると中に案内された。品の良い初老のマダムが出迎えた。真っ白な髪をアップに纏めシックな黒のショートドレス姿だ。ジャン・パトゥのミルが微かに香る。

そこは、特別な人間だけが利用できる会員制クラブだった。

一日に一組しか受け付けないため完全なプライバシーが保たれる。内装はアールデコで統一されていて、昭和初期にタイムスリップしたように感じられる。玄関ホールに置かれた蓄音機からダミアの唄が流れていた。ふと見るとホール中央の壁に掛けられているのはバルテュスだった。中年の太りじしの男の肖像画でこちらを凝視している。佐川瑤子は近づいてじっくりと眺めた。バルテュスは日本でまず観ることが出来ない。

「彼の初期の作品……よく手に入りましたわね」

佐川瑤子がそう言うとマダムは笑った。

「お目が高いわ。そんな方がお客様でいらっしゃると嬉しくなりますの……祖父の形見ですのよ。戦前、長くパリにおりましたの」

さらりとそう言う。佐川瑤子はマダムに伴われ、螺旋状の階段を上って二階にある部屋に案内された。そこには既に二人の男がテーブルで待っていた。二人ともドライシェリーを飲んでいる。マダムは佐川瑤子に飲み物を訊ねてから部屋を出て行った。

二人の男は立ち上がった。金融庁長官の五条健司ともう一人……五条と同年配の男だった。

五条が佐川瑤子に男を紹介した。

「この方が五条さんのお仲間ですのね？」

「ええ、古い付き合いでしてね」

五条はそう言った。

マダムが佐川瑤子にティオ・ペペを二人と同じスモールグラスで持って来た。そして今日の料理の説明をするとまた直ぐに下がった。

余計なことは何ひとつ言わない。

三人がテーブルにつくと、佐川瑤子は五条に訊ねた。

「それで……こちらも筋書きは全部ご存じなのね？」

「はは……シナリオは私と彼の二人で作ったんですから、ご存じも何も……ねえ？」

そう言って五条は男を見た。

男は笑顔で頷いた。

年配の給仕三人によって食事が運ばれて来た。懐石風のフレンチだった。

給仕たちがいなくなると佐川瑤子は男に訊ねた。

「帝都の方々は今、どんな感じですの？」

そして、前菜のキャビアの茹で玉子仕立てを小振りのスプーンで口に運んだ。

「茫然自失、意気消沈。ずっと先人たちの遺産のお蔭で負け知らず、自分たちは永遠の勝ち組と思っていた人間たちですからねぇ。何をどうしていいか分からない状態、座して死を待つとはこのことか……ですよ」

男は皮肉めいた笑顔を作った。

「日本の組織らしい。いや、日本人らしいと言っていいですね。今しか考えられない日本人、今がずっと続いていくと思っている日本人……それが突然、状況が一変するとただ慌てふためく」

佐川瑤子は冷たい口調でそう言った。

「でも、それに見事に対応するのも日本人ですよ」

五条がそう言った。

「確かに……付け焼刃、泥縄、その場しのぎ……そういう言葉がこの国には多いですわね」

佐川瑤子は皮肉たっぷりだった。

「佐川さんは厳しいなぁ……でもこれだけの美人が言うと何だか清々しいなぁ。あっ、僕がMなだけか？」

男がひょうきんに言って笑った。

佐川瑤子はニコリともしない。

「兎に角、完全な自信喪失。そこへ第一中銀によるTOB。破綻を免れたものの次に何が起こるのかが全く見えない状態。多くの人間はオストリッチ症候群に陥っていますよ」

自分の冗談に全く反応しない佐川瑤子に降参したかのような口調で男はそう言った。

「なるほど……敵に追い詰められた駝鳥が頭を土の中に突っ込んで恐怖から逃れようとする。帝都の人間たちの今の哀れな姿がそれということですか……」

五条が首をすくめた。

「その駝鳥たちに……追い打ちをかける訳ですね。五条長官」

佐川瑤子が五条に訊ねた。

五条は白ワインの入ったグラスを弄びながら薄く笑った。

「そう……そして、バーゲン・ハンティングと思ってTEFGの株を買い漁っている連中を駆逐する一撃になる」

そう言うとワインに口をつけた。

「勿論それは、TEFGの人間たちへの絶望の一撃でもある」

男が五条に続いてそう言った。

「そして、その後に現れるのが……」

男は言葉を続けながら佐川瑤子を見た。

「……こちらにいらっしゃる氷の天使」

佐川瑤子はそう言う男を涼しげな眼で見詰めた。

「ただの天使ではなくて、氷の天使というところが洒落ていますね。奥が深いわ」

そこで初めて微笑んだ。

「おっ！　佐川さんがやっと天使の微笑みをくれましたね」

男が喜んだ。

「でも本当の微笑みは全てが終わってからにとっておきます」

佐川瑤子はどこまでもクールだった。

「どうします？　全てが終わった後でまた『ウィー・アー・ザ・チャンピオン』を歌われますか？」

五条は笑いながら男に訊ねた。

「そうねぇ、馬鹿の一つ覚えだけど……やりますかねぇ」

東西帝都ＥＦＧ銀行副頭取、有村次郎はそう言って笑った。

◇

第一中銀によるＴＯＢ宣言の後、東西帝都ＥＦＧ銀行は何度目かの役員会を開いていた。

「第一中銀側と接触は出来ないんですか？」

役員の一人が頭取の西郷に訊ねた。

「ＴＯＢに入っているから出来ないの一点張りだ」

ため息の後、沈黙がまた訪れた。

皆、これから何がどうなるのかを考える想像力を持ち合わせていない。ただ押し黙るだけだった。

頭取秘書がメモを持って入って来た。メモを手渡された西郷の顔色が変わった。

皆、西郷の顔を注視した。

「ほっ、香港のウルトラ・タイガー・ファンドがＴＯＢに参戦してきた……ＴＯＢ価格は二〇〇円から三〇〇円に跳ね上がった」

「ＵＴＦが……」

大きな渦の中に全員が呑み込まれ、ただただ翻弄され溺れながら引き摺り込まれていくようだ。

「第一中銀とならまだ今後の対応を話し合えるだろうが……ＵＴＦとなると、それも無理だ」

皆小声で隣とそうやり取りをするだけだ。

西郷は桂を見た。ずっと何も言わずにいる。

(早いな……UTFの動きが早すぎる。まるでこっちの手の内を知られているようだ)

桂はそのことが気になっていて、役員たちの動揺とは次元の違うところでその問題を捉えていた。

「桂君……どう考える?」

西郷は訊ねた。

桂は西郷の方を見ずに答えた。

「どう考えると言われても……もう、なるようにしかならんでしょう」

投げやりなその言い方に皆が驚いた。

「頼みの綱の帝都グループも離散してしまい援軍は送られてこない。どこが敵になろうと勝ち目がないですよ」

絶望の鐘が鳴り響くような言葉だった。

「私はTEFGのためにやれるだけのことはやったつもりです。帝都の名前欲しさに取った行動が招いたことです……これまでと違う新たな銀行が出来てからのことしか、私には考えられません」

それは桂による革命宣言だった。

そのことがハッキリ分かっているのは、山下と下山の二人の常務だけだ。二人は桂の言葉を聞いて口元に小さく笑みを浮かべていた。他の役員たちはただ驚愕している。だが当の桂自身、自分の行動に釈然としていなかった。

(これでいいのか？　本当に……これで？)

頭取の西郷は役員会を早々に打ち切った。

「桂君、頭取室に来てくれ」

厳しい表情でそう言い、桂は従った。

桂が扉を閉めると西郷は声ともため息ともつかないような言葉を発した。

「君は……TEFGを見捨てるのか……」

桂は暫く黙っていた。様々な記憶が過る。

黙ったままの桂を西郷は不安そうに見詰めるだけだ。

「私は……TEFGを見捨てるのではありません。帝都を……ブランドと歴史に寄りかかることだけで……本当の自分を見ようとしなかった帝都を見捨てるだけです」

西郷は項垂れた。

「頭取。我々は今という現実を生きているんです。グローバリゼーションという風が吹き荒れる今を、です。ブランドという概念世界や歴史という物語でもない。容赦なくやって来る今という現実を生きていかなくてはならないんです」

桂はそう言いながらも冷徹になりきれない自分を感じていた。

(これでいいのか？　本当にこれで？)

その疑問が残りながらも桂は言った。

「頭取、待ちましょう。もう我々には待つしかない。やって来るものを待ち受ける。ただそれしか……残されていないんです」

疑問を打ち消すことが出来ない桂の精一杯の言葉だった。

(だが、やって来るものの中で俺は本当に何がやりたいのか、やろうというのか？)

桂はちゃんと描けていない自分に苛立ちを感じた。

将来の本質が摑めていない自分が不安なのだ。

(革命への宣言はした。しかし、その先に何を見ている？)

ディーリングという目の前で動くマーケット相手には絶対的な自信を持っていても、将来のビジョンとその実現に向けたステップの描き方となると自信がないのだった。

ヘイジは総務部でいつものように仕事をしながら様々なことを考えていた。

周りの人間たちは不安を押し殺して机に向かっている。しかし、自分は革命という野望を持っている。

ただ漠然とした自信だけがある。

自分のこれまでの人生は連戦連敗だった。

大学受験の失敗、就職した銀行は合併で大きな銀行に呑み込まれ負け組になってばかり。

だがその中で争わず敵を作らず、状況に上手く対応することを考え、いつの間にかその能力が磨かれて生き残って来た。その過程で自分は強くなったと思う。

そして今、また新たな状況がやって来た。

今度は負け組の中での生き残りではない。これまでの人生のマイナスを全てひっくり返すことが出来る、オセロゲームの大逆転のような状況だ。

「二瓶さん。事務開発部が備品のことで相談があるから来て欲しいって」

そう言われて我に返ったヘイジは上の階にあるフロアーに向かった。

エレベーターを降りて長い廊下を歩いて行った。

ヘイジの前に異様な光景が広がっていた。しかし、それは以前にも見たことのあるものでヘイジはデジャヴを感じた。

廊下に細かい紙の屑が雪のように無数に散らばっているのだ。そしてそこには若い女性行員が放心したように立ち尽くしている。

「どうしたの？」

ヘイジが声を掛けると泣きそうになりながら女性行員は言った。

「さっき、シュレッダーの中のゴミが一杯になって……捨てに行こうとしたら転んでしまったんです。今、そこで会議してるんで、うるさく出来ないので掃除機が使えなくて……」

ヘイジはニッコリと微笑んだ。

「分かった。じゃあ、手伝ってあげるよ。君は事務開発部？　入口のそばのロッカーの中にガムテープがあるから、それを取って来てくれるかな」

そうして二人で音を立てないように裁断された細かな紙屑を手ですくったり、ガムテープを使いながら取っていった。

(同じだ。あの時と……)

ヘイジはデジャヴとなった記憶を思い出していた。

それは夜中に帰宅した時、ヘイジがマンションの玄関ドアを開けて明かりを点けた時に飛び込んで来た光景だ。

廊下に真っ白な雪が積もっている。ヘイジは目を疑った。それはよく見ると羽毛だった。

舞衣子がパニックを起こし羽毛布団をハサミで切り裂いてしまったのだ。

寝室に入ると全身を羽毛で雪だるまのようにして泣いている舞衣子がいた。ヘイジは舞衣子を抱きしめて落ち着かせてから片づけに掛った。夜中で近所のことを考えると掃除機は使えない。

羽毛を手で掻き集めることの大変さをヘイジはその時に知った。少し動いただけで舞い散っていく。慎重に慎重にヘイジは動いた。

（まるでコメディ映画だな）

泣き笑いをしながらヘイジは朝までかかって片づけたのだった。


「ありがとうございます。助かりました」

廊下が綺麗になると女性行員はヘイジに礼を言った。

「これからは気をつけてね。じゃあ」

そして事務開発部へ急ごうとした。

「あの！」

その女性行員がヘイジを呼び止めた。

思い詰めたような表情になっている。

「私たち……どうなるんでしょうか？　ニュースが出てから皆、人が変わったようになってしまって……誰に聞いてもちゃんと答えてくれなくて……不安で不安でしかたがないんです。それでさっきもぼおっとしてしまってあんなことになったんです。総務の方ならご存じかと思って……教えて下さい」

ヘイジはドキリとした。

それは全国五万人のＴＥＦＧ行員を代表しての不安の吐露のように思われたからだ。彼女がまるで自分の立場を知っていて聞いているように感じる。

そして、その彼女と舞衣子の姿が重なって見えた。

大丈夫だよ……そう言おうかと思ったがその言葉は呑み込んだ。

自分が革命に成功したら彼女たちを指導していかなくてはならない。

ヘイジは革命成功後に総務担当役員に自分がなることを皮算用していた。だがこうやって不安そうな若い行員を前にするとそんな思いを抱いていることが恥ずかしくもある。

女性行員の思い詰めた目が迫って来る。

ヘイジは笑顔を作った。

「僕が守るよ……あなたたちをちゃんと守る。だから、心配はいらない」

その意味する本当のところが、女性行員に分かったかどうかは知ることが出来ない。ただそれはヘイジの正直な気持ちだった。

女性行員はありがとうございます、と一言だけ口にしたのだった。

その夜、ヘイジは塚本を訪ねた。

「桂専務を始め、第一中銀もＵＴＦの動きの早さに驚いているよ」

ヘイジの言葉に塚本が頷いた。

「これでこっちの本気度合いが分かったやろ。あとはタイミングを見計らいながらどこまでパワープレーをやるかやな。やれるとこまでやって頃合いのええとこで話し合いに応じる」

「話し合い？　どういうことだ？　お前は数兆円持っていて完全に経営権を奪うところまで株を買うんじゃないのか？」

「それは理想や。ＴＯＢは生きもんなんや。相手は二兆円持っとるんやで。向こうの動き次第でこちらも狙いを変えんといかんのや」

その言葉にヘイジは気色ばんだ。

「革命を起こせるんじゃなかったのか？　俺はそれでお前に協力してるんだぞ！」

「そらぁ、起こせたらええけど……そうでない場合も考えんといかん。それが現実や。兎に角、これまで通り情報は頼むで。お前には絶対に悪いようにはせんから」

ヘイジは後悔を覚えた。もし、塚本に利用されているだけだとしたら、高値で株を売り飛ばすだけが塚本の狙いだとしたら……。

ヘイジの目の前に今日の女性行員の顔が浮かんだ。

「みんなの日常はどうなる……」

しかし、現実はヘイジや塚本の思いを遥かに超えていた。

早朝四時、桂のスマートフォンが鳴った。

どんなに熟睡していても連絡を受けられるディーラーとしての習性を持っている桂は、三度目の呼び出し音で電話に出た。相手は中央経済新聞の荻野目裕司だった。

「桂さん、大変だ！　読朝新聞の朝刊早刷りがスクープで大々的に載せている。TEFGファイナンスによる反社会勢力への三百億の融資だ。親会社のTEFGの責任問題追及は必至になる。これでTOBもお終いだ。TEFGは確実に破綻してしまう」

桂は茫然となった。夢を見ているのかと思った。

桂は頭をフル回転させたが、言葉が出て来ない。

「取り敢えず記事をPDFで送ってくれるかい？　読んでまた連絡する。ありがとう」

電話を切ってからスマートフォンに送られて来た記事を見た。

ＴＥＦＧファイナンスは旧ＥＦＧ銀行系のノンバンクが主体となっているファイナンス会社で、今回のケースは反社会勢力が株主となっている土木工事会社への融資だった。旧ＥＦＧ銀行が行っていた融資をＴＥＦＧファイナンスに全て肩代わりさせたもので隠蔽が巧妙かつ悪質であるとしていた。桂は読んだ瞬間に、金融庁長官の五条健司の顔が浮かんだ。

「やられた！　あの男だ……」

その時、携帯が鳴った。第一中銀とのホットライン携帯だ。相手は第一中銀の専務理事、高柳正行だった。

「ご存じですか？」

「はい……私も今読んだところです」

桂は力なく答えた。

「これで……終わりですね」

高柳の言葉に桂は黙るしかなかった。

長い時間が過ぎたように思えた。

桂はたった一言しか言えなかった。

「申し訳ありません」

電話は切られた。

ヘイジは朝のニュースを見て茫然とした。

「金融庁がTEFGに対して厳しく臨むのは必至で、その結果、事実上の国有化は避けられない見通しです。これでTEFGを巡るTOB合戦も事実上終了するものと思われます」

そこからは記憶がない。どうやって身支度をし、どこをどう歩いて駅まで行き、どう地下鉄に乗ったのか……。気がつくと大手町を歩いていた。

いつもと変わらない、サラリーマンたちが出勤する風景だ。

全てがスローモーションのように感じる。

携帯が鳴った。塚本卓也だった。

「……これで終いや。俺の夢もお前の夢も終わったたな」

「塚本……」

ヘイジがそう言った時にはもう切れていた。

その瞬間、ヘイジは自分がどこかホッとしているのも感じた。しかし、大きな喪失感はそのままだった。

ＴＥＦＧでは役員が集まっていた。

泣きっ面に蜂どころではない。これで完全に終わりだと皆思っていた。

頭取の西郷と副頭取の有村は、記者会見の為にそこにはいない。その場では遠慮のない怒りが関西コンビに向けられていた。

「あんたらは知っていたのか！」

それはもう怒号だった。

「全部ファイナンスに任してましたんや……」

常務の山下一弥が消え入るような声で答えた。

「ＥＦＧの肩代わり融資なんだから知らない筈がないだろう！」

「すんまへん。まさか……こんなことに」

同じく常務の下山弥一が項垂れて答えた。

昔からＥＦＧの中で問題案件とされていたものを、山下と下山の指導によって東西帝都銀行との合併前に子会社のノンバンクに移管させていたのだった。

「ウチはＥＦＧに駄目を押された……ということですな」

誰かが言った。

そこへ頭取の第二秘書が入って来た。

「金融庁の緊急会見が行われる模様です」

直ぐに大会議室のディスプレーがオンにされた。

五条長官が現れた。

「東西帝都ＥＦＧ銀行の子会社による問題融資については、親会社であるＴＥＦＧは責任を免れるものではありません。厳正な処分を検討しております。ＴＥＦＧを巡る現状に鑑み、公的資金の注入並びに国有化も視野に入れております。預金者の皆様には預金は全額保護される旨を重ねて申し上げておきます」

役員全員が国有化の言葉に息を呑んだ。

「今後のＴＥＦＧへの対処を、厳正かつ早急に金融庁は執り行うつもりです」

そう言って五条は早々と会見を終えた。

その後、ＴＥＦＧの西郷頭取による記者会見が行われたが、「全て調査中」という言葉と「皆様に御迷惑をおかけして……」という言葉だけを繰り返すものだった。

第一次産業中央銀行とウルトラ・タイガー・ファンドはＴＯＢの中止を発表した。

ＴＥＦＧの株価は三日間、ストップ安を続けた。

ヘイジの頭の中に繰り返す言葉があった。

三日天下だ。

革命を起こして役員になれると本気で思っていた自分が、馬鹿のように思える。だが同時にどこか少し安心もしていた。もし塚本がＴＥＦＧを売り飛ばすだけであったら……それに関わった自分をどれほど後悔してもしきれない。

心の中で同僚たちを上から目線で見ていた自分が恥ずかしく、革命という言葉に酔っていた自分が情けない。するとまた皆と同じ日常に戻れた自分で良いように思えた。

「ん？」

諦めきれずに持っているホットライン携帯にメールが入って来た。

ヘイジは業務を早く終えて夕刻、メールで指示された広尾のマンションを訪ねた。

メールの差出人は桂だった。

桂は銀行には殆ど顔を出さず自宅マンションに籠(こも)っていた。何をしているのかヘイジには知る由もない。

二人はリビングのソファに座っていた。

「二瓶君。ＴＥＦＧを巡る一連の動きには裏がある。裏で全てを動かしている人間がいる。そいつを追い詰めれば局面を打開できるかもしれない」

ヘイジはその言葉に驚いた。

「どういうことなんでしょうか？」

桂はヘイジを見据えて言った。

「金融庁長官、五条だ。あいつが何かを画策している」

桂はＴＥＦＧを巡る一連の危機の全てを演出しているのが五条であると確信し、五条のこれまでの動きを徹底的に調べていた。

五条とは本当は何者で、何をしようとしているのか？

夕刊ファイトのベテラン記者、佐伯信二から得た五条の過去を巡る情報が、全ての謎を解く大きな鍵として桂に渡されていた。

桂はＴＥＦＧの危機の元凶である五条を潰すことを画策していた。

そこで桂はこれまでの全てをヘイジに語った。西郷頭取が五条にそそのかされ、帝都銀行の名前欲しさに超長期国債を購入したところからの全てを語っていった。

ヘイジは愕然とした。

（桂専務も被害者だったのか……何も知らされず帝都の人間たちに嵌められたにも拘わらず、それでも銀行を守ろうとしていたのか……）

ヘイジは自分が恥ずかしくなった。そんな桂を敵だと思い、桂の裏に回ってスパイをやっていた自分がどうしようもない人間に思え、途轍もない恥ずかしさが込みあげてきた。

桂は自分の話で突然思い詰めたようになったヘイジを不思議に思った。

「どうした？　二瓶君？」

そこで今度はヘイジが全てを桂に語った。塚本と同級生であることから、その後の関係、そして塚本のスパイとなっていたことなど全てだ。

「そうだったのか……それでUTFの動きには合点がいった」

桂は少し寂しげな表情になった。

「信頼して頂いた専務を裏切っておりました。申し訳ありません！」

そう言ってヘイジは頭を下げた。そのヘイジに桂は間髪を容れずに言った。

「二瓶君。しょうがないよ。俺も君の立場だったら同じことをするよ。気にするな」

ヘイジはその言葉で目頭が熱くなった。

「本当に申し訳ありませんでした!!」

それから桂は暫く考えた。ヘイジの話を総合して、これからの戦略を練っていたのだ。

「それで、エドウィン・タンは……塚本はどうしている？」

「今回の件で完全に終わったと伝えてきました。でもまだ東京にはいるようです」

桂はそれを聞いて鷹のような目になった。

「買い集めたＴＥＦＧ株を処分できなくて四苦八苦の筈だ。これからＴＥＦＧがどう転ぶか分からんが……あの男の持っている株が重要になる。二瓶君、塚本と連絡を取っておいてくれるか？」

「承知しました。専務はこれからをどうお考えなのですか？」

「必ず何か動きが起こる。五条の思惑に沿った動きが……誰かがＴＥＦＧを救済すると言って現れる筈だ」

「誰が出てくるんでしょう？」

「それはまだ分からんが……その出てくる誰かに五条が絡んでいる。あの日本長期債券銀行の時のように……」

ヘイジが驚いた。

「長債銀が米銀に買い叩かれたことに五条長官が絡んでいたんですか？」

「確証はない……大蔵省時代、魔術師と呼ばれた陰の策士が五条であるらしいことを信頼できる筋から掴んだ。その魔術師によって外務省が嵌められ、老外務官僚が売国奴の汚名を着せられて自殺に追い込まれた……」

ヘイジはごくりと喉を鳴らして唾を呑み込んだ。

「二瓶君。五条は恐ろしい奴だ。この国の真の実力者たちと深く結びついている。敵に回すと大変だが……どうする？　戦う気はあるかい？」

桂は笑顔だが真剣な目をヘイジに向けた。

ヘイジは腹に力を入れてから言った。

「男の子ですから」

桂は笑った。

「いい子だ」

そう言われてヘイジは嬉しかった。

そこで桂は、ヘイジが先ほど語ったことからあることに気がついた。

「ところで、君が塚本卓也と同級生ということは……湯川珠季を君も知ってるということか？」

ヘイジは瞠目して口をあんぐりと開けた。

「なっ！　何で専務が珠季を！」

その色の失いようには桂の方が驚いた。

その夜遅く、桂は銀座のクラブ『環』を訪れた。

「二瓶君も連れてこようとしたんだが、遠慮すると言って聞かなくてね……」

珠季はずっと黙っていた。小刻みに体を震わせている。

十代の頃から忘れようと懸命に努力を続けて来た男、ヘイジ、二瓶正平の名前が……よりによって今一番大事に思っている男の口から出されたのだ。

（テレサが動揺している……）

桂は口に出さないが驚いていた。こんな珠季を見るのは初めてだった。そこにはプロとして生きる女ではなく素の、本当の、いや十代の少女である湯川珠季がいた。

まさかヘイジが桂の銀行にいて桂と仕事をしているとは……珠季は想像すら出来なかった。ヘイジはどこか知らない世界で平凡に暮らしていると思っていた。

二十年以上も前のことなのに……ヘイジを思い出す時に疼く心のあり方は今そのものなのだ。

珠季はずっと手にしていたグラスの水割りを一気に飲み干すと言った。

「彼、どんな風だった？　私が銀座のクラブのママになってるって知って……ショック受けてた？」

それは少女の態度だった。

「分からん。ただ、そうですか、そうですかと繰り返すだけだった」

珠季はまた黙ってしまった。桂はその珠季をどう扱っていいか分からない。

「まさかこんなに落ち込むテレサが見られるとは、思いもしなかったなぁ」

桂はおどけてそう言うのが精いっぱいだった。珠季は暫く黙った後でポツリと呟いた。

「私……あの人に振られたのよ」

それを聞いて桂は破顔一笑した。

「天下無敵のテレサが振られた？　あの男に？　そうかぁ、ということは二瓶君は史上最強の男ということだな」

珠季は桂を睨みつけた。

桂はドキリとした。

「あの人は特別なのよ。私にとって特別……。決して手に入らないものなの」

「俺も知らないテレサの世界の話ということだな？」

珠季は頷いた。

「私が高校を卒業してから日本を飛び出したのは……彼への気持ちから逃げたかったからなの。莫大な財産を相続しながら全てを失った私を彼は受け入れてはくれなかった。彼も若かったから当然なんだけど……傷ついたわ。だけど彼への思いはそれで一層深まってしまった。十代の恋ってそんなものよ」

それは桂が初めて見る弱い珠季だった。珠季の人生の原点を見たように桂は思った。それに二瓶正平が絡んでいた。そして今、自分と自分の組織の運命にその男が絡んで来た。

「妬けるね」

その桂の言葉に珠季がびくりとした。

「テレサを巡って、初めて嫉妬を感じる。お前の心をここまで引っ張る二瓶正平という男に……」

桂は珠季の肩を抱いた。

珠季はずっと黙っていた。

何かが大きく動き始めた。二人はそれを感じていた。

ヘイジはその夜、ロイヤル・セブンシーズ・ホテルのスイートルームに塚本卓也を訪ねた。

「なんや？　もう何もかも終わったんやぞ」

真剣な表情で部屋に入って来たヘイジに塚本はそう言った。

ヘイジがその塚本を睨んで言った。

「何故黙っていた？」

「何のことや？」

「湯川珠季のことを何故黙っていた？」

塚本が笑った。

「あぁ……桂さんが話したんやな。立派なもんやで！　銀座の超一流クラブのオーナーママやもんな」

「だから、何故黙っていた？」

ヘイジは語気を強めた。塚本はそのヘイジに強い視線を返した。

「ハッキリ言うわ。俺は湯川が好きやったんや。中学の入学式で見た時からずっと……な」

ヘイジは驚いた。

「あの頃の俺は自信のない人間やったから……告白なんかようせんかった。ほんで、高校になってお前が湯川と付き合うてるのを知って、諦めた」

そう言った塚本の顔は、ヘイジが高校の時の記憶として持っている無口で内気な塚本卓也のそれだった。

「塚本……」

ヘイジは自分も高校生に戻ったような気がした。

「俺は湯川を忘れられんかった。高校を卒業してから行方知れずになった湯川のことがずっと気になりながら生きて来た。それで、ウルトラ・タイガーで成功した時に俺は湯川を探そうと思い立った。その為に……かなりの金と時間を使うた。それで、居所が分かっただけやなかった。湯川が意外な人物と付き合うてるのも分かった」

「それが桂専務だった。君が狙ったＴＥＦＧの」

塚本はニヤリとした。

「イッツ・ア・スモール・ワールド、ちゅうやつやな」

笑ってそう言う塚本にヘイジは訊ねた。

「今も湯川珠季が好きなのか？」

その言葉に、塚本は真剣な表情になった。

「あぁ、二十三年ぶりに会うて……よう分かった。俺は湯川を絶対に手に入れる」

それはヘイジが気圧されるほど強い言葉だった。

「ヘイジ。頼みがあるんや」

「何だ？」

「桂さんと話がしたい。明日ここへ来て貰えるか？　お前も一緒に来てくれ」

「どういう用件だ？」

「俺の持ち株……桂さんが興味ないわけはないやろ。敗戦処理やけど俺にも意地があるからな」

翌日、桂は塚本の部屋をヘイジと共に訪れた。

桂は塚本の持つTEFG株の取得の条件を具体的に並べていった。

「桂さん。数字の件はあんたの提示でええわ。単刀直入に言わしてもらう。他に大事な条件があるんや」

「何です？」

塚本はじっと桂の目を見据えて言った。

「湯川を……湯川珠季を俺に譲って欲しいんや」

桂は塚本が本気だと分かった。そして、男が本気で言っていることには、本気で応えなくてはならないと思った。

だが、直ぐには言葉が出てこない。

すると次の瞬間、塚本は言った。

「まぁ……返事は今でなくてええわ。このディールの最後の最後、ここで決め！　ちゅう時に聞かして貰うわ。そこで……あんたらの生死が決まる」

そう言って桂とヘイジの二人を見た。

この勝負の行方が、ＴＥＦＧという日本最大のメガバンクの運命が……一人の女を巡る男たちの心に懸っている。

ヘイジの周りで働く人間たちの誰一人そんなことを知る者はいない。

ロイヤル・セブンシーズからの帰りのクルマの中でヘイジは桂に訊ねた。

「専務。どうしてもお聞きしておきたいんですが……」

ヘイジのその言葉に桂は分かっているという表情をして小さく頷いた。

「珠季のことだな。これからの勝負で塚本が鍵になれば珠季も鍵になるということだ」

「専務は珠季のことをどう思われているんですか？　私の知っている珠季が今もそのままなら彼女は専務を心から愛していると思いますよ」

桂は頷いた。

「それは痛いほど分かっている。だが俺はもう誰とも結婚を考えていない。それは珠季にも伝えてあるし、そういうことを理解して珠季は俺と付き合っている。だが本当の珠季の幸せがどこにあるかは俺には分からん。誰かと結婚して幸せを摑むことだってある。ひょっとしたらそれは塚本かもしれない。一途(いちず)に珠季を思い続けてきた男なんだから……」

ヘイジは直ぐに言葉が出て来なかった。そして暫く思い詰めたように考えた。

「専務……」

「ん？」

「私は珠季から逃げたんです。高校の時、何もかもを失った珠季を支えきれなくなって逃げたんです。それがどれだけ彼女を傷つけたか……彼女がそれから失踪したのを知った時、私は生きているのが嫌になりました」

ヘイジは泣きそうになって言った。

「それは珠季から聞いたよ。まだ子供だったんだから……しかたないじゃないか。珠季はもう君のことは許しているよ」

桂は優しくそう言った。

「いや、子供の時だから許せないと思うんです。三つ子の魂百までっていうじゃないですか……人間の本質は子供の時に出ている。僕は本当に駄目な男なんです。だから今も……」

ヘイジは妻の舞衣子のことを考えた。舞衣子が病気になったのも全部自分の弱さのせいだと思っている。だからどんなことがあっても、舞衣子からは絶対に逃げないと思っている。

ヘイジは暫く唇を噛み締めていた。そして思い切ったように桂に言った。

「専務は逃げないでやって下さい。珠季から絶対に……。塚本と闘って下さい。塚本は本気です。本気で珠季を手に入れようとしている。革命の最後の最後で専務に珠季を譲ると言わせることが決め手になるかもしれない。でも、絶対にそれは言わないで下さい。でないと、珠季は……」

今度はこの世からいなくなるとヘイジは思った。

桂は黙っていた。

桂は自分の珠季への気持ちを考えていた。

そこにあるものは何か？

そして自分の気持ちを正直にヘイジに語ろうと思った。

「二瓶君」

「はい」

「君の言うことは良く分かる。だが君にも分かっていないことがある。それは齢というやつだ。君はまだ俺の年齢になってはいない。この年齢になって分かること、見えることがある。男と女の関係もそうだ」

ヘイジはそう言う桂を見詰めた。

「無責任に聞こえるかもしれないが……なるようになるだろうと思っている。珠季のことは好きだ。だが、それは珠季を所有していたいということではない。確かに珠季を守るためなら命を投げ出すよ。青臭いけどね。だが、珠季がそれを求めない限り俺は動かない。塚本が譲ってくれと言うことに……俺は首を横に振れない」

ヘイジには分からない。

特殊な環境で仕事をし続けた桂ならではの考え方なのかもしれないと思うようにした。珠季が可哀想ですねと言おうとしたがそれは呑み込んだ。

「専務、珠季はどうするでしょうか？」

「それは塚本次第だろう。珠季があいつの中に未来を見つけるか、今の生活を続けることを選ぶのか……俺には分からん」

ヘイジはその時初めて、珠季に会いたいと思った。

塚本卓也はその翌日の夜、銀座のクラブ『環』を訪れていた。

この日が四度目になる。

珠季が相手をすることもあればチーママの由美が相手をすることもある。

比較的早い時間にやって来て、ごく普通の客として明るく機嫌良く過ごし小一時間で引き揚げていく。そんな塚本の態度を珠季は好ましいと思った。

珠季とは学生時代の思い出話に終始した。

ＴＥＦＧを巡る状況は珠季も分かっている。窮地に陥っている筈の塚本が、態度を変えず落ち着いていることに珠季は感心していた。

一切、ＴＥＦＧのことは話題にしない。

塚本の持つ本物の凄みのようなものを珠季は感じるようになり、塚本のイメージは悪いものではなくなっていた。

その夜は香港の話になった。

「香港の中華料理が世界一美味いのは住んでみて分かったわ。値段はピンキリやけど味はどれも個性的で美味い。そんなとこは世界で香港だけやと思うわ」

珠季はその言葉に頷いた。

「私も日本を離れてまず最初に香港へ行ったの。数日滞在してヨーロッパに渡るつもりだったのが、食べ物が美味しいのと街が面白くて三ヶ月もいたのよ。まだ十八の小娘がよく九龍城の辺りをうろついたりしたものだと思うわ。でも、返還前の香港は活気があって面白かった。あのボロボロだった啓徳(カイタック)空港の独特の匂い。香辛料と料理油、それに人々の汗が混じったあの匂い。その中を色んな人たちが生き生きと行き交う……懐かしいわ」

「俺は昔の香港は知らんからな。確かに今の香港空港は近代的で大きいし綺麗やけど、統制されてる感じはつきまとうもんな」

「昔の香港は本当にごちゃごちゃで、夜店のようないかがわしさで何でもありだった。それに惹かれたのかもしれない。日本から逃げた自分が、生きることへの活力と本当の自由に出逢った……」

珠季は遠いところを見るような眼でそう言った。

塚本への警戒心は完全に消えて、いつしか誰も知らない自分の過去のことまで珠季は口にするようになっていた。そんなことは桂以来だ。

ただ塚本は同級生であり十代の頃の同じ空間と時間を共有している。それでそんな気持ちになるのだと珠季は思い直した。だが、そうするとヘイジを思い出す。何故だか今の珠季には桂よりもヘイジの方が心を占めている時間が長くなっていた。学生の頃のヘイジの顔が浮かんでくる。

どうということのない顔、どうということのない会話……だが、たまに見せる素敵な表情や惚けた優しさを持つ言葉に珠季は惹かれていた。

ヘイジは今も珠季に遠い眼をさせる。そんな珠季を塚本はじっと見詰めていた。

そして、思い出したように言った。

「青春って……ホンマにあるんやな。この歳になってそれが分かった気がする。十代の頃はおもろないことばっかりやったけどな」

そう言って下を向いた。

珠季はその塚本に敢えて訊ねた。

「ＴＥＦＧで大変なんじゃないの？」

塚本は暫く黙っていたが、表情を厳しくして言った。

「あの銀行を巡ってはなんやわからんが……おかしなことばっかり起こるわ。でも俺は死んではない。それにまだきっと何かが起こる。何かが出てきた時にもう一勝負や。それまでは辛抱やな。しんどいけどな……」

それが嘘の無い言葉であるのが珠季には分かった。

「塚本くん」

「ん？」

珠季は優しい眼を向けた。

「あんた正直な人やね」

「やっぱり湯川は関西弁の方がええな」

珠季の言葉も正直な気持ちからだった。

同じ頃、湾岸の会員制クラブに三人の人物が同じテーブルを囲んでいた。

東西帝都EFG銀行の頭取、西郷洋輔と副頭取の有村次郎、そしてオメガ・ファンドの佐川瑤子の三人だった。

有村が西郷に持って来た話は、オメガ・ファンドによるTEFGへの資金提供、新規株式の引き受けだった。金融庁による国有化という名の買収を阻止するホワイトナイトへの名乗りだ。

「我々は長期投資としてTEFGの株式を引き受けようと考えております。それだけの価値は御行にあると評価しての結論です」

佐川瑤子は落ち着いた調子でそう言った。

無駄な言葉は何一つ喋らない。

「大変ありがたいお話です。我々の実力を正当に評価して頂けることを何よりうれしく思います」

西郷は慇懃にそう言った。

「世界のオメガ・ファンドが我々を支援してくれるんですから、これで怖いものはない」

有村の口調も滑らかだ。

佐川瑤子はそんな二人を静かに見詰めてから言った。

「我々は日本円で一兆円を用意しています。まずはそれで宜しいですね？」

佐川の言葉に西郷が頷いてから言った。

「オメガ・ファンドから一兆円が入ってくれば、それでTEFGは息を吹き返します。そうなれば帝都グループ企業への第三者割当で、二兆円の増資も可能になります。オメガ・ファンドからは取締役を最低でもお一人受け入れる……それで宜しいですね？」

その西郷の言葉に佐川瑤子が薄い微笑を浮かべて頷いた。

「超長期国債、五兆円はどう処理をなされるのでしょうか？」

「入れて頂く一兆円を損金処理の原資として使用させて頂き、不祥事に関してはコンプライアンス体制強化で押し切りたいと考えております。行内のEFG関係者を一掃します。ただ、私は責任を取る形で頭取を退き有村君に後を引き継いで貰うことになります」

そこで有村が頭を下げた。

「今後、株価がどれほど上がるか、ですね？」

「それは任せて下さい。我々には帝都グループがついています。日本の産業の中心は帝都ですから……」

西郷がそう言って胸を張った。

「でも、新興企業、中小企業は旧ＥＦＧの融資先に多いですね。これからはそちらの方に期待が持てるのでは？」

佐川瑤子は冷静にそう言った。

「米国と違ってこの国は新興企業が育ちにくい。やはり日本の主要産業を支配している帝都がこの国をリードしていくのは火を見るよりも明らかです」

西郷の自信は揺るがない。

「分かりました。我々が資金を追加してＴＥＦＧの大株主となることを祈って下さい」

「勿論、そうして頂けるよう努力いたします」

こうしてＴＥＦＧとオメガ・ファンドの話し合いは終わった。

全て実務的な内容に終始した。

佐川瑤子の持つ厳しい雰囲気が、雑談を誘うものにさせなかったのだ。

西郷と有村は帰りのクルマの中で今後の進め方を話し合った。

「オメガ・ファンドがＴＥＦＧについてくれた。これで帝都グループが第三者割当に応じてくれれば……帝都銀行の復活ですね」

有村が明るい声で言った。

「やはりブランド、名前だよ」

西郷はそう言って微笑んだ。

「頭取、人事はどうされます？　会長職を設けてそこにお就きになられては？」

「いや、僕は完全に退くよ。帝都銀行が出来上がったら直ぐ君に頭取をやって貰う。それでスッキリする」

「そうですか……残念です。でもこれで名実共に『帝都の帝都による帝都の為の銀行』が出来ますね」

「あぁ、紆余曲折の後で元に戻ったということだ。ようやく念願が叶う」

西郷の目の前には、銀行経営の将来ビジョンなど無かった。

ただ、帝都という名前、歴史、ブランドが燦然と輝き、それを取り戻す名誉だけが西郷の求めるものだった。

◇

東西帝都EFG銀行は金融庁に対して再生プランを提出し、オメガ・ファンドによる新規株式の引き受け意向を報告した。

金融庁の対応は素早く、直ちに再生プランとして承認された。

米国のファンドによる支援を歓迎する旨のコメントが政府・民自党から出された。

金融庁は公的資金の投入を撤回、TEFGは国有化を免れた。

「出てきたのがオメガとは……五条は世界最大のヘッジ・ファンドと結びついていたということか……」

広尾のマンションで桂とヘイジの二人は作戦会議を開いていた。

ヘイジは心配そうな目で桂を見て言った。

「本店内はどこもお祭り騒ぎです。これで完全にEFGを排除できる。元の帝都に戻れると喜んでいます。本店の管理職の九割以上は帝都の出身者ですから……」

それを聞いて桂は真剣な表情になった。

「おそらくそうは問屋が卸さない。必ず裏がある」

ヘイジはごくりと唾を呑み込んだ。

「専務はどうされるのですか？」

「臨時役員会で旧EFGの問題処理の責任者に決まった。完全に外された。だが、このまま負け組にされるわけにはいかない。それにこの勝負まだどうなるか分からん」

ヘイジはそれを聞いて難しい顔になった。

「でも、一体これは……どことどこの、誰と誰の戦いなんでしょうか？」

桂は笑った。

「いい質問だな。一つだけ言えるのは、我々の敵は金融庁長官の五条健司だということだ」

ヘイジは頷いた。

「五条はＴＥＦＧという新しい獲物を作ろうとしている。これを美味しく料理してかぶりつく。おそらくＴＥＦＧへの払い込みが決定して、新株主構成が分かった時に奴の狙いが分かる」

ロイヤル・セブンシーズ・ホテルの中にあるフレンチレストランの個室に塚本卓也はいた。

塚本の目の前では氷のような雰囲気の女が前菜を食べている。小振りのナイフとフォークを品よく扱い、コトリとも音をさせず口に運ぶ女を見ながら、塚本はわざと乱暴な調子で食べていた。

塚本はイラつき動揺していた。

（何でや？　何でこの女は俺のことを知ってるんや？）

塚本はその日の朝、女からの突然の電話に驚いた。自分がエドウィン・タンであることを知っている人間はまずいない。電話の相手は塚本の正体だけでなく、塚本の保有するＴＥＦ

Ｇ株の株数まで正確に言い当てて面会を要求してきた。

「私たちと手を組まれるのが……最善の策だと思いますよ」

そう言ってから女はディナーの場所を指定してきたのだ。

塚本は行儀悪くテーブルに肘をつき、逆手に持ったナイフの先端で皿をつつきながら面白くなさそうに口を開いた。

「オメガとウルトラ・タイガーが組みゃあ、確かに怖いもんはないわなぁ。佐川さん」

佐川瑤子の口元に微かな笑みが浮かんだ。

「それに、どうもこっちのことは全てお見通しのようや。どんな手を使うたんか知らんけど……」

佐川瑤子はナプキンで軽く口を押えてから言った。

「お持ちのＴＥＦＧ株はかなり簿価が高くてらっしゃる。短期的な利益回収は難しい……そうじゃありません？」

塚本は佐川瑤子に皮肉な笑顔を向けて言った。

「単刀直入もここまでくると嫌味やな。俺の懐具合は完全に分かってるようやけど、何が狙いや？」

「ＴＥＦＧが欲しい。それだけです」

「それやったら俺はおもろない。後からやって来てええとこ取りする奴に、『はいどうぞ』と渡すのはしゃくにさわる。どんなええ条件出されても俺は株は渡さへんで」

「……本気ですか？」

「あぁ本気や。それにこの勝負には俺の男としての意地が懸ってる。男の生きざまを見せたい。それで死んでもかまへんと思てるんや」

佐川瑤子は熱くなって語る塚本をじっと見詰めた。その目はどこか塚本を慈しむようだ。

(似ている……)

佐川瑤子は塚本に嘗ての恋人、君嶋博史の姿を見た。そしてこれまでとは違う素の表情になって言った。

「私たちは何をしようとしているんでしょうね？」

その言葉に塚本はキョトンとなった。

「二人とも日本人……だけど、私はアメリカの、あなたは香港のヘッジ・ファンドの代表として日本を掻き回そうとしている。お金のためか、ゲームを楽しんでいるのか、仕事としての義務か。あなたは生きざまを見せる、意地を見せるという……」

佐川瑤子の表情が変わった。

「私は……分からなくなってしまった」

塚本は驚いた。世界最大のヘッジ・ファンドを動かす人間が弱々しい女になっている。

佐川瑤子はその時、君嶋博史の命日が近づいていることを思い出していた。

桂はその日の午後、銀行を早退した。

与えられた敗戦処理のような仕事を真剣にやろうとは思っていない。

(このディールはまだ勝負がついていない。ＴＥＦＧの大株主が誰になるか、そこからが勝負だ)

来るべき大勝負に気力を充実させようと努めていた。

銀行で昼食をとった後、久々に電車に乗って鎌倉を訪れた。

江ノ電の駅を降り、何度も通ったことのある坂道を上って行った。小高い山の中腹にあるその寺の山門をくぐると線香の匂いが立ち込めていた。君嶋博史の墓には家族が参った後の真新しい花が供えられていた。

桂は静かに手を合わせた。そしてポケットからスコッチウィスキーのミニボトルを取り出すと、開栓して墓の上から注ぎながら言った。

(君嶋……俺は銀行を守る。東西銀行はとうになくなったが、俺が魂を賭けられる銀行を守ろうと思う。どんな姿の銀行かは分からんが……その銀行を潰そうとする者からは守る。だ

から、俺に力をくれ）

桂の目頭は熱くなっていた。

ふと背後に人の気配を感じる。振り返ると清楚な女性が立っていた。

一瞬、外国人かと思った。しかし、その顔をよく見て桂は驚いた。

「……佐川君？　佐川君か！」

佐川瑤子は微笑んだ。

「桂さん。お久しぶりでございます」

「これまでどうしていたんだ？　大学で教鞭を執っていると聞いたが……」

桂と佐川瑤子は海辺のホテルのカフェに移動した。桂の知っている佐川瑤子の消息は君嶋の自殺の後に退職して東帝大学の研究室に戻ったところまでで、その後のことは知らない。

君嶋から佐川瑤子との不倫関係を聞いてから、桂は銀行内で佐川瑤子と距離を置いていた。君嶋の死の後、彼女を気の毒に思いながらも君嶋の妻子のことを考えてしまい、佐川瑤子を意識の外に置いていた。その佐川瑤子が今、目の前にいる。

「色々ありました……」

遠いところを見るように佐川瑤子は呟いた。

「今は？　大学にいるの？」

「いえ……アメリカの会社で働いております。ベースはニューヨークなんです」

ほうという表情をしてから桂は訊ねた。

「銀行？　それとも証券？　金融なんだろ？」

佐川瑤子は暫く下を向いて黙った。

そして顔を上げた時、桂はドキリとした。佐川瑤子の表情が一変し、突き刺さるような視線を桂に向けて来たからだ。

「オメガ・ファンドの日本担当をしております。御指導宜しくお願い致します。桂専務」

桂は瞠目し言葉を失った。

# 第九章　憐憫

「オメガ・ファンド……君が」

カフェの大きな窓の向こう……相模湾がゆっくりと夕日に染まっていく。

「はい。TEFGは私が担当しております」

桂にはその言葉が現実に感じられない。

暫く佐川瑤子の顔を見詰めた。

桂は呟くように話し始めた。

「時は流れる……ということだな。何もかもが変わっているのに、相場の世界で生きているといつも自分と相場の二人きりだ。他の世界の流れを全く知らないでいる。そして、過去だったものがこうして目の前に新たな姿で現れると……ただただ、戸惑う」

佐川瑤子は黙っていた。

「東西銀行時代、君嶋のことがあって僕には君は近づきづらい存在になっていた。君の優秀さは分かっていたし、新たなディーリングのあり方を切り開いていく人物であることも分かっていた。その君が今、我々を支配する立場になったということは驚きではあるが理解は出来る。それだけの力のある人だ」

「過去は過去、今は今かもしれませんが私にとって東西銀行での時間は特別なものでした。桂、君嶋という二人の伝説的ディーラーを擁したあの時代……東西銀行は輝いていた。でも……」

佐川瑤子は君嶋とのことを思い出し、下を向いて無言になった。

長い時間が経ったように思われた。

そして次に佐川瑤子が顔を上げた時、それまでとは打って変わった厳しい視線を桂に向けた。

「あの時、桂さんは我々のチームがどうにもならないところまで追い込まれているのを十分ご存じだった。それなのに何故、君嶋さんに無理をするなとおっしゃらなかったんですか？桂さんなら君嶋さんを止められた筈なのに、何故……!?」

思い切ってそう言った自分に桂が見せた表情に、佐川瑤子は驚いた。

それは能面のように冷え切ったものだったからだ。

桂は言い切った。

「相場を張っている者が別の相場を張る者に何か言うなどおこがましい。それは相手に対してそして相場に対して失礼なことだ。プロであれば当たり前の態度だ。それがたとえ親友であったとしても」

佐川瑤子はその言葉に息を呑み、相場の極北に生きる男の言葉に聞き入った。

「君嶋は君のプログラムを信じていた。いや、信じることで最後まで行く決心をした。今の君の言葉は相場師としての君嶋を貶めることになる。そして、君嶋の君への思いも……」

佐川瑤子はようやく口を開いた。

「私はプロではなかった。あの頃の私は……」

そう言って唇を嚙み締めた。

今も自分があの頃のままの気持ちで桂と対峙していることが恥ずかしくもあったが、どこか嬉しさもあった。若き日の自分の心を感じ、君嶋への熱い思いも感じることが出来たからだ。だが、今はもうあの時の自分ではない。それなのに、何故か心は乱れ続けている。

「佐川君。あれから時間が経った。お互いの立場も変わった。今の君は我々の運命を支配する存在だ。教えてくれ。君の、オメガ・ファンドの狙いは何だ？　ＴＥＦＧを助け、帝都銀行を蘇らせることが目的ではない筈だ。そうだろう？」

その桂の言葉で佐川瑤子は我に返った。

「それはお答え出来ません。桂さんがおっしゃったように我々の立場はもう違う。昔馴染み（むかしなじ）としてお話し出来ることではありません」

桂はそれを聞いてから少しの間黙った。そして、佐川瑤子の目を見据えながらぽつりと言った。

「五条と……金融庁の五条長官と握ったな？」

佐川瑤子は表情を変えず黙っていた。

「ＴＥＦＧへの払い込みが決定して新株主構成が分かった時……全てが分かるという仕組みなんだな？」

佐川瑤子は黙ったままだった。

「恐らく……オメガが想定を遥かに超える株数、最終的には過半数を握りＴＥＦＧを乗っ取る。そして、その後でアメリカの銀行に売却する。そうだな？」

佐川瑤子はずっと無表情だった。

「まぁいい。今、君が正直に喋ってくれる筈はないな。だが、僕が言ったことに間違いはなさそうだな……」

そう言って微笑んだ。

佐川瑤子は沈黙を貫いた。しかし、桂がポツリと独り言のように洩らした言葉に佐川瑤子の様子が変わった。

「五条は……また同じことをやるのか。長債銀の時と同じことを……」

「長債銀？　日本長期債券銀行と同じとは、どういう意味ですか？」

桂はそれまでと様子が変わった佐川瑤子に、怪訝な面持ちになった。

桂は慎重に佐川瑤子の表情を見ながら語っていった。

「日本長期債券銀行が破綻した当時、大蔵省に魔術師と呼ばれる正体不明の男がいると噂された。陰の策士として活躍し、長債銀の米国への売り飛ばしを立案した。その魔術師の策によって外務省が嵌められ、ある外務官僚が売国奴の汚名を着せられて自殺に追い込まれた……。僕が確かな筋から掴んだ情報によると、その魔術師とは今の金融庁の長官、五条健司だ」

それを聞いて佐川瑤子の顔は蒼白くなり、全身が小刻みに震え始めた。

尋常でない様子に桂も動揺した。

「一体どうした？　佐川君！」

「桂さん！　本当なんですか、その話は？」

桂は佐川瑤子が突然見せた憤怒（ふんぬ）の表情と迫力にたじろいだ。

「外務官僚を陥（おとしい）れたのは、五条長官に間違いないんですか？」

桂は小さく頷いた。

「確証はない。だが裏の情報に精通したベテラン記者の話だ。その記者とは長い付き合いだがこれまでガセを掴まされたことは一度もない」

桂はきっぱりとそう言った。

「桂さんがそうおっしゃるなら間違いはないでしょう。そうであれば……あの男が……」

佐川瑤子の言葉に桂が驚いた。

「どうした？　君は長債銀と何か関係があるのか？」

佐川瑤子は何も言わず、ただ厳しい視線を宙に向けていた。

桂はその時、自殺した外務官僚のことが頭に浮かんだ。

「あの官僚の名前は……？」

桂はスマートフォンを内ポケットから取り出し、日本長期債券銀行、外務官僚、自殺と入れて検索をした。その名前を確認し、まさかと驚きながら佐川瑤子に訊ねた。

「自殺した外務官僚、佐川洋次郎は……君のお父上なのか？」

佐川瑤子は黙っていた。

「そうか……そうなんだな」

桂は君嶋が死んだ後、銀行を去った佐川瑤子のことを努めて忘れようとした。

佐川瑤子の父親が外務官僚だということは君嶋から聞いて記憶に残っている。しかし、長債銀騒動の渦中の人物がそうだとは想像すらしなかった。

二人は黙った。

長い時間が過ぎていくように思われた。

窓の外は日がとっぷりと暮れ、相模湾の沖をいく貨物船の灯りだけが見える。

二人の前には冷たくなった珈琲がずっと置かれたままだった。

「あの男が……父を」

唇を震わせながら佐川瑤子は言葉にした。

桂はただ黙っていた。

佐川瑤子は混乱の極みにあった。父を殺した日本への復讐を、よりによって父を殺した張本人と組んで行おうとしていたとは……。

桂の目の前で厳しい表情を続ける佐川瑤子は五条の過去を何も知らないでいる。

「佐川君。五条は我々の想像を超えた人物の可能性がある。君がまだ五条と組むつもりなのかどうかは分からんが、僕はさらに五条を調べる。その結果は全て君に伝えよう」

佐川瑤子はその言葉に頷いてから桂が驚くような不敵な笑みを浮かべて言った。

「私も独自に調べます。結果が出るまで……ＴＥＦＧの件はサスペンド(保留)します」

桂はそれを聞いて笑顔になった。

翌日。

桂は夕刊ファイトの佐伯信二と会った。

「桂さんには感謝しますよ。五条の過去をさらに探るうちに、大変なものにぶち当たりました。これは大きな記事に出来ます」

佐伯は興奮を隠せない様子だった。

「一体何を見つけた」

佐伯はニヤリとした。

「五条は東帝大法学部に入学した当初は苗字が違ったとおっしゃいましたよね。それから調べていったんです。五条が大学に入った年は昭和五十三年の四月です。この年、一九七八年、大きな出来事があったのを覚えていませんか？」

桂は考えた。

「七八年……あっ！　マルキード事件！」

昭和の大宰相と呼ばれ、戦後最長期間総理大臣を務めた人物が逮捕された疑獄事件だ。米国の軍産複合体であるマルキードからの戦闘機購入を巡り政治的影響力を関係機関に行使し、マルキードに便宜を図って金を受け取ったとして、前総理大臣で民自党最大派閥のトップ、小堀栄一郎が逮捕されたものだった。複雑な贈収賄事件として小堀を筆頭に多くの関係者が逮捕された。しかし、小堀は起訴を免れていた。

「あの時……確か事実の鍵を握る小堀の秘書が自殺して証拠不十分で不起訴になった。世間は納得しなかったが結局、闇から闇に葬られた形になったんだったな」

「死んだ秘書の名前を覚えてますか？」

「いや。さすがに忘れてしまった」

「後藤順平です」

「後藤順平……そうだったような気もするな。その後藤と五条が何か関係があるのかい？」

「五条健司が東帝大に入学した時の名は後藤健司……後藤順平の一人息子です」

◇

昭和五十三（一九七八）年、夏。

永田町のリットン・ホテルにある小堀栄一郎の事務所は異様な雰囲気に包まれていた。

そこにいるのは前総理大臣の小堀栄一郎とその懐刀で民自党幹事長の榊原佑蔵、小堀の第一秘書の柿沼真治、そして何故か場違いな雰囲気の若い男の四人だった。

四人は応接間のテーブルを前に押し黙って座っていた。

テーブルの上には電話が置かれている。

重苦しい沈黙が電話の呼出音で破られた。

秘書の柿沼が受話器を取った。

「はい……そうだ。明日だそうだ……うん、分かった。オヤジさんに替わる」

柿沼は受話器を小堀に差し出した。

「後藤からです」

小堀は小さく頷き受話器を受け取った。

ゆっくりと息を吸い込んでから力強く言った。

「行くか？」

「はい。関係書類は全て処分しました。残す日誌も絶対に改竄が分からないようにしておきました。御心配ありません。オヤジさんの逮捕が明日ということであれば……私は明後日に参ります」

「分かった。後のことは全て任せろ。ここに健司君がいる。話すか？」

「いえ。息子の声を聞いて気持ちが揺らいでは元も子もありませんから……」

「そうか。何か俺に言っておくことはあるか？」

「いえ、健司を今そちらに呼んで頂いているということで、オヤジさんが私に何も心配しないでよいと一番確かな形でお示し頂いていると理解しております。何も思い残すことはございません。これまでお仕え出来て本当に幸せでございました。お世話になりました」

毅然とした声だった。

「ありがとう。お前のことは忘れん」

そう言って小堀は受話器を置いた。そしてそのまま、暫く天井を見詰めた。

小堀は天井を見詰めながら言った。

「健司君。君のお父さんは本当に立派だ。男手ひとつで君を育て上げ、最高学府に君を入れ、そして……淡々と仕事を仕上げて逝こうとしている。この小堀栄一郎、男として、人間として、後藤順平に感服した」

そして大粒の涙を頰から顎にかけて幾つも滴らせた。

幹事長の榊原も第一秘書の柿沼も声を殺して泣いていた。

そうして部屋の中は男たちの嗚咽で満たされていった。

暫く経って小堀栄一郎が正面に向き直って後藤健司を見た時、驚いた。

健司は泣きもせず、じっと小堀を見据えていたのだ。そして、小堀に対して落ち着いた口調で言った。

「父は大きな仕事の歯車に徹して幸せであったと思います。小堀栄一郎という大宰相を、そして日本の政治を支えることが出来たのですから……。父になりかわりお礼を言わせて頂きます。ありがとうございました」

そう言って深々と頭を下げる健司の姿に小堀以下三人は息を呑み涙も止まってしまった。

「ただ、私は父とは違う道を歩もうと思います。今日ここでこうして政治を支えるものの本当の姿、裏の世界を知ることが出来ました。そのうえで日本という国を真に動かす人間になりたい。そう思いました」

小堀はそう冷静に言う健司を見て思った。

(遂に……俺の前に現れた。こんな男を待っていた。日本という国を動かす特別な力を持った存在……それを受け継ぐ者を)

翌朝、小堀栄一郎は東京地検特捜部に逮捕され、東京拘置所に収監された。

翌日から本格的な取り調べが始まった。

取り調べ開始から数時間後、主任検察官が苦りきった表情で小堀の前に現れた。

「お見事ですな。全てを胸に納めてあなたのために死んでいく人間を……ちゃんとお持ちだ」

小堀は何も言わず主任検察官の目を静かに見詰めた。

「後藤順平が新宿の高層ホテルから飛び降りました。遺書には全て自分が単独でカネの仕切りを行ったと書いています。これで……前総理大臣の犯罪を立件することは難しくなりました。もう一度言わせて頂きます。お見事です。小堀総理」

小堀栄一郎は目を閉じた。

瞼に浮かぶのは後藤順平の姿ではなく息子、健司の顔だった。

「後藤は死んで大変なものを残してくれた。俺がいなくなった後でも日本を裏から動かせる力を持つ男を……」

その後、小堀栄一郎は後藤健司を自身の選挙区である地元富山の名家、五条家の養子にした。

五条家の当代には子供がおらず、後継ぎの養子の世話を小堀は頼まれていた。

こうして小堀は、健司をそれまでと別の人間として育て上げていく。

優秀な健司は国家公務員上級職試験にトップの成績で合格し大蔵省に入った。

◇

桂は五条の出自についての佐伯の話を聞きながら、東帝大で五条を指導した父親の言葉を思い出していた。

「私の教え子に五条という特別優秀な男がいる。この国を動かす存在になるだろう……ある意味、恐ろしい男だ」

桂は佐伯に訊ねた。

「そうして小堀栄一郎の庇護(ひご)の下、大蔵省内で出世をしていくわけだな。魔術師として時の政権とも深く繋がりながら」

佐伯は頷いてから言った。

「確かにそうです。が……ここからは都市伝説のような話になってしまうんですが、五条の力の源にはある秘密組織が関係しているようなんです」

桂は怪訝な顔つきになった。

「どういうことだ？　何だ？　秘密組織って？」

佐伯は声のトーンを落とした。

「それは明治時代、近代官僚組織が作られた頃に遡ります。井上馨はご存じですよね？」

「当然知っている。長州閥の元老だな。金に汚いので有名な……」

「その井上が官僚組織の中に裏金作りの秘密組織を作ったというんです。当時の日本には色んな形で金が必要だった。正規の予算だけではなく裏の金も」

「それが現在まで続いているというのか？」

「ええ。敗戦後に消滅したとされていますが、ＧＨＱの支配下でも巧妙に生き残ったらしいんです。例のＭ資金というのは形を変えた組織の金だと……」

桂はさすがに笑った。

「まさに都市伝説だな。俄かには信じられないよ。それで、五条がその組織の人間だと言うんだろ？」

佐伯も苦笑いをしながら頷いた。

「日本の歴史には色んな謎がある。特に明治維新には、教科書の記述だけでは腑に落ちないことが多い。だからそんな話が出てくるんだと思うが、現代官僚組織の中にそんな非合法のものが存在できるとは思えないよ」

桂の言葉に佐伯は真剣な顔つきになった。

「でも、そのまさに現代、米国の国家安全保障局・ＮＳＡがやっていた諜報活動もある意味、信じられないでしょう？」

国家を挙げて世界各国の政府要人や行政機関、主要企業のメールや電話のやり取りを調べ上げているということが、たった一人の下っ端の告発者によって明らかにされたことだ。

「言われてみるとそうだが……」

「思い出してみて下さい。小堀栄一郎の金脈問題があったでしょう？　小堀がどうやってあれほど長く政界で力を行使できたのか？　何故あれほど莫大な資金力を維持できたのか？　それは小堀が組織と結びついていたからだと推察することは出来ませんか？」

桂は暫く考えてから口を開いた。

「誰か……実際に組織と接触した人間を知っているのか？」

佐伯は黙ったが知っているという顔つきだった。

「誰だ？　君にとっての大事な情報源は明らかに出来ないか？」

桂は言葉を強めて押し込んだ。

佐伯は逡巡(しゅんじゅん)するような表情を暫く見せたが意を決したように言った。

「桂さんもお会いになった方が良いかもしれませんね。今のＴＥＦＧを巡ってはその方も随分心配されている。私がセットします。お会いになりますか？」

桂はニヤリとした。

「その口振りからすると相当上の人物らしいな。夕刊ファイトもかなりのところまで食い込んでいるんだな」

「桂専務のお褒めに与り光栄です」

「で？　誰だ？」

佐伯は声を潜めて名前を告げた。

桂は自分の耳を疑った。

ＪＲ神田駅を少し離れた問屋街の一角に、その店は取り残されたようにあった。さびれた街の中華料理屋で客はいない。日曜日の午後七時、桂はラフな恰好でその店を訪れた。

「店の入口の横に急な階段があります。それを上がって下さい。二階が個室になっています。出口は別になっていて決して誰とも顔を合わせることがないように出来ています」

佐伯の言葉通り密会には最適だなと桂は思った。

二階に上がると廊下になっていた。ギシギシと音を立てて奥に進むと部屋の扉があった。扉の先はまた扉になっていて二つ目の扉を開けると、二人の男がテーブルについていた。夕刊ファイトの記者の佐伯信二、そして、桂が佐伯からその名前を聞かされて驚いた人物、財務省事務次官の水野正吾だった。

「どうも。水野次官」

「先日は……」

超長期国債を巡る丁々発止(ちょうちょうはっし)のやり取りを財務省の事務次官室でやって以来だ。

しかし、今度は全く違う形での水野との対峙となった。

「佐伯さんから話は伺いました。当行の御心配を頂いているとのこと、恐縮です」

水野は桂の言葉に頷いて言った。

「今日は本当に重要な話になりそうだ。ある意味、お互い裸になって話さなくてはならない。日本という国をおかしくさせないために……」

「それは五条長官のことですか？」

水野は頷いた。

水野がまず語ったのは五条という男の得体のしれなさだった。

水野の二年後に大蔵省に入省して以来、五条は特別な存在感を見せていたという。

「その優秀さは切れ者揃いの大蔵省でも際立(きわだ)っていた。だがそれだけではない。何かがいつも五条を守っている……そんな風に感じさせられた」

「それは小堀栄一郎の存在ですか？」

「いや、私も佐伯君に教えられるまで彼の出自については全く知らなかった。それに五条と政治家との特別な関わりを匂わせるものは大蔵省時代にはなかった。しかし、確かに五条が守られているのを感じた」

「何に、ですか？」

「大蔵省の闇のようなものに……としか言いようがない」

「秘密組織が実在するんですね？」

　水野は黙って頷いた。

　そこから水野は組織について知る限りのことを話した。

　だがそれもあくまで推測や状況証拠的なものであることを断わったうえで、だった。

「確証は摑めない。というか恐ろしくて踏み込めなかった、というのが本音だ」

　水野は正直だった。

　水野は入省して数年後、その存在を感じたと言う。

「当時の上司だ。深夜二人だけで残業していると時折、彼に内線電話が掛って来る。そしてどこかに消えて暫く戻って来ない。彼より上の人間が残っている筈の無い時間帯だ。誰に呼び出されているのか見当もつかない。ある夜、その電話の後で上司が席を外した時、彼の机の上を見た。すると見覚えの無い帳簿が置かれていた。私は中を見た。そこには決して大蔵省で使われることのない符丁の書き込みが数字と共にびっしりとされていた。私が見入っていると、いつの間にか後ろに上司が立っていた。驚いた私に上司はぞっとするような微笑を浮かべてこう言った。『君は表で偉くなる人間だ。だから……この帳簿を見るのはこれが最初で最後になる。忘れてくれ。だが君が本当に偉くなった時、我々の存在を知ることになる。この国を真に動かす存在を……』そう言って帳簿を私の手から取り上げた。そして、その後は一切それについて話すことはなかった。私も決して触れなかった」

水野は小さく頭を振りながら言葉を加えた。

「あれは夢だと思うようにした。しかし、紛れもない事実だ」

桂は笑って言った。

「まさに都市伝説ですね。闇の組織は戦後も存在を続けているというわけですね？」

「あの時の上司の恐ろしい微笑は忘れない。それが存在を続けているとしか思えない雰囲気が財務省の中にはある。気のせいのようにも思えるが、それを考え出すと疑心暗鬼に陥ってまともに仕事にならなくなる。だから考えないようにした」

「その上司はどうなったのですか？」

佐伯が訊ねた。

水野は一瞬顔を曇らせたが思い切ったように言った。

「例の帳簿の夜から半月も経たないうちに失踪し、数週間後に青木ヶ原の樹海で縊死した姿で発見された。その事実は完全に隠蔽され病死と発表された」

「それでは本当に恐ろしくなりますね」

佐伯の言葉に水野は頷いた。

「だから……踏み込めず、小声であくまで噂としてそっと語るだけになる」

水野は暫く黙ってから口を開いた。

「TEFGの件で五条と議論をした。その時に自分の本性を知れば恐ろしくなると冗談めかして言ったが……あれは間違いなく宣言だった」

水野は少し間を置いてから続けて言った。

「すると合点がいった。五条の得体の知れなさや魔術師と呼ばれた影の策士の存在、影が遂に表に出て来たという恐ろしさを感じざるを得なかった」

深刻な表情になった水野に桂が言った。

「今回、佐伯さんのお蔭で五条の出自が明らかになり小堀栄一郎との繋がりが分かりました。そこから察するに民自党幹事長の小堀栄治と深く結びついていると考えられますね」

水野は頷いた。

「ＴＥＦＧの超長期国債の件で五条が小堀栄治を連れ出して来たのもある意味、宣言の一環だったんだろう。そうやって自分の本当の力を誇示した」

ここで桂はオメガ・ファンドと五条が結びついていること、そして佐川瑤子とその父である佐川洋次郎について語った。

水野は驚いた。

「あの時、売国奴に仕立てられた外務官僚の娘が、オメガ・ファンドの人間とは皮肉なものだな。しかし、あの男、米国の新たな力とも結びついているということか。長債銀よりも遥かに大きな獲物を渡して一体何を米国から得るつもりだ？」

「とにかくＴＥＦＧをオメガ・ファンドに持って行かれることは阻止しなくてはなりません。そこは認識を共有して頂いて御協力頂けますか？　水野次官」

「あぁ、今度こそ本物の売国奴は葬らなくてはならない。私は日本国の官僚だ」

桂はそれを聞いて笑顔になった。

そして佐伯が満面の笑みで言った。

「いやぁ、今日ほど記者冥利に尽きる日はありませんね。超大物同士のこんな凄い話を目の前で聞けたんですから……」

「君にはタイミングを見計らって派手に書いて貰うからな」

桂はそう言ってから腹に力を入れた。

人生最大のディールが始まるのを強く感じていた。

「TEFG証券に出向? 私が、ですか?」

役員室に呼ばれたヘイジは桂から突然そう告げられて驚いた。

ヘイジの当惑した顔に桂は優しい笑みを浮かべて言った。

「何も心配することはない。大事な仕事が終わったら、直ぐに戻って貰う」

「どんなことでしょうか?」

桂はそこで作戦を披露した。

ヘイジは大事な使命を二つ告げられた。

その一つは塚本卓也をTEFG側に繋ぎとめておくことだった。

「オメガ・ファンドは、塚本の、エドウィン・タンが持つ株を手に入れようとしている筈だ。

絶対多数を握る為に」

「絶対多数って……オメガはTEFG株を既にかなり手に入れているということですか?」

桂は頷いた。

「あぁ、間違いない。新株の払い込みが終わってから本性を現す筈だ。確実に今の時点で三割以上は持っていると考えた方が良い」

ヘイジは驚いた。

「狙いは絶対過半数ですか？」

「そうだ。そして、長債銀の時のようにアメリカに売り払うつもりだ」

「塚本は既にオメガに株を譲渡した可能性はないでしょうか？」

ヘイジは暫く考えてから言った。

「恐らく、ない。あの男は真剣にテレサを……失礼、湯川珠季を手に入れようとしている。それとＴＥＦＧ株は切っても切れない関係になっている筈だ、あの男の心の中で」

桂がそう冷静に話すのにヘイジは違和感を覚え、正直な気持ちで訊ねた。

「もう一度お訊ねしますが……専務は珠季をどうお考えなんですか？　まるで珠季を勝負の駒（こま）のように考えてらっしゃるようで……嫌な感じを正直受けるんですが？」

少し怒ったヘイジに桂は弱ったなという表情になった。

「まぁ、男と女は色々だ。俺は珠季が好きだ。だが君の考えるような恋愛感情に縛られているわけではない。大人の男女の関係という独立したものを求めているだけだ。お互いの都合がつけば会うし、そうでなければ無理強いはしない。でも……無理をしない恋愛などない。そうだろう？」

ヘイジは桂の言葉に納得は出来ないが反論も出来なかった。

「塚本が現れて、ある意味俺も珠季のことを考えさせられた。でも、珠季は珠季だ。俺たちが勝手に彼女を勝負の駒にすることなど何とも思っていないだろう。珠季はどこまでも自由だ。他人がどう思おうと……そう考えるんじゃないかな」

「いや、それは間違っています。私には分かります。珠季は専務に惚れていますよ。専務がおっしゃるような割り切りなど彼女にはないと思います」

桂は優しい目をしてヘイジを見詰めた。

「どうだい。珠季に会ってみたら？　君の知る湯川珠季が……長い年月と様々な体験を重ねてどうなったか。会って確かめてみたら？」

ヘイジは考えた。ここからは人生の大きな勝負になる。

自分の心の最大の傷となっている若き日の湯川珠季への裏切り。その珠季と向き合うことは自分の弱さと向き合うことだ。妻の舞衣子を病気にさせたのもその自分の心の弱さだと思っている。

「珠季と会うことで全てが変わるかもしれない。いや、変わらないと自分も家族も将来はない。そして、この勝負にも勝てない……」

ヘイジは決心した。

「分かりました。珠季に会います」

桂は笑顔で頷いた。

ヘイジはそこで大事なことを思い出した。

「それで専務。私はＴＥＦＧ証券で何をすればいいんですか？」

桂もうっかりしていたと照れ笑いをした。

「最終局面への布石を今から打っておく。それを君に頼みたいんだ」

「はい」

「かなりしんどい仕事だが……君にしか出来ない」

「どういう仕事でしょうか？　私にしか出来ないって……」

桂は何ともいえない笑顔をヘイジに見せながら言った。

「モテ男で誠実な君にしか出来ない仕事だ。恐らくそれが勝負を決める」

「はぁ？」

ヘイジには訳が分からない。だがそこには桂の相場師としての勘と冷徹な計算がある。

桂の自信に満ちた表情にヘイジは頷き、詳しく内容を聞いてから言った。

「それは……確かに厳しい仕事ですね」

ヘイジはそう呟きながらも納得した。

「でも、やれるだけのことはやります」

そのヘイジを桂は熱く見詰めて言った。

「頼む。最後の最後は君に懸っていると思って頑張ってくれ」

ヘイジは頷いた。

桂はその後、矢継ぎ早に動き、第一次産業中央銀行専務理事の高柳正行を訪ねた。

「まさに二転三転、日本最大のメガバンクが激流に落ちた一枚の木の葉のように翻弄されている。日本の金融業界でこれほど凄まじい動きが見られるとは……今更ながら驚いています」

高柳の言葉に桂が不敵な笑みを見せた。

「高柳専務。最大のドラマはこれからです。如何です？　それを面白くしませんか？」

その言葉に高柳が身を乗り出した。

「桂さん。何を始めるんですか？　我々もそれに加われということですか？」

桂は頷いた。

「御行は主役のひとりです。TEFGの株はまだ処分出来てらっしゃらないでしょう?」

「その通りですが……既に役員会で速やかな売却の方針を決定しました。オメガ・ファンドのお蔭で、何とか大きな損は出さずに処分できると胸を撫で下ろしていたところです」

「オメガはTEFGを乗っ取るつもりです」

「エッ!」

「日本長期債券銀行の時と同じです。過半数の株を握って乗っ取った後、アメリカのどこかの銀行に売却するつもりなんです」

「そんなこと……金融庁が認めないでしょう?」

その高柳の言葉に桂が何ともいえない笑みを作った。

「その絵を描いたのが金融庁です。いや、金融庁と金融行政を支配している五条長官です。彼は民自党と握り、TPPの裏取引の一環としてTEFGをアメリカに差し出すつもりです」

高柳は目を剝(む)いた。

「民自党はTPP交渉の過程で、我々の土台である第一次産業をアメリカが求める通り完全な国際競争に晒すだけでなく……日本の金融までアメリカに差し出そうというんですか。政治家は一体この国をどうするつもりなんだ」

桂は真剣な表情になった。

「国際情勢の悪化に乗じて、国債を暴落させて日本の地政学上のリスクを金融面で炙り出す。そうして浮かび上がらせた美味しいところに食らいつく。この国がまだアメリカの占領国であることを事あるごとに思い出させる。それが民自党の真の役割のように思えます」

高柳は暫く考えてから言った。

「我々も一旦はＴＥＦＧを手に入れようとした存在です。五千億の金をＴＥＦＧに投じたまま金融庁に弄ばれたも同然でしたが……そんな裏の意図があるなら、株をハイそうですかと渡したくはありません。我々にも意地がある」

桂はその言葉を聞いて微笑んだ。

「我々と共に闘って頂けますか？」

「勝算はありますか？」

「オメガは本性を現すと恐らく臨時株主総会を開催してＴＥＦＧ株と新銀行、つまり帝都銀行株との株式交換と経営陣の交代を主導する筈です。それに反対動議を出します。そうなるとプロキシーファイト（委任状争奪戦）で決着をつけることになります」

「パワーゲーム、ですね？」

「勝算は……五分五分と踏んでいます」

高柳は桂の言葉に頷いた。

「で、桂さん。我々が勝ってその後、どうなります？」

「分かりません」

「はっ？」

あまりにあっけない桂の言葉に高柳は啞然とした。

「私には正直分からないんです。勝負には勝ちたい。でも、勝ったとして……そのまま銀行が残って同じように存在するだけでしょう。私自身がその時に銀行をどうしたいかは分からない。ただまたあの同じ毎日の繰り返しがやって来る。そんな銀行のままであって欲しい。そんな日本のままであって欲しい。そう願う……それだけなんです」

その言葉を聞いて高柳は暫く沈黙した後、破顔一笑した。

「ハハハッ！　桂さんは典型的な日本人なんですね。伝説のディーラーとして毎日途轍もない緊張の中で相場を張って来た人が心から日本人だなんて、これは笑うしかない。でも……」

「でも？」

「分かるんですよ。私にも。昨日のような今日、今日のような明日、そんな単調な毎日が周りにあるから幸せだということが……」

桂は高柳の言葉に苦笑しながら言った。

「私は恵まれすぎているのかもしれない。自分の周りを変えたくないと思うのは……きっとそうなんでしょうね」

そして、ふとヘイジのことが頭に浮かんだ。

ヘイジから高柳との縁を聞いた時のことだ。

「TEFG投資顧問に出向していた時、当時第一中銀投資顧問の社長をされていた高柳専務と業界団体の会合でご一緒させて頂いたんです。私が会合で何を発言したかもう忘れたんですが、『君は面白いことを言うなぁ……』と私のことを気に入って頂いたようだったんです」

桂はその話をヘイジらしいと思った。

「高柳専務は君に世話になったと言っていたが、何かあったのかい？」

「はい。実は当時、第一中銀投資顧問が金融庁の検査で徹底的に苛められていたんです。社長の高柳さんが何度、業務改善案を持って行っても突き返されて……」

「ほぅ、そんなことがあったのか」

「ええ。ただ、私にはその理由が分かっていたんです。それは業務とは別の所にあることを」

「何だったんだい？」

「実は高柳さんの前の社長の時に第一中銀投資顧問が役員で置いていた大蔵省ＯＢを帰しちやったことがあったんです」

「あぁ、色々と天下り問題が取り沙汰された頃だったな」

「私はそれを知った時にこれはまずいぞと思ったんです」

「と言うと？」

「役人は絶対に仕返しに来ると思いました」

「そんなものなのか？」

「はい。私の高校の同級生で東帝大の法学部から大蔵省に入った男が言ってましたが、役人にとっての勲章はＯＢの就職先を見つけることらしいんです」

「なるほど、するとその逆は当然？」

「そうです。大変な失点になります。役人は怒り心頭に発するわけです」

「それで君はそのことを高柳さんに教えたのかい？」

「はい。それで早速、高柳さんは次の業務改善案を報告に行った時に最後にこう言われたんです。『今後このような問題を起こさないためにも、どなたか優秀な方を当社の顧問としてお迎えしてご指導を頂戴したいのですが、御紹介頂けないでしょうか？』……と」

「すると？」

ヘイジは笑った。

「それまでニコリともしなかった検査官が、満面の笑みだったそうです。そして業務改善案もすんなりと受け入れられた。役人の世界とはそういうものなのですね」

桂はヘイジの話を聞きヘイジの気配りのあり方に感心しながら、役人の臆面もない凄まじさを知るのだった。

(そんな役人たちの中でも……五条は化け物だ。あいつとの勝負が最後はどんな決着になるのか……)

桂は武者震いがした。

◇

「ママぁ、お電話。二瓶さんておっしゃってるわ」

開店の十五分前、チーママの由美の言葉に珠季はドキリとした。由美の持つ電話までの距離が凄く遠くに思える。

ヘイジが自分から去ってからの長い時間が巻き戻され、十八歳の自分がそこにいるようだった。

珠季は静かに深呼吸をしてから電話を受け取った。

「はい。珠季でございます」

「あっ……二瓶です。二瓶正平……です」

「まぁ、お久しぶり。お元気？」

珠季は心とは真逆の営業の声を出した。

「えぇ……まぁ。あの……湯川珠季さん、ですよね？」

ヘイジの声は本当に珠季なのかと疑っているものだった。

「えぇ。確かに湯川珠季でございます。あなたに棄てられた女に間違いございませんわ」

鋭く冷たいその言葉に店の者全員がびくりとして顔を上げ一斉に珠季を見た。

だが珠季の真剣な顔つきに気圧され、皆すぐに視線を外した。

「……すいません……本当にすいません」

そう言うヘイジに珠季は涙が出そうになるのを堪えた。

「…………」

二人とも黙って巻き戻った時間を早送りで見ているようになっていた。

「……一度会って貰えませんか？」

ヘイジが重い口を開いた。

「会ってどうするの？　今みたいに謝るの？」

珠季は高校生の時と同じ言葉遣いになり感情を露わにした。

不思議なことにそれで二人の緊張が少し和らぎヘイジは落ち着けた。

「とにかく、会って欲しいんだ。今会わないと駄目なんだ」

「何よ？　何が駄目なのよ？」

「何がどうとかいうんじゃなくて、とにかく駄目なんだ。駄目なものはダメだ。会わないとダメなんだよ。どうしても」

禅問答のようなヘイジの言葉に珠季は吹き出した。

「妙な押しの強さは相変わらずね。分かったわ。明日の土曜日は？」

「大丈夫。どこで会える？」

「ウチのお店で三時に待ってる。場所は桂さんから聞いてるんでしょう？」

「分かった。じゃあ、明日」

電話を切ってから、珠季は店の全員の視線が自分に集中していることに気がついた。

ホステスも黒服も何とも不思議な光景を見るような目になっている。

珠季は皆の顔を見回して笑った。

「青春よ、青春。みんなにもあったでしょう？　さぁ仕事、仕事。青春は過去のこと。今を生きるための仕事に掛りましょう」

そう言って両の手をパンパンと叩いた。

銀座の夜にこうやって灯が点る。


翌日、ヘイジは地下鉄を乗り継いで銀座で降りて、並木通りに出た。

そこはヘイジが滅多に歩くことのない瀟洒な並木道だった。明るい日の光の下、欧州ブランドのブティックや靴、高級時計の直営店が立ち並んでいる。買い物袋を下げる者たちから聞こえてくるのが中国語ばかりなのに苦笑しながら、ヘイジはクラブ『環』の入っているビルに向かった。

ケーキ屋の前で甘い洋酒の香りを感じた時、そのビルを見つけた。一階の表示で店の階を確かめてヘイジはエレベーターに乗った。

何をどう言えばいいかなど考えていない。ただ今の素直な気持ちを伝えたいと思っていた。

クラブが入ったビルは昼間は死んでいるようだ。少し気味の悪さを感じながら、ヘイジはエレベーターを降りて絨毯（じゅうたん）の敷かれた廊下を奥に進んでいった。

『環』の看板には灯が入っていた。

「失礼します」

オーク材で出来た扉を開けてヘイジは店に入った。

銀座のクラブなど入ったことのないヘイジにとって、そこが他と比べてどうなのかは分からない。

天井から下がるシャンデリアや豪華なソファなどが目に飛び込んで来たが、どこか落ち着きと品の良さを感じるのは珠季の趣味の良さなのだろうなと思った。

奥から珠季が出て来た。

「いらっしゃい。お久しぶり」

それはまるで幻のようだった。

ヘイジの前にいるのは記憶の中の湯川珠季そのままだったからだ。

珠季は殆ど素顔に近い薄化粧で地味なワンピース姿、ヘアスタイルも十代の頃と同じショートカットで媚（こ）びたところのない爽やかな笑顔は高校生の頃と寸分違（たが）わなかった。

「珠季……」

ヘイジは思わずその名を口にしていた。

「おばあちゃんになってて驚いた？」

「逆だよ。あの頃のままだから驚いたんだ」

ヘイジは素直にそう言った。

「座って。何か飲む？」

「じゃあ、ペリエを」

「アルコールは？」

「いやいい。話をするために来たから」

珠季はヘイジらしいと思った。

ロンググラスにクラッシュアイスとミントの葉が入れられペリエが注がれた。

「乾杯しましょう。再会に」

二人は何も言わずグラスを合わせた。

珠季はずっと微笑みを浮かべていた。

取り戻せる筈のない時間を手に入れたように思えたからだ。ただ懐かしい。

ヘイジも同じ時間の中にいた。

二人は何も言わず十代の頃の小さな宝石のような時間を思い出していた。

そうして暫く時間が経った。

「あの時……」

ヘイジが口を開いた。

「僕は君から逃げた。それは言い訳が出来ない。君が大事なお父さんを亡くし、たった一人の身内のお祖父さんも亡くして……天涯孤独になったと聞かされた時、僕の頭の中は真っ白になった。何をどうしてあげればいいのか？　どう言ってあげればいいのか？　何も分からなくなった。君のことが好きだという気持ちは変わらなかった。でも……君が抱えた孤独の重みが僕には耐えられなかった。怖かったんだ。見えない大きなものが覆いかぶさって来たように思えて……凄く怖かった」

その言葉を聞いて珠季は微笑みながら頷いていた。

「しょうがないわよ。まだ十代の高校生だったんだから……」

「でも君を傷つけた。深く傷つけた。僕は本当に駄目な弱い奴だ。そして……今も弱いままだ。今日ここに来たのも、それを伝えるためだ」

「立派にやってるじゃないの。桂さんは褒めてたわ、あなたのこと」

「駄目なんだ。その僕の弱さが大事な人を傷つけてしまう」

「奥さまとは？　幸せなんでしょう？」

「家内は……病気なんだ。精神を病んでる。パニック障害と呼ばれるものだ」

珠季は驚いた。

「僕が弱いから……そうなった。君から逃げた男は本当に弱い奴だ。だから大事な人を不幸にしてしまう」

ヘイジはそう言って唇を嚙んだ。

「あなた……優しいのよ」

そう言った珠季をヘイジは見た。

ヘイジはそれを聞いて不思議な気持ちになった。

「あなたは私と別れてから、ずっと無理をしてきたんだと思うわ。自分では気がついてないでしょうけど……でも身近な女はそれを感じてしまう」

「僕の優しさが偽物だということか？」

珠季は首を振った。

「そうじゃない。無理をするから優しくなりすぎてしまうのよ。それが良くない結果を生んでしまう」

それを聞いてヘイジは暫く考え込んでしまった。

「珠季は……相変わらず頭が良くて強いな。やっぱり、僕は敵わない」

「でも私が弱さを見せた時、あなたは逃げたんでしょう？」

ヘイジは首を振った。

「あれは弱さじゃなかったんだよ。きっと君はあの時、究極の孤独を生きるという……途轍もない強さを僕に感じさせたんだと思う。それに僕がたじろいで逃げてしまったんだろう」

「上手く言うわね」

珠季が笑った。

「そうじゃない。今ようやくそれが分かった。女の強さと男の弱さの意味が……」

「この世には強い男も弱い女もいないわよ。どんな男もひ弱だし女はみんなしたたかで強いわ。本当よ」

ヘイジは頷きながら言った。

「桂さんが言う通りだった。君は心の自由という本当の強さを持っている」

「でもね……青春の記憶は違うのよ。そこで起こったことは特別。自分の心の自由もそこには留まってしまう。そう、心が留まる場所ってあるのよ。それがヘイジ、あなたなの」

そう言って真剣な表情になった。

暫く二人は見詰め合った。

「桂さんはあなたを頼りにしてるわ」

そう言う珠季にヘイジが訊ねた。

「塚本のこと……どう思っている？」

「好い人よ。高校の頃は全然分からなかったけど、心の綺麗な人」

「塚本が君のことを思っているのは知ってるのか？」

「分かるわ、そりゃあ。口に出さなくても塚本君の強い気持ちは……」

「そうか」

ヘイジはそれ以上何も訊かなかった。

「ヘイジ」

「ん？」

「奥さまは必ず良くなる。そして、誰より幸せな女性になる。私が保証する」

ヘイジは何ともいえない表情になりながら珠季に礼を言って頭を下げた。

珠季は右手を差し出し、二人は握手を交わした。

「ヘイジ。頑張りや！」

「あっ、珠季が関西弁使った。懐かしいね」

二人は笑った。

そこには紛れもない高校生カップルの姿があった。

◇

真夜中、ＰＣの灯りだけが点っている。

スイートルームの執務室を蒼白く浮かび上がらせていた。

佐川瑤子が画面に見入っている。それは『蝙蝠』から送られて来たファイルだった。

「ヨーコ。オメガ・ファンドはこれから無敵になるわよ」

ヘレン・シュナイダーが興奮気味に佐川瑤子にそう語ったのは四年前のことだった。

「極秘だけど……今度NSA内で画期的なシステムがパパの主導で稼働し始めるの。何をすると思う？　全世界のあらゆるメール、携帯電話の会話を傍受するのよ。テロ対策という大義名分でね」

佐川瑤子にはとても信じられない。

「そして極めて限られた人間がプライベートにその情報にアクセス出来るようにされる。超VIPだけに与えられる特権として……」

「主導者であるあなたのパパは当然、その権利を持つということね？」

そう訊ねる佐川瑤子にヘレンはウインクした。それが『蝙蝠』だったのだ。

その後『蝙蝠』が稼働を始めヘレン・シュナイダーは究極のインサイダー情報をいとも簡単に手に入れることが可能になった。オメガ・ファンドがある時から途轍もないパフォーマンスを続けているのにはからくりがあったのだ。しかし、金融当局に知られれば重罪として検挙されるものだ。

佐川瑤子はヘレンから『蝙蝠』へのアクセスコードとパスワードを受け取っていた。

それを使い、ある人間の過去の情報のやり取りを全て炙り出していた。

金融庁長官、五条健司だ。

全ての解析には数日を要した。その結論が出ていた。

五条はシュナイダー家と関わりを持ち、長債銀の処理に深く絡み、最近もヘレンと頻繁にメールをやり取りしている。

佐川瑤子の父、佐川洋次郎を陥れたのは間違いなく五条だ。

佐川瑤子は桂に連絡を取った。

翌日、桂はロイヤル・セブンシーズ・ホテルのスイートルームに佐川瑤子を訪ねた。


「どうやったらそんな情報を取ることが出来るんだい？」

桂は佐川瑤子が語る五条にまつわる詳細な情報に驚いた。

「それは……まだお知りにならない方がお互いのためだと思います」

真剣な表情と強い口調で言う佐川瑤子に桂は詮索（せんさく）するのを諦めた。

桂は五条の出自と財務省の水野次官から聞いた秘密組織について佐川瑤子に語った。

佐川瑤子も驚いた。

「そんな過去を五条は持っていたのですね」

「あぁ、僕も実家に行って親父の日記の五条についての記述を調べてみた。やはり、五条の旧姓である後藤という学生が優秀な存在として頻繁に登場している。ただ、ある時を境に後藤に関する記述はぱたりと消えた。親父は五条の出自を隠すように……後藤と五条との関係を記すことをしていない。だから逆に後藤が五条であることがハッキリした」

そこまで言ってから桂はさらに語気を強めて言った。

「何にしても五条がやろうとしているTEFGの売り飛ばしは阻止しなければいけない。佐川君、君はどうするつもりだ？　自分の属するオメガ・ファンドを裏切ってでも五条に復讐する気持ちはあるか？」

佐川瑤子はじっと考え込んで呟いた。

「五条は絶対に許せません。でも……」

ヘレンのことを考えた。

彼女を裏切ることが出来るか？

そう思って目の前の桂を見て君嶋博史を思い出した。

君嶋への思いとヘレンへの思い……男を愛する自分と女を愛した自分……それを交互に考えた。

（人は失ったものへの思いの方が強いのか……）

佐川瑤子の前には君嶋博史と父親の佐川洋次郎の二人の男が幻として立っていた。

父との思い出と君嶋との思い出、家庭と職場、自分が大切にしていた人と場所……。

「懐かしさには勝てない」

佐川瑤子のその呟きは桂にハッキリとは聞こえなかった。

意を決し佐川瑤子は桂を見据えた。

「桂さん」

「うん」

「敷島の大和心を人問はば……です」

その言葉で桂には佐川瑤子の決心が分かった。

「……朝日に匂ふ山桜花を見ようじゃないか、一緒に」

そう力強く言う桂に佐川瑤子は静かに頷いた。

# 第十章　光と闇(やみ)

東西帝都ＥＦＧ銀行の頭取、西郷洋輔は寝耳に水どころではない報告を受けて愕然(がくぜん)としていた。

「まさか……こんなことに」

新株購入の払い込みを終了した直後、オメガ・ファンドは臨時株主総会の開催を突如要求してきた。

「当ファンドは既にＴＥＦＧの発行済み株式の三分の一を取得しております。その株式の新株への転換と、購入した新株を併せて過半数の獲得を考えています」

西郷はオメガ・ファンドと連絡を取ろうと試みたが、東京にいる筈の佐川瑤子は摑まらず、ニューヨークの本社は佐川瑤子に全て一任してある、の一点張りだ。

「やられた……私が甘かった」

西郷は副頭取の有村と共に金融庁を訪れた。

一時間近く待たされた後で五条の秘書が現れた。

「長官は現在入っている重要なミーティングを外せそうにありません。出直して頂けますでしょうか？」

それには西郷が顔色を変えた。

「我々の銀行が、日本を代表するメガバンクが乗っ取られようとしているのに出直せだと！馬鹿も休み休み言え！」

西郷は完全に我を失い激昂（げっこう）した。その尋常でない様子に秘書は色を失い、応接室から飛び出していった。

暫くして五条が現れた。

「長官！　大変なことに……」

西郷の慌てふためく姿に五条は冷たい視線を送った。

「オメガ・ファンドの臨時株主総会の要求ですか？　御行は事前に打ち合わせていらっしゃるんでしょう？」

「いえ。全く突然のことでして、一体何をしようとしているのか……」

「過半数の獲得を宣言しているようですが、そうなるともう全てはオメガの掌の上ですよ」

「分かっています！　だからこうして御相談に参ったのです」

「何をどうしろと?」

「金融庁の権限で株式の獲得を制限して下さい。お願いします。でないと、当行はアメリカの銀行に売り払われる可能性があります」

五条は暫く考えた。

「ほう……なるほど、これがグローバリゼーションということなんですねぇ」

その言葉に西郷は凍りついた。

五条は副頭取の有村に訊ねた。

「有村さん。頭取は随分慌てていらっしゃるが、国際畑のあなたは如何なんですか?」

「はぁ。しょうがないですよねぇ。グローバリゼーションですから……」

西郷はそれを聞き、震えながら立ち上がった。

「有村君! 一体どういう意味だ!」

有村は薄ら笑いを浮かべながら西郷に言った。

「頭取ぃ。御自分で甘かったとおっしゃったじゃないですか。そうですよ、甘かったんですよ」

西郷はここで初めて気がついた。

五条と有村によってTEFGが玩具(おもちゃ)にされたことを……。

「きっ、君が当行を売ったのか？」

「頭取ぃ……人聞きの悪いことをおっしゃらないで下さい。新しい大株主は『帝都』の名前を使うらしいですよ。Teito は明治の時代から外国人には馴染みの日本を代表する企業の名前だし通りが良い。ほら日本のホテルで経営実態はもう無いのに名前だけ残っているのが結構あるじゃないですか？　あんな風に『帝都』という名前は残るんです。あれほど欲しがってらっしゃった名前が手に入るんですよ。良かったじゃないですか」

西郷はあまりのことに、驚きと怒りで頭の中が真っ白になった。

そのままフラフラと応接室のドアを開けて力なく出て行った。

五条と有村はその姿を冷たい笑顔で見送った。

「まさに新旧交代だ。有村さん、新銀行の頭取として頑張って下さいよ。これで日本に真の国際的な銀行が出来上がる」

「任せて下さい。それにしても……二十年前にあなたとニューヨークで知り合って良かったぁ。僕はついてるなぁ。ついてる。ついてる！」

五条は何とも言えない笑顔をその有村に向けていた。

桂はオメガ・ファンドが正体を現したその日の夜、ヘイジを自宅マンションに呼んだ。

「いよいよ、ですね」

ヘイジの言葉に桂が頷いた。

「君の方はどうだい？」

「はぁ。日本全国の支店を回ってますから体力的には大変です。でも……みんな何故か私の言うことに真剣に耳を傾けてくれてまして」

その言葉に桂がニヤリとした。

桂の読みがそこにあったからだ。

ヘイジは出向社員としてTEFG証券の営業本部長に就いていた。

そこでのヘイジの仕事は証券外務員を束ねることだった。

TEFG証券の前身は四大証券の一角で自主廃業をした山壱(やまいち)証券だ。EFG銀行が出資して傘下(さんか)の証券会社とし、その後銀行の合併でTEFG証券となった。証券会社として主力の営業部隊は正社員の営業マンではなく旧山壱からの営業ウーマン、歩合の女性証券外務員たちだった。年齢は四十代から五十代が殆どで彼女たちは昔からの顧客をしっかりと握っている。だが、海千山千の女性たちだ。

「君の仕事は彼女たちのハートを摑んでもらうことなんだ。プロキシーファイトとなったところで彼女たちの客である個人株主の委任状をどれだけ手に入れるかが勝負になる」

桂はヘイジが持つ何ともいえない色気に賭けていた。女性たちが自然とこの男の力になってやりたいと思わせる不思議な魅力だ。

「TEFG証券に保護預かりとなっている個人投資家保有のTEFG株は全体の3%ある。たった3%とはいえない。最後はこれが効いてくる筈だ。君の仕事は営業部隊をフル稼働させてそれを死守することだ」

桂の読みはズバリと当たった。いや、それ以上だった。

ヘイジが喋る女性外務員を集めての講習会は大入り満員になる。そして一般株主への説明会も彼女たちの顧客への呼びかけでどこも一杯となった。証券会社の上司たちはいつも胡散(うさん)臭(くさ)く思える説明で商品を語り、最後はただ「いけいけ」と発破(はっぱ)をかけるだけだ。しかし、ヘイジは状況を説明し、どんな質問にも丁寧に答える。誠実さや優しさが自然と滲みでるのだ。そして、最後に「無理はしないで下さいね」という言葉を忘れない。

彼女たちは理屈よりも感情で動く。

「もしこれでお客様に損をかけることになったら……私が全てのお客様に謝りに回るつもりです。何千人、何万人になっても回ります。この言葉に嘘はありません」

ヘイジの心からの言葉に女性たちは皆、息を呑んだ。

「いいわぁ……新しい本部長。初めて心からこの人のために一生懸命やろうと思った」

「分かるわぁ。歩合関係なしにやってあげたくなっちゃった！」

そんな声が女性たちの間に溢れていたのだ。

一般の株主たちもヘイジの言葉には動かされていた。特に女性はそうだった。ヘイジの追っかけとなって全国の説明会を回る株主の女性も出るほどだった。


桂はヘイジに一枚のペーパーを見せた。

「これは！」

それはオメガ・ファンドが保有するＴＥＦＧ株の詳細なデータだった。

「簿価も株数もこんなに細かく……どうやってこれを手に入れられたんですか？」

桂はただ笑って何も言わない。

「それより、よく見て比較してみてくれ。オメガ・ファンドと我々が押えている株数を」

ヘイジは数字に目を凝らした。

「だいぶオメガの方が上ですね」

桂は頷いた。

「だが重要な情報がある。オメガは塚本の、ウルトラ・タイガーの持ち株を自分たちが押えたものとして勘定に入れて安心している」

「どうしてそのことを？」

「まぁ、それも知らないでいてくれ」

ヘイジは少し面白くなさそうな顔をしたが直ぐに納得した表情になって言った。

「となると……逆転できないことはなさそうですね」

「そうだ。それで国内の相場師連中が持つ株を、カウントして票読みをしておいて欲しいんだ。国内のプロがどちらにつくか。場合によってはピンポイントで談判に行って落とさなくてはならない」

「分かりました」

桂とヘイジによる戦いの最終局面がやって来た。

桂はペーパーを見ながら佐川瑤子のことを考えていた。

佐川瑤子は全ての情報を桂に渡してから姿を消していた。

「もうこれで二度と桂さんにお目に掛ることはないと思います。これで五条を葬って下さい。お願いします」

佐川瑤子はそう言って桂にＵＳＢメモリーを手渡した。

桂は佐川瑤子に何も訊ねることが出来なかった。これからどうするとも大丈夫なのかとも。何故なら佐川瑤子から切腹に臨む武士のような潔さが伝わって来たからだ。それは何とも清々しく余計な言葉で汚（けが）したくないように思えたのだ。

「佐川君」

「はい」

二人はお互いの目をしっかりと見詰めた。

「君がどこかで山桜の花を見ている時、僕も君嶋も一緒にそれを見ていると思ってくれ」

そう言って桂は微笑んだ。

「山桜……必ず綺麗に咲かせて下さい」

佐川瑤子の言葉に桂は頷いた。

ヘレン・シュナイダーは動揺していた。

（ヨーコが消えた……）

メールに返信がなく電話も通じない。滞在するホテルに確認しても部屋から全く応答がないというばかりだ。

（何があった……ヨーコに何が？）

ヘレンは滞在先のフィレンツェからプライベート・ジェットで急遽日本に向かった。TEFGの臨時株主総会に佐川瑤子に代わって自分が出なくてはいけない。機内で資料に目を通しても冷静に数字を追うことが出来ないでいた。

羽田に着くとロイヤル・セブンシーズ・ホテルに直行し佐川瑤子の部屋に入った。

スイートルームのリビングのテーブルの上に手紙が置いてあった。それはヘレンに宛てたものだった。

ヘレン・シュナイダーは読みながら深い後悔をした。佐川瑤子に『蝙蝠』へのアクセスを許したことを、だ。

そこには五条の過去を知ったことと自分との関係が連綿と綴られていた。

自分の父親を死に追いやった五条を決して許すことが出来ないことが書かれ、TEFGの件にはもう関われないことが記されていた。

「……ヘレンの期待と信頼を裏切ることになってこれほど悲しく辛いことはありません」

そしてヘレンは最後の一行で凍りついた。

「私はあなたの知る世界で生きていくことはもうありません。全てを終わらせます。それが私のあなたへのお詫びの仕方なのです」

ヘレンは半狂乱になり泣き叫んだ。泣きながら日本という国を呪った。

自分から恋人を奪い取った日本の全てを恨んだ。

ヘレンは泣きながら母の死に顔を思い出した。美しい母の死に顔……それが佐川瑤子の顔に重なり合った。

今その情景に湧いてくるのは怒りだ。途轍もない怒りがヘレンを変貌させた。

ヘレンの形相は怒髪天を衝く般若のようになっていた。

（許さない……この国の奴らを絶対に許さない！）

ヘレンはスマートフォンから電話を掛けた。出た相手はヘレンの声に驚いた。

「あなたが日本にいらっしゃるとは……佐川さんと連絡が取れなくて心配していたところだったんです。でも、これで安心しました」

五条健司はそう言った。

「ミスター五条、全て順調です。何も問題はありません」

ヘレン・シュナイダーは努めて冷静にそう言った。

「そうですか。TEFGをあなたが何も問題なく手に入れられるようこちらの地ならしは終わっています。これで私の仕事はアメリカに移ることになる」

「ええ、宜しくお願いします。でも、今度はあなたが売国奴の汚名を着るわけですね？」

「今度は……とはどういう意味です？」

「日本長期債券銀行の時は別の人間を生贄に仕立てられた……そうなんでしょう？」

「ハハ、よくご存じですね。そんなこと、とっくの昔に忘れていました」

五条はそう軽い調子で言った。

佐川瑤子と父、佐川洋次郎との関係など五条が全く関知していないのが分かって、ヘレンはそれ以上何も言わなかった。

「この国でやるべきことは全てやりました。石もて追われるのは本望ですよ。それに……」

「それに？」

「この国の国民はどんなことも直ぐに忘れる。これほど忘れっぽい民族もいないでしょう」

「そうは言っても想定外の反発はないんでしょうね？」

「政治面は小堀栄治、民自党幹事長が完全に押えてくれています。金融行政面は私が全て仕切っている。マスコミは一時的に騒ぐでしょうが、計画遂行上の支障はありません。どうぞ御安心下さい」

「父、マイケル・シュナイダーと友人、デビッド・マッキントッシュはこれでＴＰＰ批准に向けて速やかに動きます。民自党の要求通りであることは勿論です」

「ありがとうございます。これで小堀栄治の政治力は盤石なものになる。私も安心して日本を去ることが出来る」

「あなたの受け入れには万全の態勢を取っていますから、どうぞ御安心下さい」

「ありがとうございます。では株主総会が無事に終了することを祈っております」

そう言って電話は切られた。

気がつくとホテルの窓の外、大きな夕日が海に沈んでいくのが見えた。

その夕日を見てヘレンは思った。

(オメガ・ファンドを創ったのは私だ。TEFGを、日本最大のメガバンクを手に入れる離れ業をやるのは私だ。私に力は……ある。私の力はTEFGのディールで証明出来る)

ヘレン・シュナイダーの心の中には鬼が宿っていた。

桂とヘイジは委任状の票読みを必死に行っていた。

広尾の桂のマンションのリビングは紙屑だらけでゴミ屋敷のようだ。

「……勝負は分からないですね」

ヘイジの言葉に桂も厳しい表情だった。

「かなり正確に情報を集めましたから……九割がたこれで数字は固まっていると思います。これだと僅差で負けてしまいますね」

桂は頷いた。

「帝都グループの中には様子見を決め込む会社も出てくる筈だ。株主代表訴訟が恐いからな。有利な条件で高く株が売れるのを無視は出来なくなる。その分がさらにオメガに流れると考えると……厳しいな」

そう言いながら桂はヘイジがまとめた相場師の持ち株をチェックしていった。

「プロの中でかなりの株数を持っているのが……KTファンド、通称、北浜の天狗……二瓶君、これはどういう相場師なんだ？」

「はい。大阪の旧山壱系地場証券会社の古くからの客だそうです。かなり昔は派手に仕手戦を繰り広げたようですが、最近ではさっぱり出て来なくなって北浜では死んだと噂されていたらしいんです。それが、ここ数ヶ月で突然動き出して、TEFG株の押し目を拾いまくったということです」

「北浜の天狗……百億近くも現金で買っているのか。それもかなり上手い買い方だ。これは会ってみる必要があるな。二瓶君、ダメもとで二人で大阪へ行ってみよう」

「はい。専務がそうおっしゃると思って大阪支店には話をしてあります。地場証券の担当セールスに会う段取りもつけてあります」

「よし！　行こう」

桂はヘイジと北浜にあるＴＥＦＧ証券大阪支店の玄関に足を踏み入れて驚いた。

「キャー、部長さ〜ん。また大阪に来てくれはったーん！」

大勢の女性外務員がヘイジを取り囲むのだ。

「今日もこんだけ委任状取って来ましたんよぉ。二瓶部長さんのためにぃ……」

そう言って委任状の束を取り出してヘイジにすり寄ってくる。

「ありがとうございます。本当にありがとうございます。お願いしますね。皆さんのお力にかかっていますから……」

中年女性たちに揉みくちゃにされながら桂はヘイジと応接室に入った。

「凄いなぁ！　君の人気は……」

桂の読み通りとはいえ、ヘイジの絶大な人気を目の当たりにして驚いた。

「いやぁ……私にも良く分からないんです」

そう言うヘイジを見ながら桂はその人気が努力の積み重ねであることを知った。

（二瓶君はやってくれる！　この男に頼んで良かった）

桂はしみじみとそう思っていた。

そうこうしているうちに北浜の天狗を担当する地場証券の営業マンが入って来た。

名刺交換を済ますと桂は訊ねた。

「どんな人物なんですか？」

「いやぁ、私もつい最近取引してもろたばっかりですよって、よう知りまへんのや。結構な年の癖のある爺さんですわ」

「我々は会って貰えるんですか？」

「東京の偉い人が会いたがってるって言うたら『東京の美味しいもん土産に下げて来るんやったら、茶ぐらい出したるでぇ』と……」

桂はヘイジを見た。

ヘイジはニッコリ笑ってバッグの中から紙袋を取り出した。

「銀座『さくらい』の花林糖です。これなら文句ないでしょう」

「さすがだね。じゃあ、宜しくお願いします」

「委任状なぁ……」

北浜の天狗は花林糖を頬張りながら面白くなさそうにそう言った。昭和の匂い満載の雑居ビルの一室に事務所を構えている。痩せぎすで頭は禿げあがり、どうにも食えない雰囲気を漂わせていた。

「うまいなぁ……このかりんと」

それを聞いて桂はニッコリ微笑んだ。

「銀座にしかない店なんです。美味しいですよね。私も大好物です」

その桂を北浜の天狗は上目づかいに好色な視線を向けて言った。

「あんた……結構、銀座で遊んでるやろ？」

「いやぁ、それほどでも……」

「しょっちゅう銀座で遊んでる大銀行の専務さんが、こんなむさいとこまで来んといかんとはなぁ……」

天狗は桂の名刺を見ながら皮肉めいた口調で言った。

「大株主に御挨拶に上がるのは当然ですよ。これまで以上に株主の方々には配当させて頂くつもりです。ですので、委任状は何卒当方に……」

天狗はそう言う桂から視線を外し、ホンマうまいなぁ……このかりんと、と何度も言うだけだ。

（やはり食えないジジイだな……）

そう思った瞬間に天狗は鋭い視線を桂に向けた。

「なんぼや？」

「はっ？」

「なんぼで買うんや？　ワシの委任状」

「それは法律違反です。お互い手が後ろに回ってしまいます」

天狗はブスッとした。

「おもろないなぁ……大阪におってもおもろないことばっかりや。東京にでも行ってみよかなぁ」

「株主総会にいらっしゃいますか？」

「ワシ、金髪が好きなんや。一回それも拝みたいよってなぁ……」

ヘレン・シュナイダーのことだ。

桂はそこでこれ以上は時間の無駄と判断した。

「何卒、宜しくお願い致します。総会では当方への御支持をお待ちしております」

そう言って頭を下げて北浜の天狗の事務所を後にした。

東京へ戻る新幹線の中でヘイジは桂に訊ねた。

「北浜の天狗……どうでしょうね？」

「分からん。でもまぁ……気は心だ。行ったことには意味があるだろう」

「専務」

「ん？」

「あの老人ですけど、何だか昔から知ってる人物のような気がするんです。気のせいだと思うんですが……」

「君もか？　実は俺もそうだったんだ。食えない奴なのにどこか懐かしい感じがした」

「これは吉兆ですかね？」

「そう思おう。大阪まで行ったんだから……」

二人は東京駅に着くとタクシーで桂のマンションに戻り票読みの作業に再び取り組んだ。

そして、夜九時を回った頃、インターフォンが鳴った。

出前のピザを摘まんでいた時だった。

桂が出ると湯川珠季だった。

「テレサ！　どうした？」

珠季の沈み込んだ様子は尋常ではなかった。

「さっき……塚本卓也、エドウィン・タンが来て……」

珠季の話に桂は目の前が真っ暗になった。

『環』に塚本卓也が突然現れたのは開店して一時間ほど経った頃だった。

まだ他の客がいなかったので珠季は塚本を奥のテーブルに座らせた。

塚本の表情がそれまで見たものとは違う。何とも落ち込んだ様子のまま黙っている。

「どうしたの？　塚本君」

塚本は珠季を見ようとせず、ずっと視線を下に落としたままだった。

珠季も暫く黙ったままでいた。

バーボンソーダを作って塚本の前に置いた時、やっと口を開いた。

「俺……エドウィン・タンやなくなった」

珠季には意味が分からない。

「どうしたの？　どういう意味？」

「ウルトラ・タイガー・ファンドの責任者を外されたんや。ＴＥＦＧ株の保有をずっと続けてて、親父の、タン・グループの総帥、デビット・タンの逆鱗に触れてることは分かってた。実はタン・グループは今しんどいんや。キャッシュは一ドルでも早う回収したい。それが分かってて俺は頑張ってた。そこへ、あいつが、まるでこっちの状況を全部知っているように……親父と直接交渉しやがった」

塚本は苦りきった表情をした。

「あいつって？」

「オメガ・ファンドのヘレン・シュナイダーや。あの女が俺の知らんところで有利な条件を親父に出してTEFG株を買い取りやがった」

ヘレンは佐川瑤子が消えてから『蝙蝠』を最大限に使って全ての情報を把握していた。それでデビット・タンとの直接交渉が最善の策と踏み、まんまと成功していたのだ。

「あんたの持ってた株がオメガに……」

珠季は動揺から関西弁になった。

「そうや。全部オメガに渡った」

珠季の目の前に桂の顔が浮かんだ。

珠季でさえ塚本の株が消えれば桂にとって万事休すだということは分かる。

塚本は項垂れていた。

「これで……お終い（しま）やな」

TEFG株が、珠季を桂から奪える唯一（ゆいいつ）のものだと思っていた塚本には、もう絶望しかなかった。

「塚本君……」

珠季の言葉に桂は何も考えられなくなっていた。

「専務どうされたんですか？　あれっ、珠季！」

玄関先で三人の男女が固まった。

「二瓶君……もう、駄目だ」

「ど、どうされたんですか？」

「塚本の株が全部……オメガに行った」

「エッ!!」

ヘイジの頭の中も真っ白になった。

株主総会は二日後に迫っている。

◇

『東西帝都ＥＦＧ銀行・臨時株主総会』と書かれた看板が帝都ホテル最大の宴会場・鳳凰（ほうおう）の

間の入口に大きく掲げられていた。

運命の日、開始時刻となった。壇上の議長席にはＴＥＦＧ頭取の西郷洋輔が座り、その後ろに役員がずらりと並んでいた。副頭取の有村、専務の桂も座っている。

有村は神妙な顔つきをしながら腹の底ではオメガ・ファンドから約束された新銀行の頭取の椅子を思い愉快でたまらない。

「次の株主総会は俺が議長かぁ。進行次第を覚えておかなくっちゃ……」

そう思いながらほくそ笑んだ。

ヘイジは会場の片隅にいて壇上の桂をじっと見ている。

「定刻でございます。頭取宜しくお願い致します」

事務局からの声で西郷がマイクに向かった。

「私が頭取の西郷でございます。本日は御多用中、御出席を賜りまことにありがとうございます」

役員全員がそこで黙礼をした。

「では、只今より、株式会社東西帝都ＥＦＧ銀行の臨時株主総会を開会いたします。私が定款第十四条の定めにより本総会の議長を務めさせて頂きますので、宜しくお願い申し上げます」

続いて事務局が重要な数字を読み上げた。

「本総会におきまして議決権を行使することができる株主数は三十五万五千九百三十二名、その議決権数は百四十三億六千八百八十万五千二百個でございます。本日御出席頂いている株主数は議決権行使書による代理出席の方を含め二百二十三名、その議決権数は百四十三億六千百五十三万七千三百八十四個でございます」

西郷がそれに続いた。

「只今事務局から報告がありました通り、株主各位の御出席につきましては、本総会の全議案を審議するのに必要な定足数を満たしております。それでは議事に入らせて頂きます」

西郷がそこで少し頭を下げて本題に入った。

「この度、大株主となられた米国オメガ・ファンドからの提案によりまして本臨時株主総会は開催となりました。オメガ・ファンドは当行の経営陣の刷新並びに今後の経営への深い関与を求められ、株主の皆様の議決権の過半数の取得を以(もっ)て執り行うとされております。オメガ・ファンド代表、ヘレン・シュナイダー様から御発言がございます」

議場の後ろの扉が開いた。

全員が一斉にそちらを見た。

美しい金髪をアップに纏めて仕立ての良いダークグレーのスーツ姿のヘレン・シュナイダ

ーが、屈強な二人の黒人ボディーガードを引き連れ颯爽と現れた。

ヘレンは会場の前に置いてあるスタンドマイクの前に進んだ。

隣に通訳の女性が並んだ。

ヘレンは周りを睥睨するように見回した。

(猿どもの集まりね。まるで動物園のよう……)

そう思いながら皆にニッコリと微笑みかけていく。

会場のいたるところから溜息が漏れた。

「写真より綺麗だねぇ……」

「ジョディー・フォスターなんかより美人なんじゃないのぉ」

会場のざわめきが収まるとヘレンは口を開いた。

「このような場で発言の機会を頂けること、大変光栄に思っております。私どもオメガ・ファンドはあらゆる国の経済の発展に貢献するよう日夜努力を続けております。その一環としてTEFGの大株主となり、この度の提案となった次第です。私共は株主価値を最大にするための努力を惜しまないつもりです。何卒、私共への御支持を賜りたいと存じます」

そう言ってお辞儀をした。その姿が美しく決まっている。

会場から大きな拍手が起こり、ヘレンは勝利を確信した。

鳴り止むのを待って西郷がマイクに向かった。

「私ども現経営陣はそれに対し反対動議を出しております。オメガ・ファンドを上回る議決権を頂戴出来ているものと確信しております。では、事務局から発表いたします」

事務局の人間がペーパーを読み上げた。

運命の瞬間だった。

皆、固唾を呑んだ。

「現在、オメガ・ファンドの提案に賛成の旨の議決権数、七十一億七千八百二十七万八千六百三十二個……」

「オオー！」

地鳴りのようなどよめきだった。通訳からその数を聞いてヘレンは親指を立てた。ガッツポーズだ。

「続きまして、反対の議決権数、七十億六千三百二十五万八千七百五十二個……そして、態度保留分が一億二千万個ございます」

「態度保留……どういうことだ？」

ざわめきが起こった。事務局はさらに続けた。

「本会場に於いて態度を明確にされる大量保有株主様がおられます。それが態度保留分としてカウントされております」

会場は時間が経つにつれ騒然となった。

ヘレンは状況が分かって顔色を変えた。

「保留分が反対なら……負ける」

ヘレンは大きく動揺し、美しい肌に一気に汗が滲んだ。

西郷がマイクに向かった。

「保留とされている株主の方、オメガ・ファンドの提案に賛成であれば委任状をヘレン・シュナイダー様にお手渡し願います。反対の場合は当社専務、桂光義にお手渡し願います」

桂は壇上から降り、ヘレン・シュナイダーの隣に立った。

ヘレンは小刻みに震え、汗は滴り落ち、自慢の金髪が額に貼りついてみるみるうちに見苦しくなっていく。

「負ける筈がない。私が負ける筈は……」

ヘレンは般若のような形相で桂を睨みつけ、小声で言った。

"Fuck you!"

桂はそれを聞こえないふりをして真っ直ぐ前を見据えた。

議長の西郷が力強い口調で言った。

「態度保留の大株主の方、二名いらっしゃいます。では、宜しくお願い致します」

その声に合わせて会場の後ろの人物が立ち上がった。長身の外国人で四十代半ばのスーツ姿、銀髪をクルーカットに整えていて金融マンであるのは一目瞭然だった。

スタンドマイクのところで立ち止まった。

「お名前をどうぞ」

「スイス・クレジット・ユニオン銀行、日本支店長のステファン・バレです……」

それは昨夜遅くのことだった。

臨時株主総会を明日に控え、敗北を確信した桂とヘイジはお通夜のように銀行の桂の部屋でワンカップの日本酒を飲んでいた。

「お終いだな。この銀行もこの景色も何もかもがお終いだ。二瓶君、よくやってくれた。心から礼を言うよ」

「専務……」

ヘイジはワンカップを片手に涙ぐんでいた。

「俺はずっとやってみたかったんだよ。こうやって執務室で日本酒を飲むことをね。これで心置きなくここを去ることが出来る」

桂はそう言ってワンカップを飲み干した。

その時だった。内線電話が鳴った。桂が取ると守衛室からだ。

「今、桂専務に水野さまというお客様が面会にいらしています」

「水野……どちらの水野さんとおっしゃってますか？」

「財務省の水野さまと……」

「エッ！　水野次官！」

水野はジャケット姿で、成田から直行してきたと言った。

「どちらに行かれていたんですか？」

「チューリッヒ。スイス・クレジット・ユニオン・バンク（SCUB）の頭取、アラン・シュバイテルに話をつけてきたんだ」

「何の話ですか？」

「彼らの持つTEFG株、議決権で一億個を手に入れて来たんだ」

「エッ！　本当ですか!!」

桂とヘイジが同時に声をあげた。

水野が頷いた。

「ど、どうやって？」

水野がニヤリとした。

「アランには貸しがあったんだ。奴が十五年前、東京支店長だった頃の話だ。その時、SCUBがグレーな金融商品を大量に地方銀行に販売してぼろ儲けをしていた」

「あっ！　損失隠しの飛ばし商品ですね」

ヘイジがそう言った。

水野は頷いてから続けた。

「私は主任検査官として徹底的に追及した。だが、最後の最後で見逃してやったんだ」

桂は怪訝な顔をした。

「何故ですか？」

水野は少し困った顔になりながらも正直に答えた。

「国際金融の世界でスイスを味方につけておくと……何かと都合が良いんでね。裏の事情に最も通じている連中だからな。それにアランは出世する奴だと思っていた」

「なるほど、水野さんのように偉くなる人は違いますね。自分が偉くなった将来を考えて人脈を作ってらっしゃる」

水野は満更（まんざら）でもない表情をした。

「アランは義理堅い。スイス人は日本人と同じで島国根性の持ち主だが……義理人情も分かる。今回、それで貸しを返して貰ったわけだ」

「これで……五分五分になれますよ！」

ヘイジは集計のペーパーを見ながら言った。

桂も頷いた。

「水野次官。本当にありがとうございます。これで勝てるかもしれません」

水野は頷いた。

そして桂の耳元に口を寄せてヘイジには聞こえないように小声で言った。

「例の録音……これでなしにしてくれよ」

西郷頭取とのやり取りの録音のことだ。ありもしない録音がずっと効いていたのだ。

桂は吹き出しそうになったが、厳しい顔つきを作って重々しく言った。

「はい……これでチャラにさせて頂きます」

その様子をヘイジはポカンと眺めていた。

◇

「スイス・クレジット・ユニオン銀行の日本支店長、ステファン・バレと申します。議決権は一億個でございます」

たどたどしい日本語でそう言ってからバレは委任状を桂に手渡した。

オーッという声が会場中に響き渡った。

(これで……五分五分だ)

桂は委任状を内ポケットに仕舞いながら鬼のような表情になったヘレン・シュナイダーに微笑んだ。だがここからは桂にも見えていない。この時点で、
オメガ側　七十一億七千八百二十七万八千六百三十二個
反対側　七十一億六千三百二十五万八千七百五十二個
まだオメガ有利の状況だ。

(さぁ、鬼が出るか蛇が出るか……)

桂は腹に力を入れた。

「では、もうおひとかた。お願い致します」

事務局の声に会場の誰も反応しない。

場内がざわつき始めたその時だった。

後ろの扉が開いた。

そして、ひょっこりひょっこりと歩みを進めながら小柄な老人が入って来た。

「アッ！　あれは！」

ヘイジが声をあげた。

「北浜の天狗……」

桂も思わず声に出していた。

北浜の天狗は真っ直ぐ前を見据えて近づいてくる。

（どうする？　どちらにつく……）

桂が不安そうな表情をしているのを見てヘレンはホッとした。

（この男も分かっていない。勝てるかもしれない！）

北浜の天狗はゆっくりと近づいてくる。

長い長い時間が過ぎるように思われた。

場内は水を打ったように静まり返った。

スタンドマイクの前に立つと北浜の天狗は会場全体を悠然と見回した。

「どうぞお名前を……」

事務局に促され口を開いた。

「KTファンド代表代行、浜口雄介（はまぐちゆうすけ）。議決権二千万個持っとります」

「代表代行……？　この男、北浜の天狗じゃないのか？」

桂は驚いた。

その桂の顔を見ながら浜口老人は言った。

「ワシ、金髪が好きやて……言うたやろ」

そしてヘレンに向き直りニッコリと微笑みかけた。

ヘレンの顔がパッと輝いた。

桂は目を瞑った。

（終わった……）

次の瞬間だった。

「せやけど……かりんと、旨かったからなぁ」

そう言って桂に委任状を手渡した。

「やったぁ!!」

ヘイジが真っ先に叫んだ。

続いて怒濤（どとう）のような歓声が会場を包んだ。

議長の西郷が大きな声で言った。

「オメガ・ファンドの提案は否決されました。これにて散会いたします」

ヘレン・シュナイダーは項垂れた。

有村も茫然として立ち上がれない。

西郷はその有村に近づくと言った。

「直ぐに辞表を提出してくれ」

有村は力なく頷くしかなかった。

ヘレンはボディーガードに守られて会場を出るとクルマに乗り込んだ。

暫くシートに身を埋めていた。

気持ちが落ち着くとバッグからスマートフォンを取り出した。

緊急メールが幾つも入っている。

「まさか……」

目を通したヘレンは血の気が引くのを感じていた。


終わってみると呆気ないものだった。

西郷は桂に労いの声を掛けた。

「桂君、ありがとう。最後の最後で君に助けられた。本当にありがとう」

「これでまた同じ日々がやって来ます。それで満足です」

そして西郷は他の役員たちと会場を後にした。

広い会場に桂とヘイジだけが残っていた。

「行こうか」

二人は並んでホテルの出口に向かった。

「専務。大阪まで行った甲斐がありましたね」

「あぁ、君が用意した花林糖がなかったらアウトだった。心から感謝する」

「でも……本当にそうだったんでしょうか？」

「何がだい？」

「北浜の天狗、最初から我々の味方だったような気がするんです」

「うん……そう言えばそんな気もするな」

「あれ？」

ヘイジの視線の先に浜口老人がいた。

ラウンジで茶を飲んでいる。

二人は近づいて礼を言った。

「今日は本当にありがとうございました。お蔭で我々は救われました」

「あぁ、ホンマ、これ旨いわ」

浜口老人は上着のポケットの中にごっそりと花林糖を入れて、それを摘まんで食べていたのだ。

二人は呆れた。

「浜口さんはKTファンドの代表代行とおっしゃいましたね。つまり、代表は別にいらっしゃるということですか？」

桂が訊ねた。

「せや。代表が北浜の天狗や」

「じゃあ、浜口さんは代表の指示通りに動いたというわけですか？」

「せや。ワシは代表の言うた通りにしただけやで」

「代表は何とおっしゃる方なんですか？」

「何とおっしゃるって……あっ！　タマちゃん！　ここやここや！」

「浜口のおっちゃーん！　ご苦労さん。おおきに、ホンマありがとう」

桂とヘイジは啞然とした。

見ている光景が信じられない。

「あっ、この人が代表や。なぁ、タマちゃん」

「テレサ……」

「珠季……」

桂とヘイジは呆けたようになった。

北浜の天狗ことKTファンドは、珠季の祖父で最後の相場師と呼ばれた湯川聡一が昭和四十年代に作ったものだった。

「祖父が死んだ後、祖父の弟子だった浜口のおっちゃんにファンドを任してあったの。おっちゃんはこう見えて堅実な投資家でね。バブル期には殆どの株を売り払って債券にしてくれていた。その時で八十億ぐらいあったかなぁ……。それで不動産も買ったりしてITバブルが崩壊した後でまた株に投資したりしてたけど、おっちゃんは面白くないと言ってあまり動いてなくて大半はキャッシュになってた……百億ちょっとの。それでTEFG株をおっちゃんに頼んで買って貰ってたのよ」

珠季は浜口からヘイジが北浜を駆けずり回っていることを聞いて大阪に飛んだ。

そしてヘイジが行う株主向けの説明会に変装して参加したのだ。珠季はその後、ヘイジが全国各地で行う説明会を追っかけのようにして全て聴いて回っていた。

懸命に株主に向けて説明するヘイジを見ているとあることに気がついた。

（この人は自分のことを考えていない……自分の周りを守ることだけ考えている）

そして珠季は考えた。

（私は……誰か他人を守ろうとしたことがあっただろうか？）

孤独と引き換えに全てに恵まれてきた人生だった。それゆえに他人を守るなどということを考えたことはなかった。

（ヘイジを助けてあげたい）

そして、桂もそこにいる。それで浜口にＴＥＦＧ株を買わせたのだった。

（これで……過去から自分を解放できる）

珠季はそう思った。ヘイジへの思いと過去の解消、桂への思いとその未来、それを百億円で手に入れることができると……。

幸いだったのはヘレン・シュナイダーがこの動きを探知できなかったことだ。

浜口は全て口頭で昔ながらの固定電話で売買を行う。パソコンが使えないためにメールでの証券会社とのやり取りが出来ない。メールと携帯電話の探知という『蝙蝠』の諜報網から完全に外れた形で買い進むことが出来ていたのだ。

ラウンジで紅茶を悠然と飲む珠季を桂もヘイジもなんともいえない表情で見ていた。

隣では浜口老人が花林糖をボリボリと音を立てながら食べている。

「何で黙ってたんだ？」

桂の言葉に珠季がキッとした目になって言った。

「二人して私を塚本君に売ってＴＥＦＧ株を手に入れようとしたでしょう！　だから罰として心配させてやったのよ。いい気味だわ」

その言葉に二人は黙った。

桂は申し訳ないという表情になった。

「でも……売ったなんて、人聞きの悪い言い方をするなよ」

桂はそうは言ってみたものの事実であることは紛れもない。

「君の心を縛ることは出来ない。それは自由なものだと思っていたということだ」

「勝手よねえ。桂ちゃんは」

「塚本君の方がずっと優しくて誠実だわ」

「珠季、専務は本当に君のことを……」

桂は何も言えなかった。

ヘイジも珠季に睨まれてそこから何も言えなくなった。

弱りきった二人の男を見て珠季は笑った。

「もういいわ。許してあげる。でも……塚本君が沈み込んでいるのを見た時、本当に塚本君のものになろうかと考えたわ。それに、きっとその方が幸せになれると思った」

そう言う珠季を二人は真剣な表情で見詰めた。

「でも……私にとっての男性は幸せのためじゃないのよ。好きになるのはその人と幸せになりたいからじゃない」

「すまん……テレサ」

「桂ちゃんは凄いわ。百億も貢がせるんだから……男の色気の差ってあるのね」

それを聞いてヘイジが言った。

「御馳走さまです」

(半分はあなたに貢いだのよ、ヘイジ)

珠季はヘイジを見ながら心の中でそう呟いた。

ようやくそこで全員が笑った。

笑いながら桂は大事なことを思い出した。

桂にとっての本当の勝負だ。

五条健司を葬らなくてはならない。

佐川瑤子の仇を取ってやらなくてはならないのだ。

「テレサ、俺はまだ仕事がある。落ち着いたら店に顔を出す。今日は本当にありがとう。あっ、浜口さん。本当にありがとうございました」

そう言って席を立ってそそくさと行ってしまった。

「百億貢がせといて……これだもんねぇ」

珠季が呆れたように言った。

「男の色気の差、だね」

ヘイジがそう言った。

「ホンマ旨いで……このかりんと」

浜口老人はいつまでも口を動かしていた。

◇

米国は大きな政治金融スキャンダルの発生に騒然となった。

マイケル・シュナイダー上院議員が、NSAの極秘情報を使って娘ヘレンと共謀、株式のインサイダー取引をしたことが発覚し、両名ともFBIに逮捕されたのだ。

ヘレンが日本で東西帝都EFG銀行の買収に失敗しニューヨークに戻った直後のことだった。

ヘレン・シュナイダー逮捕は日本でも大変な騒動を巻き起こした。

五条健司は茫然自失となっていた。

TEFGの売り渡しに失敗したうえにヘレンの逮捕……しかし、五条にとって思いもしなかったことは、日本発のNSAスキャンダルとして、自分がその主役となってしまったことだった。

中央経済新聞は独自に入手したNSA情報として、五条がTEFGに絡んでオメガ・ファンドと裏取引を行っていた内容を詳細にスクープした。

さらに五条が衝撃を受けたのは夕刊紙の夕刊ファイトだった。

『金融庁長官・五条健司と民自党幹事長・小堀栄治による売国行為　TEFG買収を巡る全会話』

そう題して五条と小堀が交わした詳細なやり取りを、NSA『蝙蝠』からのリーク情報として独占で載せたのだ。当事者しか絶対に知りようのない生々しい内容に世間は驚愕し、夕刊ファイトは空前の売れ行きとなった。

全て桂が中央経済新聞のデスク・荻野目裕司と夕刊ファイトの記者・佐伯信二に渡した情報が源になっている。佐川瑤子から受け取ったUSBメモリーにそれらすべての情報が入っていたのだ。

そして、それだけではなかった。

夕刊ファイトは『売国金融庁長官・五条健司の闇』と題する連載も始めた。そこには昭和の大宰相・小堀栄一郎の秘書で自殺した五条の実父のことから、五条が魔術師として日本長期債券銀行の米国への売り飛ばしに関与したこと、そして、戦前から続くとされる日本の闇官僚組織と五条が深く関わっていることなどが連載されるとしていた。佐伯信二渾身の取材記事だ。

政府・民自党内は荒れに荒れた。

小堀派と反小堀派が野党の要求する小堀栄治と五条健司の証人喚問を巡り、バトルを繰り返した。それは世論の大きな風を受けた形での反小堀派の勝ちとなり証人喚問が行われることになった。

その当日。

東西帝都EFG銀行の役員大会議室には全役員が集まっていた。

オメガ・ファンドの混乱の後、帝都グループを中心とする既存株主の株の買い増しによってTEFGは再びその経営の落ち着きを取り戻していた。ただ役員の人員構成は大きく変わっていた。

頭取の席には桂光義が座り、西郷洋輔が会長職に就いてその横にいた。関西お笑いコンビ、山下一弥と下山弥一は常務から専務に昇格していた。桂が行内の融和を新生TEFG銀行の方針の第一義に掲げての結果だった。

会議室の大きなディスプレーには証人喚問の模様が映されていた。民自党の前幹事長となった小堀栄治が座って喚問が始まるのを待っているところだ。その隣の椅子に間もなく前金融庁長官の五条健司が座る筈だ。

「えらい待たせんなぁ、山下くん」

「ホンマや。何で五条が現れんのや……」

小堀が着席してから十五分が経ったが五条が現れる気配がない。

「……変ですね」

桂が隣の西郷に言った。

「そうだね……何かあったのかな」

その時だった。

画面の委員会室が慌ただしくなった。

議員たちがざわついている様子が映し出され、スタジオのアナウンサーに画面が切り替わった。

「今入ったニュースです。今日午前、財務省の中庭で人が燃えているとの通報で警察と消防が駆けつけたところ、既に心肺停止の状態となっている男性が発見されました。現場の状況や遺書が残されていることから焼身自殺で、今日、国会の証人喚問を受ける予定であった前金融庁長官の五条健司氏とみられます。繰り返します。先ほど財務省の……」

桂が立ち上がった。

「五条が……死んだ」

「信じられん……どんなことがあっても死ぬような男ではないのに」

隣の西郷が呟いた。画面には前民自党幹事長の小堀栄治の表情がアップで捉えられていた。

その顔は瞬き（まばた）一つせず、じっと前を見据えていた。

（父親と同様に全て一人で抱えて死んだのか……）

桂は小堀の蒼白な顔を見詰めながら五条の不敵な顔を思い出していた。

翌日、桂は夕刊ファイトの佐伯信二と会っていた。

「ウチの連載『五条健司の闇』は今日で打ち切りになりました」

「五条が死んだからか？」

「いえ。かなり上の方からウチのトップに圧力が掛ったようです」

「どうして？」

「いよいよ闇の組織の存在と五条との関係に話が入るところだったでしょう」

「まさか！　それで圧力が？」

佐伯が頷いた。

「やはり秘密組織が存在するということか……」

桂がそう言うと佐伯が声のトーンを落とした。

「それだけではありません。五条も生きているかもしれません」

「なにっ！」

桂は驚いた。

「五条の遺体は骨まで炭化して綺麗に焼けていたそうです。ＤＮＡを採取できないところまで……。ガソリンを被ってそこまで焼けることはまずないそうです。特殊な燃料でないとそうはならないらしい」

「闇の組織が替え玉を仕立てて五条を逃がしたと……」

佐伯は頷いた。

「……また都市伝説だな」

難しい顔になった桂に佐伯が別の情報を伝えた。

「ヘレン・シュナイダーが釈放されるのをご存じですか？」

「そうなのか？」

「司法取引と一億ドルの罰金を払って出てきます」

「そうか……でも復活は難しいだろうな」

「もし五条が生きているとしたらどうですかね？　強大な闇の組織を本当の闇となった五条が動かし、釈放されたヘレン・シュナイダーと闇の中で手を取り合う……」

「またまた都市伝説……」

桂はそう考えるしか仕方がないと思った。

「仮にそうだとしても、光があれば闇もあると納得するしかないな」

「桂さんは大人ですね。頭取になって変わりました？」

「いや、俺は何も変わらんよ。長期金利が上がって運用環境は厳しくなったし、頭取でありながら相場を張るディーラーもやるなんて世界で俺ぐらいだろう」

「一度ディーラーになったら死ぬまでディーラー……それはやっぱり本当なんですね」

桂はその言葉に微笑んで頷いた。

その夜、桂は銀座のクラブ『環』を訪れた。

「桂ちゃん。頭取になったんだからもっとお店に来てよぅ」

珠季が甘えて言った。

「頭取は忙しいんだよ。俺もなってみて分かったけど本当に大変だ。そのうえ、相場も張ってるんだからな。分かってくれよ」

珠季は心配そうな顔つきになった。

「体には本当に気をつけてよ。お願いだから……」

「ありがとう。どうだ？　今度の週末、熱海に一泊しないか？　伊豆山の温泉でゆっくりしよう」

「嬉しい！　そしたら夜は……沢山、し・て・ね」

そう言ってウインクした。

「何だよ……体に気をつけろと言ったばかりじゃないか」

「桂ちゃんには百億貢いでるんだから……元はとらせて頂きますからね」

「殺す気かよぉ……」

週末。

桂は珠季と熱海駅で落ち合う約束をしてその前に鎌倉の君嶋博史の墓を訪れた。

江ノ電を降りて坂を上って振り返ると、相模湾の穏やかな海が広がりを見せていた。寺の山門をくぐって君嶋の墓に向かうと、綺麗な袈裟姿の僧侶が君嶋の墓の前で読経をしている。姿かたちから尼僧だと分かった。頭を青く剃り終えたばかりのような清々しさが目にも美しい。

近づくと尼僧が振り向き、その顔を見て桂は驚いた。

「佐川君……」

それは佐川瑤子だった。

「桂さん。御無沙汰しております。今はこんな姿になっております」

「そうだったのか」

佐川瑤子は実家の菩提寺で得度を受けて出家の身となっていた。

「五条さんには気の毒なことをしました。今は父や君嶋さんと一緒に五条さんの成仏も願っております」

そう穏やかに言う佐川瑤子はもう全く別の人間のようだった。

「ヘレン・シュナイダーが釈放になるそうだ」

「そうですか……彼女もこれから穏やかに生きていって欲しいと思います」

桂は尼僧となった佐川瑤子に何ともいえない色気を感じて妙な気分がした。

「それにしても……その若さと美貌で出家は勿体ないように思うね」

「男も女も……色の方は極めましたから」

そう言って桂に微笑んだ。

「？」

桂にはよく意味が分からなかったが、その笑みにつられるように微笑んだ。

「あぁここからも海が見えるんだ」

生垣となっているところに隙間があって、そこから海面に光が反射しているのが見えた。

「ほんと……光はどこからでも差し込むものなのですね」

桂は静かに頷いた。その桂の後ろには山桜が清楚な花をつけていた。

ヘイジは神田の居酒屋にいた。
「お前は部長さんやねんから……お前が奢ってくれよ」
酔った塚本卓也が隣にいる。塚本は日本に戻り今度は外食チェーンをやるのだと言う。

「俺の人生は山あり谷あり。せやけど、こんなおもろい人生もないで」

そう言いながらコップ酒を飲んでいた。

ヘイジは総務部長に昇進して、また変わらない日々がやって来ていた。

「ヘイジぃ。もっと飲めよ！」

塚本が身体を寄せてくる。

「駄目、僕はもう帰る。明日、女房を迎えに行かなきゃいけないからね」

「なんやぁ……女房の一人や二人ぃ……俺なんか一人もおれへんぞぉ」

塚本は訳の分からないことを言いながらも楽しそうだった。

ヘイジもそれを見ながら嬉しかった。塚本と本当の友達になれた気がするのだ。

「じゃぁ、俺は行くよ。ここまでの勘定は済ましたからな」

「そうかぁ……そら、おおきに。またなぁ、ヘイジぃ」

塚本はそう言って店を出るヘイジの後ろ姿に手を振った。

翌日。

ヘイジは横浜駅で義母と待ち合わせて一緒に富士山麓（ふじさんろく）にある病院に向かった。

明るい日だった。

病院に着いて待合室で待っていると直ぐに舞衣子が現れた。

「平ちゃん。部長さんになったんだって？　おめでとう！」

「ありがとう。でも僕は変わらないよ。どうだい？　舞衣ちゃんの方は？」

「私は大丈夫。もう病院は飽きちゃった。早くウチに帰りたい」

「帰ろう。ウチは何も変わってないけど、きっと前より上手くいくよ。大丈夫だよ」

「平ちゃんがいるから大丈夫。そうよね？」

「あぁ、おっしゃる通り。もう大丈夫だよ」

ヘイジは大きな笑顔でそう言った。

# 解説

六角精児

この本の著者である波多野聖氏と僕は知り合いである。七、八年前に某週刊誌の対談企画で出会い、それ以降、年に数回食事をする仲になったのだ。小説家になる前の波多野氏の職歴は例えば「野村投資顧問、ファンド・マネージャー」とか「クレディ・スイスアセット・マネジメント、マネージング・ディレクター、ファンド・マネージャー」とか……僕にはその内容がさっぱり分からないものばかりだが、どうやら顧客から金を集めて株や債券を売り買いし、儲けさせることを目的とした会社で働いていたらしい。その仕事で彼は投資した客に殆ど損をさせずに切り抜け、メキメキと頭角を現し、最終的には莫大な金を動かす個人の資産運用会社まで設立することになる。キレ者・経済に精通する金銭にシビアな頭脳派、ついついそんなキャラクターを想像してしまいがちだが、実際の波多野氏はそんな雰囲気を一切感じさせない物腰の柔らかな、人間味溢れるオジサマであった。が、やはりその言葉の端々には長年経済の第一線で揉まれて来たことにより培われた様々なインテリジェンスが迸る。俳優を生業にしている僕の周りには決していないタイプの人間が話してくれる国内外の深く幅広い情報は聞いていて非常に興味をそそられる。いつしか波多野氏は僕の日常に時折、違う風を送り込んでくれる大切な存在となった。

そんな彼に小説の解説を頼まれた。コロナ自粛で時間はたっぷりあったので軽い気持ちでお引き受けしたが、直ぐにある不安が頭を過った。

「つまんなかったらどうしよう?」。

いや、これが知り合いの芝居だったら、たとえ面白くなくても出演者を適当に労って帰れば済むが、事は解説。僕には何となぁくお茶を濁す的な文章を書くテクニックも人間力も無い。あぁ、この解説が元で波多野氏との関係が拗れてしまうかもしれない。僕は恐る恐る小説『メガバンク宣戦布告』を読み始めたのだが……。

いやぁ面白かった。心地好いテンポの展開とスリリングなドラマに魅せられて貪るように、分からない単語は力尽くで乗り越え、一気に読破した。考えてみればこの小説は過去に新潮社から出版された『メガバンク最終決戦』を改題して新たに幻冬舎から出されたもの（恐らく続編を見込んでのことだろう）、つまらん小説を二度も出す程、世の中は甘くない。僕の不安は杞憂も杞憂、面白くて当然だったのである。

何よりストーリー全体を通して貫かれるリアリティーが良い。何年間も金融の世界で想像を絶するような熾烈な鎬（しのぎ）を削って来た波多野氏の経験と記憶が、言葉や行間から滲み出ており、文章に穏やかな凄みを与えている。個人的に興味深いのは本文中の桂光義のセリフ、「だから、何らかの罰は受けなくてはならない。そうでないと相場の神様は許してくれない」。「相場の神様は存在する。それは本当だ。だから今回の件で……」。等のくだりで「相場の神様」について触れている部分だ。これはたぶん元ファンド・マネージャー波多野氏の本音だろうが、相場を読む為に膨大な数に及ぶ上場銘柄それぞれに、起こり得るストーリーを組み立てることが出来る極めて明晰な頭脳を持つ彼を以ってしても所詮、最後は神頼みなのかと思うと、何やらしみじみとしたリアルを感じてしまう。まぁ、相場もやはりバクチであり人知の及ばぬところなのだろう。

もうひとつ本文中の随所に筆者独特のリアリティーを感じることが出来る部分が、高級感を表現している文章等に時々登場する見慣れぬ名詞である。「フィリップ・スタルク」のベッド？　「スッポンのコンソメ」？　「レゼルブ・ド・ラベイ」？　皆さんはこれらを知っていますか？　僕は知らなかった。調べてみたら「フィリップ・スタルク」はフランスの建築、インテリアデザイナーで、彼の作るベッドはどれも百万円オーバー。「レゼルブ・ド・ラベイ」は一本十万円以上するシャンパン。これら超一流品の描写は決して読者を煙に巻くものではなく、波多野氏が自腹で購入し、その素晴らしさを理解したうえで、責任を持って文中に登場させているのだ。彼はかつて「身銭を切らなければ己は磨けない」という信念のもと、ファンド・マネージャーとして稼いだ金をジャブジャブ使い、様々な分野の一流品を手に入れてその体験を「教養」にまで昇華させている（詳しくは本名の藤原敬之著として新潮新書から出版されている『カネ遣いという教養』を参照）。ややもすれば嫌味になってしまいがちな行動だが、彼の場合は常にスマートにそれら高級品と向き合い、今回の小説の色付けとしてさりげなく用いているところが心憎い。

しかし何よりこの小説を面白く、しかも気持ち良く読ませるのは、二瓶正平と桂光義という二人の主人公の仕事ぶりに由来するのではないか？　読んでお分かりの通り、彼らは会社や人の為には懸命に尽くすが、私利私欲には殆ど頓着しないで生きている。僕はこの昭和の日本的自己犠牲のテイストに爽快感を覚えると同時に、この経済小説は著者波多野聖氏の生き様そのものなのだと確信した。長年に亘る金融商品の売り買いを通し、彼はお客に儲けさせることに必死で、自分が儲けることは一切しなかったそうだ。とにかく人の為、会社の為だけに働いた。金への欲が相場を見る目を濁らせるということもあったのかもしれない……。

らしい。そう、波多野氏は二瓶正平であり、桂光義だったのだ。だが、言うは易し、現実はなかなかそうはいかない。人間の欲は限り無く、特に金銭欲は人に大切なものを見失わせ、大事なところでズルをさせる。大半の人々は生きてりゃどこかで欲に負けるのだ。どっこい波多野氏は金との距離感を冷静に見極め、魔力に屈さず、自らの経験を今回の作品の中に投影した。見事としか言いようがない。

さて、ここで僕から波多野聖さんへのリクエスト。一流どころや成功者は沢山ご覧になって来たでしょうから、今度は最低の部類に目を向けては如何でしょうか？　何をやってもうまくいかない最悪の運の持ち主と、誰からも嫌われる酷い性格の輩が登場する人間臭い物語を是非、書いて頂きたい。そしてドラマ化や映画化する時にはそれらの役を僕に……。だって以前ＷＯＷＯＷで『メガバンク最終決戦』として連続ドラマ化されたこの小説が再び何処かの局でドラマになったとしても僕の役は無さそう。出来れば本業の俳優としていつか波多野氏の作品に関わりたいと思うから。

――俳優

この作品は二〇一六年二月新潮文庫に所収された
『メガバンク最終決戦』を改題したものです。

# 幻冬舎文庫

●最新刊
## メガバンク絶体絶命
### 総務部長・二瓶正平
波多野　聖

総務部長に昇進した二瓶を新たな難題が襲う。副頭取の不倫疑惑、金融庁の圧力、中国ファンドによる敵対的買収……。人々の欲がはびこる中、銀行、仲間、そして家族を守ることができるのか。

●好評既刊
## ダブルエージェント　明智光秀
波多野　聖

実力主義の信長家臣団の中でも、明智光秀の出世は異例だった。織田信長と足利義昭。二人の主君に同時に仕えた男は、情報、教養、したたかさを武器に、いかにして出世の階段を駆け上がったのか。

●好評既刊
## レッドリスト
### 絶滅進化論
安生　正

都内で謎の感染症が発生。厚生労働省の降旗と、感染症研究所の都築は原因究明にあたる。地下鉄構内の連続殺人など未曽有の事件も勃発。混乱を極めた東京で人々は生き残ることができるのか？

●好評既刊
## 口笛の上手な白雪姫
小川洋子

公衆浴場の脱衣場にいる小母さんは、身なりに構わず、おまけに不愛想。けれど他の誰にも真似できない口笛で、赤ん坊には愛された――。偏愛と孤独を友とし生きる人々に訪れる奇跡を描く。

●好評既刊
## 花村遠野の恋と故意
織守きょうや

九年前に一度会ったきりの少女を想い続ける花村遠野。殺人事件の現場で記憶の女性と再会する。事件を捜査中という彼女たちに協力を申し出た遠野だったが……。犯人は誰か、遠野の恋の行方は？

# 幻冬舎文庫

●好評既刊
## こういう旅はもう二度としないだろう
銀色夏生

旅ができるということは奇跡のように素晴らしいこと。そしてもちろん、私たちの人生こそが長いひとつの旅なのです。　（文庫版あとがきより）

●好評既刊
## 十五の夏　上・下
佐藤　優

1975年夏。高校合格のご褒美で、僕はたった一人でソ連・東欧の旅に出た――。今はなき〝東側〟の人々と出会い語らい、食べて飲んで考えた。少年を「佐藤優」たらしめた40日間の全記録。

●好評既刊
## 森瑤子の帽子
島﨑今日子

38歳でデビューし時代の寵児となった作家・森瑤子。しかし活躍の裏では妻・母・女としての葛藤を抱えていた。作家としての成功と孤独、そして日本のバブル期を描いた傑作ノンフィクション。

●好評既刊
## 凍てつく太陽
葉真中顕

昭和二十年、終戦間際の北海道を監視する特高警察「北の特高」。彼らの前に現れた連続毒殺犯「スルク」とは何者か。そして陸軍がひた隠しにする軍事機密とは。大藪賞&推協賞受賞の傑作ミステリ。

●好評既刊
## ゴッホのあしあと
原田マハ

生前一枚しか絵が売れず、三七歳で自殺したフィンセント・ファン・ゴッホ。彼は本当に狂気の人だったのか？　その死の真相は？　アート小説の第一人者である著者が世界的謎を追う。

# メガバンク宣戦布告

## 総務部・二瓶正平

波多野聖

令和2年9月10日　初版発行
令和2年9月30日　2版発行

発行人――石原正康
編集人――高部真人
発行所――株式会社幻冬舎
〒151-0051東京都渋谷区千駄ヶ谷4-9-7
電話　03(5411)6222(営業)
　　　03(5411)6211(編集)
振替00120-8-767643
印刷・製本―株式会社　光邦
装丁者――高橋雅之



幻冬舎文庫

ISBN978-4-344-43018-1　C0193　は-35-2

幻冬舎ホームページアドレス　https://www.gentosha.co.jp/
この本に関するご意見・ご感想をメールでお寄せいただく場合は、
comment@gentosha.co.jpまで。